रीता इंडियाना

डोमिनिकन लेखिका और गायक-गीतकार रीता इंडियाना का जन्म 11 जून, 1977 को हुआ। वे कैरेबियन साहित्यिक परिदृश्य और डोमिनिकन रिपब्लिक संगीत की दुनिया का मशहूर नाम हैं। 2011 में वह स्पैनिश अख़बार 'एल पाइस' द्वारा चुने गए 100 सबसे प्रभावशाली लातीनी व्यक्तित्वों में एक थीं। उनके पाँच उपन्यास और तीन कहानी-संग्रह प्रकाशित हैं। जिनमें से तीन उपन्यासों का अंग्रेज़ी में अनुवाद हो चुका है। उनके उपन्यास 'पापी' का यह अनुवाद डोमिनिकन रिपब्लिक के साहित्य का पहला हिन्दी अनुवाद है।

मनीषा तनेजा

मनीषा तनेजा जवाहरलाल नेहरू विश्वविद्यालय से पी-एच.डी. करने के बाद दिल्ली विश्वविद्यालय में स्पैनिश भाषा और साहित्य पढ़ाती हैं। उन्होंने नोबेल पुरस्कार विजेता गाब्रिएल गार्सीया मार्केस के उपन्यास 'वन हंड्रेड इयर्स ऑफ़ सॉलिट्यूड', 'क्रॉनिकल ऑफ़ अ डेथ फ़ोरटोल्ड' और कहानी-संग्रह 'स्ट्रेंज पिलग्रिम्स' का मूल स्पैनिश से हिन्दी में अनुवाद किया है। नोबेल विजेता दक्षिण अफ़्रीकी लेखक नादीन गॉर्डिमर के कहानी-संग्रह 'छलाँग' का अनुवाद भी किया है। अमिताभ घोष के उपन्यास 'गन आइलैंड' का 'बन्दूक़ द्वीप' शीर्षक से किया गया उनका अनुवाद बहुचर्चित रहा है।

पापू

रीता इंडियाना

अनुवाद

मनीषा तनेजा

राजकमल पेपरबैक्स

मूल स्पैनिश कृति Papi का अनुवाद

Embassy
of the Dominican Republic
in the Republic of India

इस पुस्तक के प्रकाशन को नई दिल्ली स्थित डोमिनिकन गणराज्य के दूतावास द्वारा समर्थन दिया गया है।

PAPI
A Novel by Rita Indiana

राजकमल पेपरबैक्स में
पहला संस्करण : 2025

राजकमल पेपरबैक्स : उत्कृष्ट साहित्य के जनसुलभ संस्करण

राजकमल प्रकाशन प्रा. लि.
1-बी, नेताजी सुभाष मार्ग, दरियागंज
नई दिल्ली-110 002
द्वारा प्रकाशित

शाखाएँ : अशोक राजपथ, साइंस कॉलेज के सामने, पटना-800 006
पहली मंजिल, दरबारी बिल्डिंग, महात्मा गांधी मार्ग, प्रयागराज-211 001
1, अनमोल सोराबजी सन्तुक लेन, धोबी तलाव, मरीन लाइंस, मुम्बई-400 002

वेबसाइट : www.rajkamalprakashan.com
ई-मेल : info@rajkamalprakashan.com

विकास कंप्यूटर एंड प्रिंटर्स
ट्रॉनिका सिटी-201 102
द्वारा मुद्रित

मूल्य : ₹250

PAAPOO
Novel by Rita Indiana
Translated by Maneesha Taneja

ISBN : 978-93-6086-866-6

अनुवादक के शब्द

जब भारत में डोमिनिकन रिपब्लिक के राजदूत डेविड पुइग की ओर से इस उपन्यास को अनूदित करने का प्रस्ताव आया तब मैंने रीता इंडियाना के उपन्यास पढ़े। लैटिन अमेरिकी साहित्य पर बरसों से काम करने और जादुई यथार्थवाद को रोज़ समझने की कोशिश करने के बाद भी यह उपन्यास चौंका गया। पहला वाक्य पढ़ते ही बचपन याद आ गया। 'फ्राइडे द थर्टींथ' (Friday The 13th) का ज़िक्र आते ही मैंने तय कर लिया कि अनुवाद तो करना ही है। '80 के दशक की मशहूर फ़िल्मों का ज़िक्र कैसे नज़रअन्दाज़ किया जा सकता था!

लेकिन किताब का उन फ़िल्मों या उस दौर से कोई लेना-देना नहीं है। यह उपन्यास एक छोटे से देश डोमिनिकन रिपब्लिक की धरोहर है।

सवा करोड़ की आबादी वाले इस लोकतांत्रिक राष्ट्र का क्षेत्र 48,442 वर्ग किलोमीटर है। डोमिनिकन रिपब्लिक को अक्सर लैटिन अमेरिका के देशों के साथ समूहित किया जाता है और उसकी वजह है कि इनकी संस्कृतियों में कई समानताएँ हैं। इस देश ने हर तरह के विप्लव देखे हैं—

राजनीतिक और नागरिक असन्तोष, जातीय तनाव, आर्थिक उतार-चढ़ाव और साथ ही हैती का आक्रमण (1822-44), राफ़ेल त्रुखिल्यो की दमनकारी तानाशाही (1930-61) और संयुक्त राज्य अमेरिका द्वारा सैन्य हस्तक्षेप (1916-24 और 1965–66)।

बहुत से संगीतकार अपनी जीवनी लिखते हैं। कुछ कविता-संग्रह छपवाते हैं। लेकिन उपन्यास लिखने वाले संगीतकार बहुत कम होते हैं। रीता इंडियाना ऐसी ही एक संगीतकार हैं। डोमिनिकन रिपब्लिक के जाने-माने बैंड 'रीता इंडियाना ई लोस मिस्तेरियोस' की लीड सिंगर, रीता ने पाँच उपन्यास और तीन कहानी-संग्रह लिखे हैं। उनका उपन्यास 'पापी' 2005 में प्रकाशित हुआ था। यह एक आठ साल की बच्ची की कहानी है जो अपने लगभग मिथकीय, अत्यन्त रहस्यमयी पिता के अमेरिका से लौटने का इन्तज़ार कर रही है। वह कहती है—

"पापू वहाँ हैं, किसी भी कोने में। लेकिन बैठकर उनका इन्तज़ार करना मौत के इन्तज़ार से भी बदतर है। बेहतर है कोई और प्लान बना लेना, घर के कपड़ों में सुबह छह बजे से आधी रात तक कार्टून देखना या फिर बाहर टहलने जाना, जो मम्मी का ईजाद किया एक खेल है—अगर—पापू—तुम्हें—चाहते—हैं—तो—आकर—ढूँढ़—सकते—हैं।"

जब उसके पिता आख़िरकार आ पहुँचते हैं तो लड़की को एहसास होता है कि शायद वह उस तरह के रोल मॉडल नहीं हैं जैसे वह उन्हें मानती थी। उसके पापू एक ड्रग डीलर हैं और उनके दोस्त डरावने हैं। वह अपनी बेटी से बहुत प्यार करते हैं लेकिन कभी-कभी उसे नज़रअन्दाज़ भी कर देते हैं। उनके बिज़नेस पार्टनर्स और उनके प्रेम-प्रसंग बेटी से ज़्यादा महत्त्वपूर्ण हो जाते हैं और कई बार बच्ची अपने को जोखिम-भरी स्थितियों में पाती है। इस तरह एक तरफ़ वह डरती है, और दूसरी तरफ़ अपने पिता को बेइन्तहा चाहती है। वह उनके बारे में शेखी बघारती है और अन्य बच्चों की तरह उनके बारे में बढ़ा-चढ़ाकर बोलती है, जैसे : "मेरे पापू के पास तुम्हारे पापू के मुक़ाबले सब कुछ ज़्यादा है। वह उनसे अधिक ताक़तवर हैं। उनके बाल ज़्यादा हैं, ज़्यादा मांसपेशियाँ, ज़्यादा पैसा और उनकी तुलना में ज़्यादा गर्लफ्रेंड भी।

मेरे पापू के पास तुम्हारे पापू से ज़्यादा कारें हैं, शैतान से भी ज़्यादा कारें हैं, इतनी कारें हैं कि उन्हें कुछ बेचनी पड़ीं क्योंकि रखने की जगह नहीं थी। पापू के पास ऐसी कारें हैं जो बात करती हैं और आपको सीट बेल्ट लगाने और अंग्रेज़ी, फ्रेंच और अन्य भाषाओं में अपना मुँह बन्द करने के लिए कहती हैं। पापू हर दिन अलग गाड़ी चलाते हैं क्योंकि उनके पास बहुत सारी गाड़ियाँ हैं और उन्हें सबका ख़याल रखना होता है—एक सुबह के लिए, एक दोपहर के लिए, और एक शाम के लिए, यानी हर चार घंटे में एक दूसरी गाड़ी। कभी-कभी दोपहर को खाना खाने के लिए अलग गाड़ी। एक मुझे स्कूल से लाने के लिए, एक मेरे पहले कम्यूनियन के लिए, एक रविवार को मुझसे मिलने के लिए, एक अपनी माँ से मिलने के लिए और एक अपनी बहनों से मिलने के लिए, फ़ादर्स डे के लिए एक जगुआर, वेलेंटाइन डे के लिए एक केमेरो, भव्य उद्घाटन के लिए एक बी.एम.डब्ल्यू., एक फ़ेरारी मुझे आइसक्रीम खिलाने ले जाने के लिए—हर चार घंटे में एक अलग गाड़ी।"

रीता इंडियाना बहुत स्वाभाविक ढंग से एक छोटी बच्ची की आवाज़, उसके लहजे को सामने लाती हैं। उस बच्ची की आवाज़ कहानी से ज़्यादा महत्त्वपूर्ण हो जाती है और उसे आगे बढ़ाती है। पापू भावनाओं के उस संघर्ष की कहानी है जो एक बच्ची अपने प्यारे पिता के अवैध धन्धे और बेशुमार मर्दानगी को देखने के बाद महसूस करती है। यह एक पिता-पुत्री के जटिल रिश्ते की कहानी है।

पापू का अनुवाद करना दिलचस्प और चुनौतीपूर्ण रहा। ख़ासकर जब मैंने इसकी सांस्कृतिक, सामाजिक और भाषायी परतों को समझने की कोशिश शुरू की। यह उपन्यास डोमिनिकन रिपब्लिक के एक ग़रीब और संघर्षशील समाज में अवस्थित है जहाँ मुख्य पात्र 'पापू' और उसके जीवन के कठिन संघर्षों के माध्यम से पाठक को वास्तविकता की सच्ची तसवीर प्रदान की गई है।

इस उपन्यास का अनुवाद करते समय, न केवल भाषा की निष्ठा बनाए रखना ज़रूरी था, बल्कि कोड-स्विचिंग, स्थानीय बोलचाल और डोमिनिकन समाज की विशिष्ट सांस्कृतिक विशेषताओं को भी सही तरीक़े से प्रस्तुत करना था। पापू में अंग्रेज़ी, स्पैनिश और पाटोइसा (लोकप्रिय डोमिनिकन बोली)

का मिश्रण है, जो उपन्यास के संवादों और पात्रों के जीवन को जीवन्त बनाता है। इस मिश्रित भाषा का अनुवाद करते समय उन सांस्कृतिक सन्दर्भों को समझना ज़रूरी था, ताकि केवल शब्द नहीं, बल्कि उनके पीछे छिपी भावनाओं और प्रतीकों को भी पकड़ा जा सके। इस उपन्यास का अनुवाद पाठक को डोमिनिकन समाज की जटिलताओं, संघर्षों और उम्मीदों के बारे में एक नया दृष्टिकोण देता है, जो सिर्फ़ शब्दों के अनुवाद से नहीं, बल्कि भावनाओं और सामाजिक सन्दर्भों की सही व्याख्या से सम्भव हो पाया है।

इसके अलावा, पापू में राजनीति, लैंगिकता और जातीयता जैसे संवेदनशील मुद्दे भी उठाए गए हैं, जिन्हें सही तरीक़े से अनुवाद में उतारने के लिए सांस्कृतिक ज्ञान भी ज़रूरी था। मैं शुक्रगुज़ार हूँ भारत में डोमिनिकन रिपब्लिक के राजदूत डेविड डेविड पुइग की जिन्होंने हर क़दम पर मदद की।

उन्होंने इस उपन्यास के अनुवाद के लिए मुझ पर भरोसा जताया और यह मौक़ा दिया। शुक्रिया राजकमल प्रकाशन के अशोक महेश्वरी जी का जिन्होंने इस अनुवाद को प्रकाशित किया।

शुक्रिया मेरे परिवार का, जो हर हाल में साथ रहता है, साथ देता है। शुक्रिया आशुतोष का। उनकी प्रेरणा, समर्थन और प्यार हमेशा हौसला देता है और उनकी बनाई कॉफ़ी के कप रात को जागकर काम करने की हिम्मत।

—मनीषा तनेजा

परिचय

मुझे अच्छे से याद है मानो कल की ही बात हो जब 2000 के दशक की शुरुआत में मैंने रीता इंडियाना एर्नांदेस की पहली कृति पढ़ी थी और मुझ पर इसका ज़बर्दस्त प्रभाव पड़ा था। किताब थी 'ला इस्त्रातेखिया दे चोचुएका'। मैं बीसेक साल का था और पहली बार ऐसी किसी किताब से दो-चार हो रहा था जो मुझसे सीधे बात कर रही थी, मेरी भाषा में, मेरी ही ज़बान में, वो ज़बान जो डोमिनिकन रिपब्लिक की राजधानी सांतो दोमिंगो की सड़कों पर मैंने अपनी किशोरावस्था में सुनी थी। अपने-आप को उन पन्नों में, उनके शब्दजाल में, उनकी तेज़ गति और मेरे दोस्त सरीखे नायक में देखना एक रहस्योद्घाटन था। सिर्फ़ सत्तर पेज की एक छोटी पुस्तक। घंटे-दो घंटे का पाठ। एक संक्षिप्त और गहन अनुभव। घड़ियाल की ऐसी गूँज जो पच्चीस साल बाद भी मेरे अन्दर मौजूद है।

आज रीता इंडियाना एर्नांदेस स्पैनिश भाषा के लेखकों की सबसे नई आवाज़ों में से एक मुखर आवाज़ हैं। उनके करियर के पहले उपन्यास 'ला इस्त्रातेखिया दे चोचुएका' से शुरू हुए सफ़र में जुड़ता एक अतिरिक्त अध्याय है :

21वीं सदी के डोमिनिकन गणराज्य को उनके बचपन और किशोरावस्था के पात्रों और स्थितियों से प्रेरित कथाओं के ज़रिये चित्रित करना। इस दौरान, उन्होंने संगीत की दुनिया में क़दम रखा, कई अलबम निकाले और अपने गीतों को एक ख़ास शैली में प्ले करने की उनकी क्षमता के लिए ही जनता में उन्हें व्यापक पहचान मिली। व्यक्तिगत स्तर पर उन्होंने LGBTQ+ की पहचान को अधिक मुखर बनाने में योगदान दिया है और खुले तौर पर समलैंगिक पहचान को अपनाया है जो उनकी कृतियों में परिलक्षित होती है। भारत में डोमिनिकन रिपब्लिक के राजदूत और रीता इंडियाना के साहित्य के प्रशंसक के रूप में उनके उपन्यास 'पापी' (प्यार से पिता को कहते हैं) के मनीषा तनेजा द्वारा किए गए इस हिन्दी अनुवाद को भारतीय पाठकों तक पहुँचाना मेरे लिए अत्यन्त ख़ुशी की बात है।

आपके हाथ में जो किताब है वह रीता इंडियाना एर्नांदेस की दूसरी किताब है। मेरी राय में यह उनकी कृतियों में सबसे दुस्साहसिक है। इस उपन्यास के पीछे के आवेग—और अतीत—का उल्लेख करते हुए लेखक ने कहा है : "जब मैं 12 साल की थी, मेरे पिता की मृत्यु...ब्रोंक्स में हत्या कर दी गई थी और यह पल मेरे लिए निर्णायक था।" 2005 में छपे इसके पहले संस्करण के दो दशक बाद तक मैं अलग-अलग परिस्थितियों में इस उपन्यास पर लौटकर आता रहा हूँ। लेखक की टिप्पणी मुझे हर बार अलग तरह से सोचने पर विवश करती रही है। इस बार जब मैंने लेखक की टिप्पणी पढ़ी तो पहली बार मुझे एहसास हुआ कि मैं इसे एक बेटी के पिता के रूप में पढ़ रहा हूँ। मुझे आश्चर्य भी हुआ कि भारत में व्यावहारिक रूप से अज्ञात हिस्पैनिक कैरेबियन क्षेत्र की एक अनूठी पुस्तक हिन्दी में हो सकती है! साथ ही, बिलकुल अलग साहित्यिक परिवेश में नया आयाम स्थापित करने वाला यह उपन्यास अनुवाद के ज़रिये एक अनजान और नये साहित्यिक परिवेश में जगह बना पाएगा, यह ख़्याल मन में घूमता रहा।

उपन्यास की शुरुआत होती है सांतो दोमिंगो के एक मध्यवर्गीय परिवार के घर में अपने पिता की प्रतीक्षा कर रही एक लड़की से। लड़की के आन्तरिक एकालाप के ज़रिये मालूम पड़ता है कि उसके माता-पिता का

तलाक हो चुका है, कि वह अपनी माँ और दादी के साथ रहती है, और अपने पापू को बहुत याद करती है जो अमेरिका चले गए हैं। उसके पिता की अनुपस्थिति की शून्यता, छोटी मुलाकातों से थोड़ी तृप्त होती है हालाँकि वह उनकी अनुपस्थिति से न तो अवसाद में डूबती है और न ही दुख में। पिता की प्रतीक्षा निराशा के क्षण ज़रूर हैं लेकिन कहानी गढ़ने के लिए यही समय और स्थान उचित भी है।

इस उपन्यास में जिस लड़की की आवाज़ सुनाई देती है, वह यौवन के क़रीब पहुँचता एक शरीर है, लेकिन महत्त्वपूर्ण है उसकी आवाज़। इसे समझने के लिए कह सकते हैं कि यह आवाज़ तूफ़ान की आँख है, जो अशान्ति के आकाश पर प्रचंड आवाज़ में अपने पिता की आकृति बनाती है। यह कहानी सामान्य रूप से आगे बढ़ते दृश्यों और स्पष्ट रूप से परिभाषित कार्यों के सहारे नहीं चलती। यह एक तेज़ धारा के समान है और हमें डुबोती चली जाती है। रीता इंडियाना एर्नांदेज़ के वाक्य धाराप्रवाह बहते हैं जो स्पैनिश और अंग्रेज़ी विचारों, यादों और घटनाओं, डोमिनिकन और कैरेबियाई संस्कृतियों के साथ-साथ एंग्लो-सैक्सन पॉप ब्रह्मांड के सन्दर्भों के अशुद्ध मिश्रण को अपने में समा लेते हैं। कथा एक क्रूर ऊर्जा के साथ आगे बढ़ती है और चक्रवात सरीखी गोल घूमती, खुद को दोहराती हुई आग्रह और पुनरावृत्ति से फैलती है।

'पापू' पितृत्व के बारे में है। यह एक बच्ची के बचपन और उसके रोज़मर्रा के जीवन में पिता की अनुपस्थिति से उत्पन्न कमियों के बीच सम्बन्धों के बारे में है जो एक सर्वव्यापी विषय है। साथ ही, यह उपन्यास कैरेबियाई समाज के बारे में है, उसकी मूल संस्कृति के बारे में। एक पिता ने अपनी बेटी को जीवन दिया है और बदले में वह अपनी कल्पना में उसे वाक्य-दर-वाक्य पैदा करती है। उसके शब्दों के बवंडर से उसका पिता हाड़-मांस का आदमी न रहकर एक सुपर हीरो बन जाता है। वह इच्छानुसार प्रकट होता है और अपनी इच्छा से ग़ायब हो जाता है, एक उड़नेवाली गाड़ी चलाता है जिसके चलते न केवल पीछे पड़े दुश्मन बल्कि अपने 'हरम' की महिलाओं से बच निकलता है। उसके पास बेइन्तहा सम्पत्ति है : कार, पियानो, मशीनगन,

महिलाएँ, जूते, जैकेट, हेलीपैड, स्विमिंग पूल वाले घर, इतने बड़े पूल जिनमें पनडुब्बियाँ समा सकें। चूँकि वह सबसे अमीर है, वह सबसे मज़बूत और सबसे शक्तिशाली है। सबसे अच्छा पिता है।

लेकिन अपने पिता की जो छवि वह लड़की तराशती है, उसकी दरारों से कुछ सुराग छनकर आते हैं जिनसे हम एक दूसरी छवि बना सकते हैं। इस अतिशयोक्तिपूर्णता के पीछे गाँव में पैदा हुआ विनम्र स्वभाव का एक ग़रीब व्यक्ति है जो राजधानी सांतो दोमिंगो आता है, नौसेना में भर्ती होता है, और फिर अमेरिका में जा बसता है जहाँ वह ग़ैर-क़ानूनी काम कर अपना भाग्य बनाता है। पैसा उसकी ज़िन्दगी बदल देता है। यह कायापलट एक मूल कैरेबियाई पुरुष का एक नया संस्करण है।

यह उपन्यास एक झरना है। इस झरने से पीने के लिए, इसका फ़ायदा उठाने के लिए, लाइन में लगना होगा। पूर्व पत्नियाँ और गर्लफ्रेंड, क़रीबी और दूर के रिश्तेदार, पुराने और नये दोस्त, सब उसे ढूँढ़ रहे हैं। हर कोई उस पल का इन्तज़ार कर रहा है जब वह सामने होगा और सब उससे पैसे माँग सकेंगे या कोई एहसान, सब चाहेंगे कि वह उनकी तरफ़ ध्यान दे, उन्हें कुछ मिनट दे, और उसकी बेटी प्यार माँगेगी। पापू के आते ही लाइनें लम्बी होती जाती हैं, वे एक पैराग्राफ़ से दूसरे पैराग्राफ़ तक फैलती जाती हैं। जो ठहरते हैं वे शिविर बन जाते हैं क्योंकि कोई भी अपनी बारी नहीं खोना चाहता। इन लाइनों में रीता इंडियाना एर्नांदेज़ डोमिनिकन सामाजिक-राजनीतिक परिदृश्य के एक तत्त्व को उजागर करती हैं, और उसे वास्तविकता से कल्पना की ओर ले जाते हुए अपने उपन्यास का स्वर बना लेती हैं। उपन्यास 'पापू' वह क्षितिज है जहाँ इच्छाएँ विचरण करती हैं। सभी सड़कें इसकी ओर ले जाती हैं क्योंकि इसके संसाधन अक्षय हैं।

रीता इंडियाना एर्नांदेज़ लिखती हैं, "लाइन लम्बी होती जा रही है। हर घंटे युवा पुरुष और महिलाएँ अपने बच्चों, अपने पड़ोसियों, अपने मोतेतेस लिये उसे और बड़ा करने के लिए आते रहते हैं।" बोलचाल की डोमिनिकन स्पैनिश में 'मोतेते' का मतलब होता है एक पैकेट, एक ढेर, कुछ सामान जो रास्ते में पड़ा हो; हालाँकि यह परिभाषा इस शब्द के अर्थ को उजागर नहीं करती है।

यह उन शब्दों में से है जो अपने संगीत से, हम डोमिनिकन लोगों के इसके ख़ास इस्तेमाल से, अपने शाब्दिक अर्थ से परे होते हैं। इसलिए, अनुवादक के लिए यह एक चुनौती है। और 'पापू' में इस प्रकार के कई शब्द और अभिव्यक्तियाँ हैं, और यह विचार मुझे अपनी शुरुआती बिन्दु पर वापस लाता है। मैंने शुरुआत की थी रीता इंडियाना एर्नांदेज़ के पहले उपन्यास से, उनकी दुनिया और उनकी भाषा के मुझ पर पड़े प्रभाव से। अन्त करना चाहूँगा एक दूसरे ख़याल से—भारतीय पाठकों पर उनके असर से और चाहूँगा कि भारतीय पाठक अपनी कल्पना को उड़ने दें और उन्हें स्वीकारें और समझें।

मान लीजिए, एक अधेड़ उम्र का आदमी गर्मी के दिनों में धीरे-धीरे चलती लाइन में एक सरकारी दफ़्तर में खड़ा है। यह लाइन नई दिल्ली, लखनऊ या भोपाल, कहीं भी हो सकती है। पासपोर्ट रिन्यू कराने के लिए आवश्यक प्रमाण-पत्र प्राप्त करने की प्रतीक्षा कर रहा है। उसके दाहिने हाथ में हिन्दी में 'पापू' की एक प्रति है, और बाएँ हाथ से वह माथे का पसीना पोंछता है। पल-भर के लिए वह अपनी आँखें बन्द करता है और उसके ज़ेहन में अपनी दो छोटी बेटियों की छवि आती है—वे इस समय क्या कर रही होंगी? कहाँ होंगी? वह लाइन में लौटता है और इन वाक्यांशों पर मुस्कराता है : "लाइन इतनी लम्बी हो जाती है कि वह यहाँ तक पहुँचती है और मैं माँ को सुझाव देती हूँ कि इससे पहले कि बहुत देर हो जाए हम लाइन में लग जाएँ...लाइन इतनी चौड़ी है कि बताना मुश्किल है कि आप कहाँ जा रहे हैं। आगे, पीछे, दाएँ या बाएँ..." पाठक पढ़ते समय हैरान होता है और समझता भी है। उपन्यास का डोमिनिकन रिपब्लिक उसे अपने बहुत क़रीब महसूस होता है और दूर भी। वह जिस लाइन में है वह अचानक पुस्तक की तरह मोटी लगती है, लेकिन इससे कोई फ़र्क़ नहीं पड़ता, क्योंकि कथानक इस तरह सम्मोहित करता है कि पाठक उसमें खो जाता है। पन्ने पलटते हुए उसे ख़याल आता है कि क्या कैरेबियाई समाज को परिभाषित करने वाली वस्तुओं का आकर्षण उसके अपने परिवेश को प्रतिबिम्बित नहीं करता?

क्या विरोधाभासों से भरा, कई परतों वाला भारतीय यथार्थ अपनी गहन दृश्यता के साथ, पापू की लेखिका के गद्य के जैसा नहीं है? उसकी बेटियों की हिंग्लिश की तरह उसे इस उपन्यास की स्पैंगलिश अजीब नहीं लगती है। वह उन सबके बारे में सोचता है और आगे पढ़ता है।

अक्टूबर, 2024

डेविड पुइग
भारत में डोमिनिकन रिपब्लिक के राजदूत

एक

मेरे पापू जेसन जैसे हैं; अमेरिकी फ़िल्म 'फ्राइडे द थर्टींथ' का हीरो। या फ्रेडी क्रुगर की तरह। लेकिन फ्रेडी क्रुगर की तुलना में जेसन की तरह ज़्यादा। जब सबसे कम उम्मीद होती है वह तब आ धमकते हैं। कभी-कभी जब मैं वह डरावना संगीत सुनती हूँ तो बहुत ख़ुश होती हूँ क्योंकि तब मुझे लगता है कि शायद वह आ रहे हैं। कभी-कभी वह डरावना संगीत सिर्फ़ मम्मी का मुझे यह बताना होता है कि पापू ने फ़ोन किया था और कहा था कि वह मुझे समुद्र-तट तक ले जाने या ख़रीदारी कराने के लिए लेने आ रहे हैं। मैं नाटक करती हूँ कि मुझे कोई फ़र्क़ नहीं पड़ता, जैसे मुझे यक़ीन हो कि वह नहीं आएँगे क्योंकि पहले से कौन बता सकता है कि कुल्हाड़ी से सिर कटने वाला है। यही कारण है कि बेवक़ूफ़ लोग रोशनी देखकर सीधे झाड़ियों या अलमारियों तक जाते हैं, और पूछते हैं, हेलेन? या फिर—डेविड? भले ही हर कोई जानता है कि झाड़ियों के पीछे हेलेन या डेविड नहीं, बल्कि पापू हैं, सॉफ्टबॉल का अपना एल्यूमीनियम का बल्ला या कुल्हाड़ी लिये।

पापू वहाँ हैं, किसी भी कोने में। लेकिन बैठकर उनका इन्तज़ार करना मौत के इन्तज़ार से भी बदतर है। बेहतर है कोई और प्लान बना लेना, जैसे घर के कपड़ों में सुबह छह बजे से आधी रात तक कार्टून देखना या फिर बाहर टहलने जाना, जो मम्मी का ईजाद किया एक खेल है—अगर—पापू—तुम्हें—चाहते—हैं—तो—आकर—ढूँढ़—सकते—हैं। लेकिन जेसन ज़्यादा समझदार है और वह महीनों और यहाँ कि सालों तक ग़ायब हो जाता है, जब तक मैं उसको भूल नहीं जाती और फिर डरावना संगीत अपनी कार का हॉर्न बजाते पापू में बदल जाता है, और मैं एक बार में चार सीढ़ियाँ लाँघते हुए उतरती हूँ ताकि वह जल्दी से जल्दी मुझे कसकर गले लगा लें।

लेकिन पापू जेसन जैसे इसलिए नहीं हैं कि जब सबसे कम उम्मीद हो तब आ जाते हैं, बल्कि इसलिए कि वह हमेशा लौटकर आते हैं। यहाँ तक कि जब उन्हें मार दिया जाता है तब भी। जब पापू पहली बार क्यूबा से अमेरिका गए, क्यूबा की एक महिला के साथ, जो उन्हें घर पर पैसे नहीं भेजने देती थी तो मेरी सिली दादी ने कहा, "वो मेरे लिए मर चुका है।" और जब पापू ने मम्मी को बताया कि वह फिर से शादी करने जा रहे हैं लेकिन उनसे नहीं, तो उन्होंने कहा, "मेरे लिए तुम मर चुके हो।" और एक बार, जब पापू को आना था, और नहीं आए, तो मैंने उन्हें फ़ोन किया और कहा, "भगवान करे तुम मर जाओ।" मुझे लगता है कि कितने सारे लोग उन्हें जेसन की तरह मरा हुआ देखना चाहते थे, और यह पता लगाने के लिए किसी जासूस की ज़रूरत नहीं थी कि जब चाकू से वार करने का मौक़ा मिला, तो हमने चाकू को केवल एक बार नहीं बल्कि कई बार घोंपा (और चूँकि हम बहुत सारे थे, और अँधेरा घना था, कौन गिनने वाला था?)। वैसे भी, जेसन को मारने के लिए कोई भी कभी जेल नहीं जाता है।

इसीलिए जब मुझे बताया गया कि वह वापस आ रहे हैं, मैं उनका इन्तज़ार छोड़ चुकी थी और लाखों बार उनकी वापसी की कल्पना कर चुकी थी : पापू ने क्या पहना होगा, वह हवाई जहाज़ से कैसे उतरेंगे, कैसे नाक सिकोड़कर नमकीन हवा को सूँघेंगे, और घुटनों के बल झुककर ज़मीन को चूमेंगे।

और फिर, पहले से ही मेरे ज़ेहन में उनकी तसवीर बन चुकी थी कि : वह नाइके के जूते और दो हज़ार डॉलर का सूट पहने हुए हैं और जब इमिग्रेशन अधिकारी पूछता है कि क्या वह सिर्फ़ घूमने आए हैं तो पापू एक रनर के-जैसी पोज़ीशन लेते हैं—हाथ ज़मीन पर, एक पैर सीधा पीछे और दूसरा नीचे मुड़ा हुआ—और उनके पासपोर्ट पर ठप्पा लगते ही वह बन्दूक़ से छूटी गोली की तरह दौड़ते हैं, दौड़ते जाते हैं और उनका दिमाग़ भी दौड़ता है लास अमेरिकास इंटरनेशनल एयरपोर्ट से ला फेरिया तक, नेशनल लॉटरी बिल्डिंग के सामने अपनी माँ के घर के बाहर, जैसा उन्होंने ग्रेगोरियो एर्नांदेज़ (ओझा) से वादा किया था; यदि वह उनके अमीर बनने की ख़्वाहिश पूरी कर दे। वह लौटकर आए थे और जो पैसा बचाते रहे थे, वो भी उनके साथ वापस आया था।

हम भी उनके लिए पैसे बचा रहे थे। हम आपका इन्तज़ार कर रहे हैं, पापू। मैं आपकी माँ यानी सिली दादी के घर की बालकनी में आपका इन्तज़ार कर रही हूँ। मैं बालकनी की ठंडी रेलिंग पर रखी बन्द मुट्ठी पर अपना मुँह टिकाये आपका इन्तज़ार कर रही हूँ। कल्पना कर रही हूँ कि आप कार से बालकनी (जो तीसरी मंज़िल पर है) तक कैसे छलाँग लगाएँगे और कैसे मुझे गोदी में लेकर हवा में झुलाएँगे और कहेंगे कि मैं इतनी बड़ी हो गई हूँ कि उठाना मुश्किल है। लेकिन जो भी हो, आप हमेशा मुझे गोदी ले पाएँगे; आप मुझे उठाते हैं और कसकर गले लगाते हैं और मेरे माथे को चूमते हैं; और मैं आपकी गर्दन में अपना मुँह छुपा लेती हूँ ताकि 'वहाँ' आपके इत्र को सूँघ सकूँ और जान सकूँ क्या आपने इत्र बदल लिया है, बस जानने-भर के लिए।

सबको पहले से मालूम है कि आप वापस आ रहे हैं, कि आप जीतकर घर आ रहे हैं; एक बड़ा आदमी जिसके पास शैतान से ज़्यादा सोने की चेन और गाड़ियाँ हैं। हर कोई पहले से ही जानता है। वे पहले से ही कल्पना कर रहे हैं कि आप उनके पास कैसे वापस आ रहे हैं, उनमें से हर एक; और कैसे हर कोई आपका इन्तज़ार कर रहा है, कल्पना कर रहा है, और पूरे घर को बता रहा है, जो कोई भी फ़ोन करता है, पूरा पड़ोस—वह वापस आ गया है।

वे सपने देखते हैं कि आपकी अटैची उनके लिए उपहारों से भरी है, कि आप केवल उनके लिए काम करते हैं, केवल उनके लिए जीते हैं; उनके सपनों में आपका सब कुछ उनका है। वे आपके पुनर्मिलन की कल्पना करते हैं। आप, अपने चमकते सूट में, आपके काले जूते, हवाई अड्डे से दौड़ते हुए, या इससे भी बेहतर!—आपको हवाई अड्डे से उनके घरों तक पहुँचाने के लिए विमान का भुगतान कर रहे हैं, सबसे पहले, उनके दरवाज़ों पर दस्तक देना और उन पर नोटों की बारिश करना जो चीनी जैसे मीठे हैं।

और फिर वह दिन आता है और वे सभी, हर एक, जागता है, अपने ऊपर बाल्टी-भर पानी डालता है, और ख़ुद को अच्छी तरह से देखता है। आज वह दिन है, वह दिन जब उन्हें पता चलेगा कि अच्छा क्या है, वह दिन जब आप उनका क़र्ज़ चुकाएँगे। उन सब चीज़ों का जो उन्होंने आपको दी थीं जब आप सड़कछाप बच्चे थे—वो सारी माचिस की तीलियाँ जो उन्होंने आपको उधार दी थीं, बियर के आख़िरी घूँट जो उन्होंने आपको पीने को दिये थे, और कार के इंजन से बॉल बेयरिंग जो उन्होंने आपको लेने दिये थे। उनमें से कुछ के पास प्रत्येक चीज़ की एक दिमाग़ी सूची है, जो उन्हें लगता है कि आपने उन्हें देनी है। वे दिमाग़ में सूची बना लेते हैं उन सब चीज़ों की जो उनके हिसाब से उनके एहसानों के बदले आपको उन्हें देनी चाहिए। और जब सूची बहुत लम्बी हो जाती है (क्योंकि उन्होंने आपको 'हैलो' कहना भी उसमें शामिल कर लिया है), वे उधार लेना शुरू करते हैं, क़र्ज़ में डूबने लगते हैं, उस दौलत को उड़ाने लगते हैं जो उन्हें लगता है उनकी है और अभी मिल जाएगी, वो दौलत जो आपकी जेब से उनके चेहरे, हाथ और छाती तक चमचमाएगी—आपके भतीजे-भतीजी, चचेरे-ममेरे भाई-बहन, दोस्त, आपकी बहन के जेठ, देवर, ननद-ननदोई, आपके निकटतम और प्रिय पड़ोसी, सहपाठी, चाचा-चाची, मामा-मामी, गॉडपेरेंट्स, हमवतन, उस लड़के के दोस्त जिसने उस महिला से शादी की है जिसके भाई को आप जानते हैं क्योंकि नौसेना में वह आपसे एक साल जूनियर था।

अब वे तैयार हो रहे हैं, दोनों तरफ़ ताड़ के पेड़ लगी सड़क पर सब इकट्ठा हो रहे हैं क्योंकि सभी को आपसे मिलने का ख़याल आया था।

वे तैयार हैं, उनके हाथों में तख्तियाँ, झंडे और बैनर हैं और उन पर लिखा है 'गुएलकॉन गुएलकॉन!' जिन्हें देर हो गई थी वे अब लास अमेरिकास एवेन्यू के ताड़ के पेड़ों पर चढ़ गए हैं और उनके सारे पत्ते तोड़ डाले हैं ताकि उन्हें वे आपके पैरों के नीचे बिछा सकें; कुछ लोग ख़ुद ही सड़क पर लेट जाते हैं ताकि आप उन पर चलें; कई और लोग स्पीकर वाले ट्रकों में ज़ोर-ज़ोर से गायक खोसे खोसे के 'एल ट्रिस्टे' को बजाते हुए आते हैं क्योंकि एक रात जब उन्होंने आपको पिकापोयो दी थी तब वही गीत बज रहा था और उन्हें लगता है कि यह आपकी याददाश्त को तरोताज़ा करने का एक अच्छा तरीक़ा हो सकता है। कई लोग टिंटेड खिड़कियों वाली पिकअप में आते हैं, जिनकी छत पर लगे लाउडस्पीकर उनके और आपके बारे में नारे और कहानियाँ कहते हैं। कुछ लोग सिविल डिफेंस के सदस्यों के रूप में आते हैं ताकि वे लोगों को इधर-उधर धकेल सकें और कह सकें, 'चलो, चलो! चलो, आगे बढ़ो!' डंडों को लहराते हुए और छोटे नारंगी बनियान पहने जिन्हें आप एक मील दूर से बता सकते हैं कि घर पर सिली गई हैं। और फिर आख़िर में लोग संगठित हो जाते हैं और एक महिला के दिये रजिस्टर में अपने नाम पर हस्ताक्षर करते हैं (वह महिला मूँगफली की पट्टी भी बेचती है) ताकि आप देख सकें कि कौन आपका स्वागत करने आया था और कौन नहीं। जब विमान उतरते हुए नज़र आता है तो महिलाएँ पागल होने लगती हैं, उनके मुँह से झाग निकलने लगता है जबकि आदमी सम्भोग के बाद होने वाली कमज़ोरी से काँपते पैरों के साथ कार बम्पर को पकड़कर 'एल पेरीतो' नाचने लगते हैं।

फिर आप यहाँ पहुँच जाते हैं, आप भाग रहे हैं। सड़क के दोनों तरफ़ लोगों की लाइनें लगी हुई हैं। रस्सी उन्हें आपके शरीर से दूर रखती है लेकिन वे हाथ आगे कर देते हैं ताकि बिना रफ़्तार खोए आप उनको हाई फाइव कर सकें। आप अपना दो हज़ार डॉलर का सूट उतार चुके हैं और अब सत्रह सौ डॉलर का नीले रंग का जॉगिंग सूट पहने हैं। बारिश शुरू हो रही है और लोग ख़ुद को ढकने के लिए छाते और मोमजामे निकालते हैं। कोई एक अनुचर कार्डबोर्ड का टुकड़ा लिये आपके पीछे चल रहा है ताकि आपका सिर गीला न हो, लेकिन आपको इतना पसीना आ रहा है कि लगता है आप भीगे हुए हैं।

आपके पीछे सायरन बजाती कारों, ट्रकों, मोटरसाइकिलों और स्कूटरों और दौड़ते लोगों का कारवाँ है, कुछ अन्य लोग व्हीलचेयर और बाइक पर हैं, और आपको लोगों की नज़रों में बनाए रखने के लिए हैलोजन लाइट्स की रोशनी आप पर डाल रहे हैं क्योंकि बारिश के कारण अँधेरा हो रहा है।

ड्राइवरविहीन पोंटिएक ट्रांस एम्स के कारवाँ को लोग पहचानने लगते हैं, और वो प्रतिकृतियाँ भी जो पापू बेचने के लिए वापस लाए हैं। पापू के पहनने के लिए दर्जनों पाँच हज़ार डॉलर के सूट, हज़ारों घड़ियाँ, चेन, सफ़ेद सोने की अँगूठियाँ और हार जो कल्पना मात्र से पापू के शरीर का हिस्सा बन जाते हैं, और जो उन्हें लगता है कि वह इन्हें क़ब्र तक पहने रहेंगे। कोई अपनी बाँहों में एक बच्चा लिये आता है ताकि पापू उसे बपतिस्मा दे सकें (पादरी, बच्चे की माँ, और बपतिस्मा देने वाले बर्तन या हौदी के साथ वेदीवाला लड़का उसके साथ चल रहा है), और कोई पापू के नाम पर एक सूअर काटता है ताकि एक महिला पापू तक पहुँचकर काँटा पापू के मुँह के पास ला सके और पापू उस भुने हुए सूअर के मांस पर फूँक मारें और फिर, वाह, बिना रुके उसे खा जाएँ। और इस तरह रास्ते-भर वे मुर्ग़ियों, बकरियों और गिनीफाउल (मुर्गे) को मारते हैं, और दौड़ते हुए पापू हर चीज़ को चखते हैं। जब साथ चल रहा एक मरियल तोता, 'कॉम्पाद्रे पेद्रो खुआन' गाने लगता है ताकि उसे घर जैसा महसूस हो तो पापू एक हाथ अपने पेट पर और दूसरा हाथ हवा में करके, कमर हिलाकर नाचने का नाटक करते हैं।

लेकिन इससे पहले कि मैं उन्हें छू सकती, वह हमें टी.वी. पर दिखाई देते हैं, हवाई अड्डे से ला फेरिया तक हाई फाइव करते, घूमते, मुड़ते, तेज़ चलते, और पसीना बहाते हुए। कभी-कभी, और केवल कुछ सेकंड के लिए, वह चलते समय अपनी गर्दन पर दो उँगलियाँ रखते हैं और अपनी घड़ी को देखते हैं। हर दो किलोमीटर पर, सिविल डिफेंस के दो अनुचर उन्हें नीले नाइके के जूतों की एक जोड़ी देते हैं, क्योंकि उनके जूतों के तलवे ख़राब हो गए थे; छह बजे की खबर में एंकर—अपने दाहिने कन्धे पर पापू की एक तसवीर के साथ—कहता है, किसकेया का लाड़ला बेटा वापस आ गया है,

और कुछ ही पल पहले ली गई तसवीरों को एक बार फिर दिखाते हैं—एक बच्चे को बपतिस्मा देते पापू, उन्हें सूअर का मांस चखाती एक बूढ़ी औरत, मुस्कराते पापू और विजेता सरीखे अपने हाथों को अपने सिर के ऊपर उठाए पापू। स्क्रीन पर कार और ज़ंजीरें और बेहोश होती एक अभिभूत गर्भवती भी नज़र आते हैं।

मैं बालकनी में देखने जाती हूँ कि वह पहुँचे हैं या नहीं, लेकिन वहाँ उनका इन्तज़ार कर रही टी.वी. स्टेशन की वैन ही नज़र आती हैं, और फ़ुटपाथ पर हाथ में माइक लिये रिपोर्टरों की क़तार, मेरी तरफ़ इशारा करते हुए। मैं सिली दादी की बालकनी से उनकी तरफ़ हाथ हिलाती हूँ, और जब मैं अन्दर जाती हूँ देखने के लिए कि क्या समाचार से पता लग सकता है कि पापू कहाँ हैं, तो मैं ख़ुद को स्क्रीन पर देखती हूँ, सिली की बालकनी से हाथ हिलाती हुई।

दो

मेरे पापू के पास तुम्हारे पापू के मुक़ाबले सब कुछ ज़्यादा है। वह उनसे अधिक ताकतवर हैं। उनके बाल ज़्यादा हैं, ज़्यादा मांसपेशियाँ, ज़्यादा पैसा और उनकी तुलना में ज़्यादा गर्लफ्रेंड भी। मेरे पापू के पास तुम्हारे पापू से ज़्यादा कारें हैं, शैतान से भी ज़्यादा कारें हैं, इतनी कारें हैं कि उन्हें कुछ बेचनी पड़ीं क्योंकि रखने की जगह नहीं थी। पापू के पास ऐसी कारें हैं जो बात करती हैं और आपको सीट बेल्ट लगाने और अंग्रेज़ी, फ्रेंच और अन्य भाषाओं में अपना मुँह बन्द करने के लिए कहती हैं। पापू हर दिन अलग गाड़ी चलाते हैं क्योंकि उनके पास बहुत सारी गाड़ियाँ हैं और उन्हें सबका ख़याल रखना होता है—एक सुबह के लिए, एक दोपहर के लिए, और एक शाम के लिए, यानी हर चार घंटे में दूसरी गाड़ी। कभी-कभी दोपहर को खाना खाने के लिए अलग गाड़ी। एक मुझे स्कूल से लाने के लिए, एक मेरे पहले कम्यूनियन के लिए, एक रविवार को मुझसे मिलने के लिए, एक अपनी माँ से मिलने के लिए और एक अपनी बहनों से मिलने के लिए, फ़ादर्स डे के लिए एक जगुआर, वैलेंटाइन डे के लिए एक केमेरो, भव्य कार्यक्रमों के

लिए एक बी.एम.डब्ल्यू., एक फ़ेरारी मुझे आइसक्रीम खिलाने ले जाने के लिए—हर चार घंटे में एक अलग गाड़ी। एक कार है जो वह मम्मी को बच्चों की परवरिश के लिए पैसे भेजने के लिए इस्तेमाल करते हैं, एक कार जिसमें वह मम्मी को कहने आते हैं कि दोबारा साथ रहना चाहते हैं और एक कार (आमतौर पर एक छोटी मर्सिडीज़ कनवर्टिबल) जिसमें बताने आते हैं कि वह किसी दूसरी महिला से शादी करने जा रहे हैं और हमें शादी में आमंत्रित करते हैं और मम्मी का फर्नीचर उनके इत्र की ख़ुशबू से भर जाता है; इतनी तेज़ ख़ुशबूवाला इत्र, इतना महँगा; तुम्हारे पापू के इत्र से कहीं ज़्यादा अगर तुम्हारे पापू ने कभी इत्र जैसी चीज़ देखी हो तो।

इस सबसे मम्मी को सिरदर्द हो जाता है। पापू के पास काली खिड़कियों वाली कारें हैं जिनमें काले पर्दे लगे हैं जो सूरज की एक किरण को भी अन्दर नहीं आने देते। कारें जो बताती हैं कि किसने दरवाज़ा खुला छोड़ा और कौन नाक खोद रहा है; लम्बी बड़ी कारें, कारें जिनके दरवाज़े ऊपर उठकर खुलते हैं। ऐसी कारें जिनकी वजह से कार से उतरने से पहले ही लोग इकट्ठा हो जाते हैं। कारें जिनको देखकर बच्चे, युवा और बुज़ुर्ग—ज़्यादातर अश्वेत और नंगे पैर—उन्हें छूने चले आते हैं क्योंकि उनको लगता है कि पापू और मैं स्पेसशिप में आ पहुँचे हैं; लगभग हमेशा मालेकॉन के बियर हॉल या कार वॉश के ठीक सामने। वे हमें और कार को छूने आते हैं और वे पापू से कार के बारे में, मेरे और कार के बारे में पूछते हैं, और पापू बिना उनकी तरफ़ देखे जवाब देते हैं, जैसे कि यह बताना महत्त्वपूर्ण नहीं है, जैसे कि कारें हमेशा उड़ती रही हैं, जैसे कि पापू और मैं हर दोपहर अन्तरिक्ष यान सरीखी एक कार में आ पहुँचते हैं, मालेकॉन के बियर हॉल के सामने, जो वास्तव में सच है।

पापू कार से उतरते हैं और दरवाज़ा खुला छोड़ देते हैं ताकि बच्चे, युवा और बुज़ुर्ग (लगभग सभी अश्वेत और दुबले-पतले और नंगे पैर) कार में जा सकें, वाइपर और लाइट चालू कर सकें और दरवाज़े खोल सकें जो सीगल के पंखों की तरह ऊपर मुड़ते हैं, किसी अन्तरिक्ष विमान सरीखे। कभी-कभी पापू उन्हें चाबी भी दे देते हैं ताकि वे इसे चालू कर उड़ सकें। लेकिन वे इतने मूर्ख हैं कि वे क़रीब तीन बार चक्कर लगाते हैं और फिर समुद्र में गिर

पड़ते हैं या मालेकॉन की चट्टान से टकरा जाते हैं, या फिर वे मृत जूते की एक जोड़ी जैसे बिजली के तारों में उलझ जाते हैं।

पापू को फ़र्क़ नहीं पड़ता। वे ख़ुद मर जाएँ या फिर नारियल के पेड़ के ऊपर कारों को लटका दें, क्योंकि उनके पास ढेरों कारें हैं। पापू बस एक कैमरा निकालकर दुर्घटना की पोलेरॉइड फ़ोटो खींचते हैं ताकि इसे जीवित बच्चों, किशोरों और बुज़ुर्गों को दे सकें; जैसे ही हम हटते हैं वे उस तसवीर के लिए कुत्ते-बिल्ली की तरह लड़ने लगते हैं।

मेरे पापू के पास इतने सारे कपड़े और उन्हें रखने के लिए इतनी सारी अलमारियाँ हैं कि कभी-कभी, जब वह कोई ख़ास शर्ट पहनना चाहते हैं तो उन्हें नई ख़रीदनी पड़ती है क्योंकि वह भूल जाते हैं कि जो उनके पास है, उसे किस अलमारी में रखा था। उनके पास बहुत-सी पोलो शर्ट्स हैं, छाती पर बने पोलो खेलते उस छोटे से आदमी वाली कि उन्हें रखने के लिए लगभग पन्द्रह अलमारियाँ हैं; अगर वह चाहते तो उनकी ज़िन्दगी के हर दिन के लिए एक शर्ट होती। धुलने के बाद भी उन सभी पोलो शर्टों से पापू के इत्र की ख़ुशबू आती है। धुलने के बाद भी इत्र की ख़ुशबू कपड़ों में रह जाती है, भले ही पापू उन्हें धुलवाने के लिए बाहर भेज देते हैं, यह ख़ुशबू नहीं जाती। इसलिए जब पापू इत्र बदलते हैं तो उन्हें अपने सभी कपड़े भी बदलने पड़ते हैं और नये ख़रीदने पड़ते हैं और फिर से शुरू करना पड़ता है।

मेरे पापू के पास शैतान से ज़्यादा कारें हैं। मेरे पापू के पास इतनी कारें, इतने पियानो, इतनी नावें, सब-मशीनगन, जूते, जैकेट, ओवरकोट और हेलीपोर्ट हैं...मेरे पापू के पास इतने जूते हैं, और...मेरी पापू की बहुत सारी गर्लफ्रेंड हैं, मेरे पापू के पास इतने सारे जूते हैं, चमड़े पर चील और साँप की कढ़ाई वाले जूते, चमड़े के जूते, रबर के जूते, काले जूते, भूरे, लाल, सफ़ेद, कारमेल रंग के, शराब के रंग के, जैतून के-से हरे रंग के जूते, नीले जूते, ध्वज वाला नीला रंग। बदसूरत जूते भी। पोलो खेलने और घास काटने के लिए जूते। ऑफ़-रोडिंग के लिए जूते। मेरे पापू के पास मोटरसाइकिल, स्कूटर, निंजा बाइक, पालतू जानवर, चार पहिया गाड़ियाँ और पैडल मारकर चलनेवाली गाड़ी या साइकिल भी है। पापू के बाल घुँघराले हैं, काले और घुँघराले,

क्योंकि जब वह नौसेना में थे और वर्दी पहनते थे—सफ़ेद, ख़ाकी जूते, लकड़ी की बन्दूक़, सिर्फ़ तसवीरों के लिए एक नक़ली बन्दूक़—मेरे पापू के बाल बहुत छोटे थे क्योंकि जंग के दौरान नौसेना में बालों को एक इलेक्ट्रिक रेज़र से मुँड़ा दिया गया था जो 'ज़ूम-ज़ूम' कर चलता था और उनके सुनहरे बालों में जो बचे थे उन्हें काट दिया था।

बचपन में पापू बहुत गोरे थे और उनके बाल कुछ ज़्यादा ही सुनहरे थे, लगभग अल्बिनो (सूरजमुखी मनुष्य) जैसे; एकदम सीधे और बहुत लम्बे—क्योंकि एक दिन जब केले का एक टुकड़ा उनके गले में फँस गया था, और वह जैतून जैसे काले हो रहे थे, तब उनकी माँ ने अल्ताग्रासिया की वर्जिन से वादा किया था कि अगर यह केले से बच गया, तो वह उसके बाल बढ़ने देंगी, और यही कारण है कि सभी तसवीरों में पापू के अत्यन्त सुनहरे, एकदम सीधे, बहुत लम्बे-लम्बे बाल हैं। उन्होंने बहुत तसवीरें लीं, लेकिन ज़्यादातर तसवीरों में उनका चेहरा नज़र नहीं आता, बस उनके बहुत लम्बे बाल, और जब कभी और कहीं उनका चेहरा दिखाई देता है, तो वह कमर तक बहुत लम्बी और सुनहरी चोटीवाली लड़की सरीखा दिखता है।

लेकिन अब उनके बाल काले, घने और छोटे हैं, मिनी-एफ्रो जैसे। पापू के दोस्त उनकी कंघी करते हैं; वे ख़ास उनकी कंघी करने के लिए वहाँ पर आते हैं, ब्लो-ड्रायर और थोड़े गोल बेलनाकार ब्रश के साथ जो पापू के बालों में 'क्रा-क्रा' सी ध्वनि करता है, उनके अत्यन्त काले और घुँघराले बाल। पापू के दोस्त, जो उनके बालों में कंघी करते हैं और उनकी दाढ़ी बनाते हैं और उनके नाख़ून काटकर उन पर पारदर्शी नेल पॉलिश लगाते हैं, वे मेरी भी सेवा करते हैं। मेरे बालों को सिंक में धोते हैं, तौलिये से सुखाते हैं, ब्लो-ड्राई करते हैं और पापू वाले से बड़ा एक गोल बेलनाकार ब्रश इस्तेमाल करते हैं क्योंकि मेरे बाल अभी भी सुनहरे हैं, और उतने सीधे नहीं हैं, और न ही उतने लम्बे और न ही अल्बिनो जैसे। इसके बाद वे हम दोनों के बालों पर कुछ जादुई बूँदें लगाते हैं और हमें कहते हैं कि हम सुन्दर हैं और एक जैसे हैं, और मैं अपने इतने सुनहरे बालों के साथ आईने में देखती हूँ और सच में मैं काफ़ी हद तक पापू जैसी हूँ।

ब्लो-ड्रायर पापू का है, साथ ही ब्रश भी, और उनका एक दोस्त हमारे बाल धोने और कंघी करने और सुखाने आता है। वह हमारे नाख़ूनों पर अलग-अलग रंगों की नेल पॉलिश लगाता है—मेरी नेल पॉलिश गुलाबी है, जो बाद में उखड़ जाती है। नेल फ़ाइलर, प्यूमिस स्टोन्स, हाइड्रेटिंग क्रीम, कोको ऑयल और जॉनसन तेल से भरे एक छोटे से दराज में पापू के पास नेल-पॉलिश रिमूवर है। उनका दोस्त मुझे अपनी गोद में बैठाता है और रुई के गोले से मेरे गुलाबी क्यूटिकल सँवारता है और तभी रुई का एक गोला फ़र्श पर गिर जाता है जो ख़ून से सना मालूम पड़ता है।

पापू को ध्यान नहीं रहता कि उनके पास कितनी जैकेट हैं, डिस्को के मालिक जो उनके दोस्त हैं और उन्हें उपहार देते हैं, जिन्होंने उनके लिए जैकेट, घड़ियाँ और टोपियाँ बनवाई थीं जिन पर उनके नाम के शुरुआती अक्षर को सोने के तार से काढ़ा गया है ताकि उन्हें उद्घाटन और नये साल की पूर्व संध्या की उन पार्टियों में दिया जा सके, जिसमें पापू एक नई प्रेमिका, एक नई कार और जूते की एक नई जोड़ी के साथ भाग लेते हैं। वे सब आपके या आपके पापू की चीज़ों की तुलना में नये हैं, यदि आप वास्तव में यह जानते हैं कि ऐसी चीज़ों का क्या मतलब है। लोगो वाला या बिना लोगो का जैकेट, नीला जैकेट जैसा बेसबॉल खिलाड़ी पहनते हैं, फॉस्फोरसेंट जैकेट, बड़ा-सा रुई से बना हुआ जैकेट जिसे पहनते ही मैं ग़ायब हो जाती हूँ। लेकिन मैं उन्हें फिर भी पहनती हूँ और मुझे परवाह नहीं है। जैसे ही पापू निकलते हैं मैं उन सभी को पहन लेती हूँ और मैं पापू की अलमारी में अकेली रह जाती हूँ। मैं उनकी सभी वॉक-इन अलमारियों में जाती हूँ और उनकी सभी जैकेट पहनकर देखती हूँ और वे सभी मुझ पर बहुत अच्छी लगती हैं। वे थोड़ी बड़ी हैं, लेकिन फैशन में हैं, और मुझे अच्छी लगती हैं, इसलिए मैंने पापू की जैकेट में से एक पहन ली, और पापू के जूते की एक जोड़ी भी पहन ली और मैं अलग-अलग कॉम्बिनेशन पहनकर पहली और आख़िरी अलमारी के बीच हॉल में चलती हूँ, जिससे जूते 'क्लैक-क्लैक' करते हैं; मुझे वह ध्वनि पसन्द है और मैं एक चरवाहे जैसा महसूस करती हूँ मानो किसी दूसरी दुनिया में रहती हूँ।

पापू

जब पापू मुझे अपनी जैकेट में देखते हैं तो कहते हैं कि मुझे जैकेट पहने देखने-भर से उन्हें पसीना आने लगा है, लेकिन मुझे समझ में नहीं आता। वह कहते हैं कि मुझे जैकेट पहने देखकर उन्हें गर्मी लग रही है। लेकिन मैं पहने रहती हूँ और पापू को पसीना, पसीना, पसीना, पसीना, पसीना, और पसीना आता रहता है। वह लाल हो जाते हैं और ऐसा लगता है मानो फटने वाले हैं। वह कहते हैं कि ये सर्दियों की जैकेट हैं। लेकिन मुझे समझ में नहीं आता। उनका कहना है कि ये जैकेट सर्दियों के लिए हैं। लेकिन मैं तब भी पहने रहती हूँ और अब मैंने पापू के रे-बैन की एक जोड़ी भी पहन ली है, सुनहरे वाले, क्योंकि पापू के पास दूसरों से अधिक चश्मे भी हैं, लगभग एक सौ बीस जोड़े। पापू बैठकर 'रॉकी 3' देख रहे हैं और रॉकी के सिर को ठोंका जा रहा है, वहीं मैं एक और जैकेट पहन रही हूँ और पापू पिघल रहे हैं। वह सोफ़े पर पिघलते जा रहे हैं, रिमोट कंट्रोल पसीने के उस छोटे से पोखर में तैरता है जो कभी उनका हाथ था, लेकिन वहाँ एक क़िस्म की भाप भी है क्योंकि पसीना बहुत जल्दी वाष्पित हो जाता है, और इसलिए रिमोट फ़र्श पर गिर जाता है। मैं पापू की जैकेट उतारना शुरू कर देती हूँ, एक-एक करके, जल्दी से, क्योंकि मैं अपने पिता के बिना नहीं रहना चाहती, लेकिन जब तक मैं आख़िरी जैकेट उतारती हूँ तब तक पापू सोफ़े पर सिर्फ़ पसीने का एक दाग़ भर होते हैं और स्क्रीन पर मुँह टेढ़ा कर चिल्लाते हुए रॉकी के चेहरे पर क्रेडिट चल रहे होते हैं, वह चिल्ला रहा था—एड्रियन!!!!

लेकिन चिल्लाने वाला रॉकी नहीं है—मैं कन्फ्यूज हो गई—यह वास्तव में पापू हैं, जो इतना पी चुके हैं कि होश गँवा चुके हैं। पापू के पास कई तरह की चीज़ों से भरी कई बोतलें हैं और वह अपने दोस्तों के साथ पीते हैं, जो उनके लिए और भी बोतलें लाते हैं; साथ ही वे एक सोने के सेट से डोमिनोज़ (एक टाइल आधारित खेल) खेलते हैं जो उन्होंने पापू को उपहार में दिया था; यह शायद किसी दूसरे डिस्को मालिक का उपहार था। सुनहरे डोमिनोज़ की गड़गड़ाहट गिलास, बोतल और बर्फ़ की खनखनाहट से मिल जाती है।

एक नौकरानी बोतल पर क़ीमत देखती है और पापू से पूछती है कि क्या वाक़ई में बोतल की क़ीमत उसकी तनख़्वाह से ज़्यादा है।

लेकिन पापू बिस्तर के बग़ल में उल्टी कर देते हैं, हरी उल्टी, हरी-हरी, और फिर पीली, पीली-पीली उल्टी, फिर गुलाबी और फिर गहरा लाल। मुझे यह पसन्द नहीं है। सच में। पापू मुझसे ज़्यादा उल्टियाँ करते हैं, और जिस पल गन्ध मुझ तक पहुँचती है, उसी पल मुझे मिचली आती है और मैं अपने सिर और गर्दन पर बेरम कोलोन और अपनी बाँहों के नीचे बर्फ़ लगाने दौड़ती हूँ। मेरी हालत ख़राब हो रही है। बहुत ख़राब।

पापू मर रहे हैं, मैं मर रही हूँ, लेकिन सौभाग्य से पापू के पास एम्बुलेंस है, दो एम्बुलेंस हैं, दोनों में एक-एक ड्राइवर है और वे हमें कुत्ते के ट्रैक पर ले जाने के लिए आते हैं; और पापू और मैं बस वहाँ बैठे हैं, अपनी व्हीलचेयर पर, और कुत्तों को लकड़ी के खरगोश का पीछा करते हुए देख रहे हैं, जबकि नर्स-फ्लाइट अटेंडेंट हमारे इंट्रावेनस ट्यूब पकड़े है और उन्हें परखने के बाद उनका प्रवाह बढ़ा देती है। पापू और मैं पूरी दोपहर लाल कुत्ते के नहीं जीतने पर दाँव लगा रहे थे, लेकिन लाल कुत्ता जीतता रहता है। यह खेल बहुत मज़ेदार है। पापू के दोस्त हर जगह हैं, बाद में वे हमें बैकस्टेज ले जाते हैं और यहाँ हम केनेल और बाथरूम देखते हैं, जहाँ ख़ून के धब्बे और छींटे हैं क्योंकि दौड़ के बाद कभी-कभी कुत्ते मर जाते हैं और आप कचरे के बैग से मृत कुत्तों की टाँगें देख सकते हैं। बाद में डॉग ट्रैक पशुचिकित्सक मुझे एक बिन पिछवाड़े के ग्रेहाउंड को इंजेक्शन लगाने देता है—जहाँ पैर और कूल्हा जुड़ते हैं। इस कुत्ते में वहाँ त्वचा का सिर्फ़ एक टुकड़ा है और वह वहीं पेशाब कर देता है, इसलिए मैंने इसी जगह सुई घोंप दी; सुई ग्रेहाउंड में आसानी से घुस गई और फिर एक काले आदमी ने उस कुत्ते को उसके छोटे पिंजरे में वापस धकेल दिया।

अब हम बेहतर हो रहे हैं। चेहरे की रंगत वापस आ रही है। बुखार उतर गया है। पापू दाढ़ी भी बना लेते हैं, जिससे वो और भी बेहतर महसूस करते हैं क्योंकि जब वह शेव करते हैं तो वह बीस साल छोटे दिखते हैं। एकदम गबरू जवान। इतने छोटे, इतने कमउम्र कि मैं उनको अपनी पीठ पर भी उठा सकती हूँ। हम फिर से 'रॉकी-3' देख रहे हैं क्योंकि 'डर्टी डांसिंग' के अलावा इन गर्मियों में टी.वी. पर शायद यही फ़िल्म आ रही है।

बाद में पापू सोफ़े पर सो जाते हैं और मैं सोने का नाटक करती हूँ, और बीच-बीच में एक आँख खोलकर फ़िल्म देखती हूँ—हम दोनों साथ-साथ हैं और हमारी आँखें बन्द हैं। टेलीविज़न की रोशनी में पापू और भी सुन्दर दिखते हैं और मैं टी.वी. की आवाज़ बढ़ा देती हूँ ताकि पापू की महिला मित्रों के चिल्लाने की आवाज़ सुनाई न दे; ताकि वे मनहूस औरतें पापू को जगा न दें। लेकिन वे सब पार्किंग में इकट्ठा होने लगी हैं और उन्हें आवाज़ दे रही हैं और पापू के नाम की तख़्तियाँ और तसवीरें लेकर वहाँ गोल-गोल घूम रही हैं और उन्हें आवाज़ लगा रही हैं। वे मुझे आवाज़ लगाती हैं, फिर एक मानव टॉवर बनाती हैं, और ऊपर—जहाँ मैं पापू के साथ हूँ—पहुँचने के लिए एक-दूसरे के कन्धों पर अपने सैंडल की पैनी एड़ी धँसा देती हैं।

और सब आ जाती हैं : पतली और लम्बी, बहुत मोटी, बड़े-बड़े नितम्बों वाली, महिलाएँ जो काली हैं और लाल बालों वाली हैं, पिचकी नाक वाली और तीखी नाक वाली, भारी वक्षों वाली, बनावटी, उभरे स्तनों वाली ऐसे मानो आसमान छू रहे हों और दूसरी जिनके बाल हवा में उड़ते हैं—सूरज और चाँद के गुरुत्वाकर्षण खिंचाव के बीच फँसी बेवक़ूफ़ की भाँति, प्रीमेंस्ट्रुअल सिंड्रोम से पीड़ित, समय में ठहरी हुई लाल रंग की सुनामी सरीखी। वे यहाँ आ पहुँची हैं, पलकों पर नक़ली नाख़ून लिये, नाख़ूनों पर आँखें; पेट ऐसा है (और जब मैं ऐसा कहती हूँ तो अपनी दाहिनी तर्जनी से अपने बाएँ हाथ के बाइसेप की तरफ़ इशारा करती हूँ, दूसरे शब्दों में, पेट को लगभग डेढ़ फुट मापना चाहिए), स्टिल्ट्स और सर्जिकल सुइयों पर टिकीं, सुइयों से ज़्यादा लेजर पर। उनके पास अपने जहाज़, मोटरसाइकिल और स्कूटर हैं जो पापू ने उनके लिए ख़रीदे थे। और वे सभी स्टेशनरी साइकिल (एक्सरसाइजिंग साइकिल) पर मुझे ज़िन्दा खाने के लिए एक साथ आती हैं, चम्मच से मेरा गला घोंटने के लिए और मेरे तालू पर अर्धवृत्त टैटू कर जाती हैं। एक अर्धवृत्त जिसका अर्थ है कि उन्होंने मुझे खाने के लिए मजबूर किया, कि उन्हें मेरे स्वास्थ्य और मेरी भलाई की चिन्ता है, कि वे सभी अच्छी सौतेली माँ हैं और पापू ने सही चुना है, इसलिए मुझे उनसे प्यार करना चाहिए, उनके साथ रहना चाहिए, उन्हें समझना चाहिए और उनके स्तनों—छोटे स्तन और

बड़े स्तन से रिसने वाले दूध को पीना चाहिए यानी उनके मेरे प्रति प्रेम को समझना चाहिए, और उन्हें माँ, मम्मी, मम्मी पुकारना चाहिए। वे पागलों की तरह मेरी तरफ़ आती हैं, चिल्लाती हुई, झूठे गर्भ के दर्द में तड़पती हुई, कपड़े और रुई के जानवरों को जन्म देती हुई, रबर के बच्चों को जन्म देती हुई जो पेट दबाने से पेशाब करते हैं।

वे फिर आ पहुँचती हैं, पिज़्ज़ा की दुकान के नैपकिन से अपने दाँतों से लिपस्टिक को पोंछते हुए, गन्दे चीथड़े लिये, वही चीथड़े जिससे उन्होंने मेरे कान साफ़ करते समय मेरे कान के पर्दे को पंचर कर दिया था, और अब वे और पोंछे और चीथड़े लेकर आ रही हैं, बचे-खुचे को साफ़ करने के लिए क्योंकि वे मुझे पोंछते हुए कभी नहीं थकतीं, हर जगह चीथड़े और एनीमा घुसाते हुए जब पापू आसपास नहीं होते हैं जब पापू कार में यहाँ से भाग जाते हैं, वो कार जो वह बालकनी में खड़ी रखते हैं। जब वह भाग जाते हैं तब भी वे यहाँ आ पहुँचती हैं, चिल्लाती, शाप देती, अपने भुरभुरे बाल नोचते हुए जो ग्रेनाइट के फ़र्श पर चीनी मिट्टी के बर्तन की तरह गिरकर धूल हो जाते हैं।

अब गर्लफ्रेंड्स प्लास्टिक के लाल झंडों से सजे ट्रकों में आ रही हैं—राजनीतिक दल के लाल और पीले झंडे, फिर दूसरी पार्टी के पीले और बैंगनी झंडे, बैनर, कंफ़ेद्दी और लाल झंडियों से सजे तीन सौ हज़ार वाट के स्पीकर वाले साउंड ट्रकों में वे अपने लिए प्रचार कर रही हैं, और इतनी ज़ोर से अपने पेट और छाती पीट रही हैं कि कभी-कभी आँतें बाहर झाँकने लगती हैं, या सिर्फ़ आँख। वे उग्र हैं, राक्षसी हैं, सुन्दर हैं, डरावनी हैं। वे मुझसे नफ़रत करती हैं, नफ़रत करती हैं..., मुझसे नफरत करती हैं, क्योंकि उन्हें मुझसे प्यार करना है, मुझसे प्यार करना है...।

वे क़रीब आ रही हैं, मैं पापू को बताती हूँ, और वह सीट के नीचे से एक पिस्तौल निकालकर मुझे देते हैं। 'गोली मारो', वह स्टीयरिंग व्हील के नीचे सिर छिपाते हुए कहते हैं, क्योंकि वे हम पर गोलियाँ चला रही हैं, पत्थर फेंक रही हैं, और फेंक रही हैं हथगोले, सिरेमिक विग जो हमारे चेसिस के बहुत क़रीब बिखर जाते हैं, हमारी कार के क़रीब, जो दो सौ मील प्रति घंटे की रफ़्तार से मालेकॉन पर दौड़ रही है। मैं एक हाथ बाहर निकालती हूँ

और दनादन गोलियाँ दाग देती हूँ, और परेड के मंच से छाती पकड़े पापू की गर्लफ्रेंडों की चीख़ें सुनाई देती हैं। पापू मुझे बन्दूक़ें पकड़ाते जाते हैं और मैं उनसे गोलियाँ चलाती जाती हूँ; वह मेरी तरफ़ देखते भी नहीं और सिर नीचे कर लेते हैं, घुटनों से गाड़ी चलाते हैं; दूसरे हाथ से वह मेरा सिर नीचे करते हैं ताकि वो हमें मार न सकें, ताकि वे कुतियाँ जो बज़ूका से गोली-बारूद छोड़ रही हैं, वो हमारे ऊपर से निकल जाएँ।

परेड मंच पेपरमेशे और क्रेप पेपर (ताइनो देवता की मूर्तियों, कोलम्बस की नावों, और अभिनेत्री मारिया मोंतेज़ के पोस्टर) से सजे हुए हैं, जो आग में जल जाते हैं; आग बुझाने के लिए डायनें उस पर थूकती हैं लेकिन डायनों की लार में अत्यधिक दहनशील पी.एच. है जिसके चलते पूरा फ्लोट या मंच आग की चपेट में आ जाता है। आग उनकी टाँगों तक पहुँच जाती है, लेकिन मैं पापू की बन्दूक़ों को ख़ाली करना जारी रखती हूँ और जॉर्ज वाशिंगटन एवेन्यू के दोनों तरफ़ परेड का आनन्द लेती हुई भीड़ में वेश्याओं को मार गिराती हूँ। हर बार जब एक मृत वेश्या मंच से गिरती है, दोनों तरफ़ खड़े लोग तालियाँ बजाते हैं। मैं भीड़ को हाथ हिलाती हूँ और वे हाथ हिलाकर बाय-बाय कहते हैं, और मृत महिलाओं को दबोच लेते हैं ताकि उनके हार और कंगन चुरा सकें।

पापू अपना सिर उठाने लगते हैं लेकिन एम-16 के बजाय वह मुझे एक लॉलीपॉप देते हैं, एक नीला लॉलीपॉप, जो मेरी जीभ को लगभग काला कर देता है। मैं ख़ुद को रियरव्यू मिरर में देखती हूँ और सोचती हूँ—और यह ठीक उस समय की बात है जब हम टेकऑफ़ कर रहे थे (क्योंकि अन्ततः फ्रीवे पर हमारे उड़ान भरने के लिए पर्याप्त जगह है)—कि मैं पापू से कहूँ कि मुझे एक चाउ-चाउ ख़रीद दें। लेकिन इससे पहले कि मैं चाउ कह पाती, पापू की गर्लफ्रेंड्स बदल जाती हैं : राख हो चुके मंच की पेपरमेशे की ताइनो देवता की मूर्ति ने उन्हें देख लिया है और उनके ख़ून को सूँघ लिया है, और पापू की गर्लफ्रेंड के ख़ून ने आवाज़ दी है, और एक नमकीन हवा ताइनो देवता की राख को उड़ाकर तबाह लाशों को ढक देती है। भयभीत भीड़ दौड़ने लगती है और अपने कपड़े फाड़ने लगती है क्योंकि मृत महिलाएँ बदल रही हैं,

ऐंठ रही हैं, ख़ुद को पेट पर इतनी ज़ोर से मार रही हैं कि उनके मांस से दो पंख बाहर निकलते हैं, चमगादड़ के-से पंख, बैटगर्ल के-से पंख, शैतान के-से पंख, और वे प्रोटो-टेरोडैक्टाइल्स, ड्रैगनाइल्स, अपनी शापित माताओं की बेटियों की तरह ऊपर उड़ते हैं।

पापू और मैं सात सौ-आठ सौ हज़ार फीट की ऊँचाई पर पहुँचते हैं, जब उन कुतियों में से एक हमारे टायर में अपने नुकीले दाँत धँसा देती है। 'गोली मारो, भगवान के लिए, गोली मारो,' पापू कहते हैं, लेकिन वह मुझे बन्दूक़ देना भूल गए हैं। मैं अपने मुँह से लॉलीपॉप निकालती हूँ और कार की खिड़की से बाहर लगभग पूरी झुकती हूँ (यह सब सात सौ या आठ सौ हज़ार फ़ीट पर चल रहा है, लेकिन पापू मुझे बेल्ट से पकड़ लेते हैं ताकि मैं गिर न जाऊँ) और अपना लॉलीपॉप उस डायन की आँख में घुसा देती हूँ; वह ज़ोर से चिल्लाती है और बाक़ी सभी को एक-एक करके समुद्र के तल तक खींचते हुए गिर जाती है, और समुद्र से झाग उठता है, एकदम सफ़ेद और अत्यन्त सुन्दर, कम-से-कम यहाँ ऊपर से तो सुन्दर।

पापू और मैं ऊपर जा रहे हैं, ऊपर और ऊपर और अब हमें समुद्र भी नहीं दिख रहा। तापमान नीचे जाता जा रहा है, और नीचे और नीचे। पापू काँपने लगते हैं और मैं भी। हम हाथ जोड़कर उनमें फूँकते हैं। पापू कार हीटर चालू करते हैं; कार में एक नक़ली गर्मी भर जाती है, जो चाहे जितनी भी हो, ठंड को नहीं रोक पाती।

बाहर सब कुछ सफ़ेद है। मैं पापू से पूछती हूँ कि क्या यह बर्फ़ है? और क्या हमें सर्दियों के कपड़ों की आवश्यकता होगी? वह कहते हैं—नहीं, ये सिर्फ़ बादल हैं। लम्बे समय तक बस यही दिखाई देता है—सफ़ेद और अधिक सफ़ेद, और फिर एक पीली रोशनी रिसती है और सब कुछ भिगो देती है। संगीत भी है, एक वर्तमान मेरेंगे हिट जो कुछ इस तरह है : खेलती सफ़ेद पतंग अनदेखा करती है/कि आप पहले से ही मेरे हैं। इसके बाद हमें पीले नियॉन साइन दिखाई देते हैं जिनमें बियर की एक बोतल से लगातार झाग की धारा बहती है जो 'कार वॉश' लिख देती है। पीली जैकेट पहने दो अश्वेत महिलाएँ बादलों से स्केटिंग करती हुई आती हैं और पापू की कार के

दरवाज़े खोलने में हमारी मदद करती हैं, क्योंकि जैसा कि मैंने पहले कहा था, वे ऊपर उठकर खुलते हैं, लेकिन अब वे फँस गए थे क्योंकि सफ़ेद ठंड हर दरार में घुस गई है और जम गई है। दो अश्वेत महिलाएँ, जो पापू को बहुत पहले से जानती हैं, हमें सफ़ेद फर के हुड वाले पीले जैकेट पहनने में मदद करती हैं। जैकेट (यह कार वॉश शानदार है—पापू कहते हैं) पर चाँदी में हमारे नाम छपे हैं। वे बहुत सुन्दर हैं, और कार धुलाई के लिए जाते समय जब हम बाक़ी ग्राहकों के बीच जगह खोजते हैं, ठंड के कपड़े पहने, तो मैं ख़ुश हूँ। हर कोई बार में है, छोटे फॉर्मिका टेबल पर झुके हुए। सभी आदमियों के बाल एक तरीक़े से कटे हुए हैं : सिर के ऊपर एक जूड़ा जिसे वे उँगली और अँगूठे के साथ खींचते हैं ताकि ज़्यादा बड़ा लगे, पीछे एक पतली तैलीय चुटिया और दोनों तरफ़ डिजाइन—कैंची और रेजर से बनाई गई मूर्तिकला—सर्जियो वैलेंटे का साँड़, बेथलहम के सितारे, या टोनी मोटा के चेहरे जैसे डिज़ाइन।

खिड़की से ग्राहकों की कारें नज़र आती हैं। पापू की पूर्व गर्लफ्रेंड—गर्दन पर लेटेक्स से ढकी चमकने वाली चेन से बँधी—विशाल स्पंज निचोड़ती हैं। पाइप से लगातार निकलता फोम उनके शरीर पर गिरता रहता है, और इन लड़कियों को बहुत ठंड लग रही होगी क्योंकि वे नंगी हैं।

तीन

फिर पापू शॉपिंग करने जाते हैं।

और मैं उनके साथ जाती हूँ।

क्योंकि वह मेरे पिता हैं और मैं उनकी बेटी।

पापू इतनी ख़रीदारी करते हैं कि मैं याद भी नहीं रख पाती। पापू के पास इतने पैसे हैं कि उन्हें औरतों वाला पर्स रखना पड़ता है; आदमियों वाला पर्स पूरा नहीं पड़ता। इसी कारण वह हमेशा एक महिला के साथ होते हैं, ताकि वह उनका पर्स सँभाले। उनके पास कई पर्स हैं, कुछ जो उनके जूतों से मेल खाते हैं, ज़्यादातर चमड़े के हैं और हर साइज़ के, सुन्दर और अच्छे। उनके पास कई बेल्ट भी हैं, भैंस, गैंडे या कोमोडो ड्रैगन के चमड़े से बनी हुई। यही कारण है कि जब हम ख़रीदारी करने जाते हैं तो वह अपने पर्स, चेकबुक और बटुआ रखने के लिए एक नहीं बल्कि दो या तीन महिलाओं को साथ लाते हैं। इतने सारे बटुए कि कभी-कभी पापू को लगता है कि वह पूरी दुकान ख़रीद लें और रात-भर एयर कंडीशनर, फ्रीजर, ब्लेंडर, टी.वी. और अन्य घरेलू उपकरणों के बीच रहें।

जब मैं छोटी थी, तो पापू मुझे पर्स की तरह उठाते थे, ऐसा वह कहते हैं—वह मुझे पर्स की तरह इधर-उधर ले जाते थे। और जब भी वह यह बात कहते हैं मुझे बहुत ख़ुशी होती है और मैं ख़ुद की एक सात-पेसो की फ्रॉक में कल्पना करती हूँ जो मेरी माँ ने मेरे लिए ला सिरेना में ख़रीदी थी, एक छोटी सी फ्रॉक जिसे मैं बहुत बार पहनती हूँ, और पापू मुझे उठाते हैं और मैं उनके बग़ल में टँगी हुई हूँ एक बैकपैक की तरह, एक पैकेट की तरह, एक ख़ुश छोटा पर्स। पापू मुझे देखते हैं और कहते हैं—मैं यह फ्रॉक बहुत ज़्यादा पहनती हूँ, और क्या मेरे पास दूसरे कपड़े हैं या नहीं? और क्या मेरे पास एक पिता है या नहीं, और क्या मेरे पास एक माँ है या नहीं? 'मेरा पसन्दीदा घर कौन सा है,' वह पूछते हैं, और मैं मम्मी के घर के बारे में सोचती हूँ—दो छोटी दोलन कुर्सियाँ, ब्लैक एंड व्हाइट टी.वी. सेट पर पॉइन्सेटिया वाला घर। और फिर बाद में, जब पापू मुझे नीचे उतार चुके थे, हम पापू के पचास घरों में से एक घर में जाते हैं। इस घर में लगभग सात कारें खड़ी हैं और कोई-न-कोई हमेशा कोई नई सजावट की चीज़, एक नया स्टोव, एक क्रिस्टल जहाज़ वाली नई बोतल लेकर आता है। प्रत्येक घर में एक पूल है जिसे पापू ने ख़ुद भरा है। हवा वाले व्हेल, ड्रैगन, स्ट्रॉबेरी शॉर्टकेक, रोबोट, मोटरबोट (पूल बहुत बड़ा है), और छोटी पनडुब्बियाँ जिनमें पापू और मैं घुस सकते हैं। पापू और कभी-कभी उनकी एक अदद गर्लफ्रेंड भी, जिन्हें पनडुब्बी के पोर्टहोल से बाहर देखने का सपना भी नहीं देखना चाहिए क्योंकि वहाँ से पूल के तल पर रह रहे सभी डरावने समुद्री जीव नज़र आते हैं। मैं बहादुरी से उन्हें देखती हूँ ताकि पापू का ध्यान मुझ पर रहे; ताकि वह देखें कि मैं डरती नहीं।

पापू ने अपने हर घर में मेरे लिए एक कमरा बनाया है—हर एक कमरे में सफ़ेद बाँस से बना ड्रेसर, नाइटस्टैंड और छोटा सा लैम्प है। हर घर में बिस्तर और उस पर रज़ाई है जिसमें एक तरफ़ रेनबो ब्राइट के चित्र हैं और दूसरी तरफ़ ग्रेमलिंस के। पापू के पास इतने सारे रेनबो ब्राइट और ग्रेमलिन हैं कि मैं तो बर्दाश्त ही नहीं कर सकती। रेनबो ब्राइट और ग्रेमलिंस से भरी एक अलमारी। पापू ने मेरे लिए जूते, क्रेयॉन और वर्णमाला के

स्टिकर ख़रीदे और वाटर कलर, फ्लेक्सी-फोम शीट, बार्बी विग, स्वेट शर्ट्स हेलोवीन सजावट, वाइड-एंगल कॉम्पैक्ट दूरबीन, रिचार्जेबल स्पॉटलाइट्स, एक जूनियर यूटिलिटी टेबल, जर्सी, दस्ताने, और सर्दियों के लिए चमड़े के दस्ताने, जब मैं उनसे मिलने जाती हूँ, या जब पापू लौटें और फिर मुझे अपने साथ ले जाएँ।

अब उनके पास बोनलेस स्किनलेस चिकन ब्रेस्ट, होल बोनलेस बीफ, मी नेनेस, निनटेंडो, ट्राई-ऑन सॉक्स, ताई क्वांडो क्लासेस, काजू, सेमाफोर (दृश्य संकेत उपकरण), होटल-जैसा टर्की ब्रेस्ट, बोनलेस-बीफ शोल्डर रोस्ट, सेंटरकट बोन-इन स्मोक्ड हैम स्टेक, टेरारियम (काँच का कंटेनर) में पालतू मकड़ियाँ (Tarantulas), लेडबेटर के बेकन लिपटे बोनलेस-बीफ टेंडरलॉइन फिले, तिब्बती चर्मपत्र काग़ज़ से बने जापानी लालटेन, सफ़ेद आलू, महिलाएँ, पीले प्याज, महिलाएँ, कैम्पबेल ब्रांड का टमाटर सूप, चिकन नूडल, महिलाएँ, बींस-अनियन एल्फाबेट सूप (एक सूप जिसमें अक्षरों के आकार का पास्ता डाला जाता है)।

मेरे घुटनों में तेज़ दर्द है क्योंकि मैं बहुत तेज़ी से बढ़ रही हूँ, यही वजह है कि पापू मुझे ढेरों साइकिल भेजते हैं ताकि मैं अपने घुटनों का ख़याल रखूँ। वह मुझे हर महीने एक नई साइकिल भेजते हैं, पिछली वाली से बड़ी, हर टाँग के लिए एक, लेकिन मुझे साइड व्हील्स वाली साइकिल चाहिए क्योंकि मुझे गिरने.से डर लगता है, लेकिन हम पापू को नहीं कहते इसलिए वह साइकिल भेजते रहते हैं—लाल, पीली और हरी, ताकि वे जंग खा जाएँ। इस बार वह एक चटख नीली साइकिल भेजते हैं, सात गियर वाली। लेकिन इसे जंग लग जाता है और इसे किसी छोटी लड़की को बेच दिया जाता है। एक साइकिल चचेरे भाई को दे दी जाती है, इसे जंग लग गया है। बाक़ी की ग़रीब बच्चों को दे दे जाती हैं, जो इन्हें बेच देते हैं, भले ही इनमें ईटी या बार्बी वाले मडगार्ड हों।

मम्मी और मैं पत्र लिखते हैं। मम्मी बोलती हैं और मैं लिखती हूँ और मम्मी कहती हैं कि मेरी लिखावट दिन पर दिन सुन्दर होती जा रही है। पत्र में हम पापू से एक रंगीन टी.वी. माँगते हैं। हम कहते हैं कि वह और साइकिल न भेजें।

हम चाहते हैं, या मैं चाहती हूँ, या मुझे जो चाहिए, वह है एक रंगीन टी.वी. क्योंकि वे सभी साइकिलें जंग खा रही हैं।

लेकिन पापू जवाब देते हैं कि वह मम्मी के बॉयफ्रेंड के आराम के लिए रंगीन टी.वी. नहीं देने वाले। मम्मी और मैं एक और पत्र लिखते हैं जिसमें मैं पापू को समझाती हूँ कि वो टी.वी. मुझे ही चाहिए, कि मम्मी का इससे कोई लेना-देना नहीं है, कि मम्मी का कोई बॉयफ्रेंड नहीं है, कि मम्मी सिर्फ़ मेरे लिए जीती हैं, और प्लीज़ इसे अपनी पहली प्राथमिकता बनाएँ और टी.वी. भेजें क्योंकि वह अच्छा होता है, और मम्मी कहती हैं कि मेरी लिखावट वास्तव में बेहतर हो रही है।

पापू सन्देशा भिजवाते हैं कि वह मम्मी और उनके निकम्मे दोस्तों के लिये टी.वी. नहीं ख़रीदेंगे। इसलिए हम फ़ोन करते हैं और मैं पापू को कहती हूँ कि मैं रंगीन 'बग्स बनी' देखना चाहती हूँ और दूसरी तरफ़ वह रोने लगते हैं। मुझे पता है वह रो रहे हैं क्योंकि जब वह रोते हैं तो फुसफुसाने लगते हैं। फिर दरवाज़े की घंटी बजती है, मैं दरवाज़ा खोलती हूँ और वहाँ एफ्रो बालों वाले, डोमिनिकन टी.वी. के चैंपियन, कॉर्पोरान दे लॉस सैंतोस को खड़ा पाती हूँ जो नाक से कंफ़ेट्टी और झंडियाँ उगलती सात कॉर्पोरेट कर्मचारियों से घिरा है। वह टी.वी. देने आया है जो पापू ने भेजा है। इसका डिब्बा इतना बड़ा है कि मैं उससे से एक छोटा सा घर बनाती हूँ जब मम्मी और उनका प्रेमी साढ़े सात बजे का सीरियल देखते हैं।

मुझे टी.वी. बहुत पसन्द है और मुझे टी.वी. देखते हुए अपना बनाया एक खेल खेलना भी पसन्द है जिसमें स्क्रीन पर आने वाली चीज़ों की ओर इशारा करना होता है और कहना होता है, 'मेरा', और पहला व्यक्ति जो 'मेरा' कहता है, वह उस चीज़ का मालिक होता है। और चूँकि मैं हमेशा अकेले खेलती हूँ, इसलिए मुझे सब कुछ अपने लिए रखना पड़ता है क्योंकि मुझे यक़ीन है कि पापू जहाँ भी हैं, उन्होंने पहले ही मेरे लिए यह सब ख़रीद लिया है। जिस दिन पापू वापस आएँगे तो चीज़ें पहले जैसी होंगी, बल्कि पहले से भी बेहतर। हम लोग शाम को ख़रीदारी करने जाएँगे जब दुकान बन्द होने वाली होगी और इसलिए सेल्समैन जल्दी जाना चाह रहे होंगे तो पापू

कहेंगे कि जो चाहिए उसकी तरफ़ बस उँगली से इशारा कर दो और फिर पापू जिस भी प्रेमिका को साथ लिये होंगे उससे कहेंगे कि वह हर रंग ले ले और इसलिए हम हर रंग के मोज़ों से गाड़ियाँ भरते हैं, लम्बे और छोटे, हर रंग के, हर शैली का एक, टखने पर छोटे पोम्पोम वाले मोज़े। बाद में पापू मुझे मम्मी के पास छोड़ने जाते हैं। मम्मी बालकनी से देखती हैं क्योंकि हम कार की डिक्की से सब कुछ उतारते हैं। रात को मैं अपने सभी नये मोज़े पहनती हूँ, एक के ऊपर एक, और बिस्तर पर अपने नये जूतों का एक बाड़ा बनाती हूँ। मैं उसके बीच में लेट जाती हूँ और नयेपन की उस गन्ध में साँस लेते हुए सोने की कोशिश करती हूँ, लेकिन मैं काँप रही हूँ अपनी सभी नई चीज़ों को आज़माए बिना मरने के डर से।

बात यह है कि पापू के पास इतना संगीत है कि हमेशा डर लगा रहता है कि वह गाने को ख़त्म होने से पहले ही रोक देंगे। उनके हर कमरे में एक रिकॉर्ड प्लेयर और एक कैसेट प्लेयर है और उनमें हमेशा एक रिकॉर्ड या एक कैसेट डला रहता है। जब भी लोग आते हैं, पापू अपना सारा समय एक प्लेयर से दूसरे प्लेयर पर स्टॉप, प्ले, रिवाइंड, फास्ट-फॉरवर्ड या पॉज़ दबाने में बिताते हैं। पापू के पास एक अलमारी है, दरअसल कई सारी हैं, जहाँ वह अपने रिकॉर्ड रखते हैं। असल में, दीवारें अलमारियों से ढकी हुई हैं, जिन पर पापू के रिकॉर्ड धूल खा रहे हैं और नौकर—वास्तव में नौकरों का एक पूरा झुंड—उन्हें नीले-मख़मल के कपड़े से झाड़कर उनकी देखभाल करता है।

एक पूरा कमरा मेरेंगे संगीत के रिकॉर्ड से भरा है जिसमें छत तक अलमारियाँ हैं, अमेरिकी संगीत के लिए अलग कमरा है और शास्त्रीय संगीत के लिए एक छोटा कमरा है, या जैसा कि पापू कहते हैं, मृत लोगों का संगीत, और वह कमरा वास्तव में बाथरूम है।

हर शनिवार की सुबह पापू जल्दी उठते हैं और मेरे लिए नाश्ता बनाते हैं इसलिए उन्हें ब्लेंडर से रिकॉर्ड प्लेयर तक, स्टोव से टोस्टर तक और वहाँ से कैसेट प्लेयर तक भागना पड़ता है। मैं उठती हूँ तो सोचती हूँ कि शोर कैसा है। मैं धीरे से लिविंग रूम में जाती हूँ और देखती हूँ कि पापू नाच रहे हैं,

एक लाल एप्रन पहने हुए, जिस पर लिखा है #1 पिंप; उनके एक हाथ में कूको वालॉय का रिकॉर्ड है और दूसरे में तले हुए चीज़ के साथ वाफ़ल या माँगू (कच्चे केले का पकवान) की एक ट्रे।

पापू को कूको वालॉय बहुत पसन्द है, हालाँकि वह मेरे पसन्दीदा गायकों में से नहीं है, ख़ासकर जब कूको अपनी छोटी घंटी निकालता है और कहता है, आओ अब कुछ जादू-टोना करते हैं! मुझे जॉनी वेंचुरा और उनका कॉम्बो शो बेहतर लगता है। वे सभी बहुत तंग पैंट पहनते हैं। मेरी बुआ लेसी का कहना है कि वे सभी अपनी पैंट के अन्दर मोज़े ठूँसते हैं ताकि जब वे नाचें तो बड़े दिखें। वे एक से रंग की शर्ट पहनते हैं, जिसके बटन नाभि तक खुले होते हैं, जिससे छाती के सभी बाल और सोने की चेन नज़र आती हैं। विल्फ्रिडो वर्गास के साथ भी ऐसा ही है। मुझे लगता है कि ज़ंजीरें/चेन किसी प्रकार का संकेत भेजती हैं, जैसे आईने से एक छत से दूसरी छत तक सन्देश भेजना। विल्फ्रिडो ट्रम्पेट बजाता है, जो ट्रॉम्बोन और सैक्सोफ़ोन की तरह रोशनी में चमकता है जो कोनखुनतो किसकेया (म्यूज़िक बैंड) और फ़र्नांदीतो विल्यालोना बजाते हैं। फ़र्क़ इतना है कि जब फ़र्नांदीतो के ब्रास सेक्शन—ट्रम्पेट ट्राम्बोन और सैक्सोफ़ोन बजाने वाले—के बजाने पर जो सिग्नल जाते हैं उनमें चैनल 9 के स्पॉटलाइट्स नज़र आते हैं, और फिर सभी नौकर फ़र्नांदीतो के पास नीचे आ जाते हैं। बोनी सेपेदा और लॉस केंतोन के साथ भी ऐसा ही होता है। हालाँकि लॉस केंतोन कराटे की वर्दी पहनते हैं, और नाचते समय वे जापानी काटा करते हैं और नौकरों को लात मारते हैं। लेकिन चाहे विल्फ्रिडो माइक स्टैंड को लात मारे, कूको जादू-टोना करे और बोनी के चमकदार स्प्रे से लदे-जूड़े में बँधे बाल रोशनी फेंके लेकिन कोई भी शनिवार को नाचते हुए पापू का मुक़ाबला नहीं कर सकता। जब हम अकेले होते हैं और उनके अपार्टमेंट में दीवार बराबर आईने के सामने अभ्यास करते हैं तो वह मुझे सिखाते हैं। दो-तीन, एक-दो-तीन-चार कैसे नाचना है, और मुझे अपने सूट पहनाकर तैयार करते हैं।

हम बालों में जेल लगाते हैं और कंघी को माइक बनाते हैं और पापू माइक छोड़कर रिकॉर्ड प्लेयर या फ़ोन तक जाते हैं और इतनी तेज़ी से

वापस आते हैं कि कंघी को गिरने से पहले पकड़ लेते हैं और मुझे अगला गाना सिखाते हैं।

रिकॉर्ड से ज़्यादा, मुझे रिकॉर्ड के कवर पसन्द हैं। बाँस की बनी कुर्सियों पर पोज़ देते हुए या मुर्गी की टाँग की तरह माइक पकड़े हुए गायकों की तसवीरें। श्वेत-श्याम और रंगीन तसवीरें ताकि साफ़ नज़र आए कि कौन गा रहा है और कौन क्या बजा रहा है। कुछ में तो मेरेंगे गीतों के बोल भी शामिल हैं जो सुनने पर समझ नहीं आते हैं। फ़र्नांदीतो 'एल मायिम्बे' यानी बॉस एक काऊबॉय हैट पहने है और चट्टान पर बैठा है, कूको वालॉय पुलिस से पिट रहा है, और एक बिल्ली का बच्चा फ़ौस्तो रे के कन्धों पर चल रहा है, जबकि लॉस वेसिनोस, एक ही तरह से बाल कटवाकर सफ़ेद ऊनी मोज़ों में खड़े हैं। बोनी सेपेदा के साथ कराटे यूनिफ़ॉर्म और हर साल छोटे होते एफ़्रो बालों में कॉन्सर्ट के लिए साथ आए लॉस केंतोन के रिकॉर्ड के कवर को देखते हुए पापू ने निष्कर्ष निकाला कि लॉस केंतोन अलग हो रहे हैं, समूह टूट रहा है।

एक दिन, शो दे मेदिओदिया (दोपहर का शो) के दौरान, पोलोलो को एक झटके से सेट से हटाने के बाद स्क्रीन पर न्यूज़ एंकर दिखाई दिया और काग़ज़ से पढ़ते हुए उसने कहा, हम आपको सूचित करने के लिए इस कार्यक्रम को रोक रहे हैं कि फ़र्नांदीतो विल्यालोना, उर्फ़ 'एल मायिम्बे' को अजवायन और धनिया रखने के जुर्म में हिरासत में ले लिया गया है। 'ला हामाकीता' (हैमॉक) और 'तबाको ई रॉन' (तम्बाकू और रम) के प्रसिद्ध गायक को सड़क नम्बर 42 के पास पुलिस द्वारा रोका गया, और अधिकारियों ने ग्लव कम्पार्टमेंट की खोज में अजवायन और धनिया पाया, जैसा कि इन मामलों में उपयोग किये गए परीक्षणों से मालूम पड़ा है। फ़र्नांदीतो ने स्वीकार कर लिया है कि कार में पाई जाने वाली सुगन्धित जड़ी-बूटियाँ उनकी थीं, लेकिन अब वह कहते हैं कि उनकी बिक्री और इस्तेमाल वास्तव में उनकी मासी बोलीविया ने किया था, जो अपनी बहन यानी गायक की माँ के सम्मान में एक स्टू बना रही थीं।

टी.वी. के अलावा सड़क से भी आवाज़ें आ रही थीं : कि उसे चरस के साथ पकड़ा है, उसे गाँजे के साथ पकड़ा है। चैनल 9 के कलर विज़न

के स्टूडियो 'ए' पर लौटते हुए, अपने बालों में सफ़ेद बालों की धारी की वजह से क्रुएला ड विल जैसी दिखने वाली सार्वजनिक प्रदर्शन आयोग की निदेशक दोन्या ज़ैदा लोवातोन, ने अपने घर में एक हिलने वाली कुर्सी पर झूलते हुए लाइव टी.वी. पर चर्चा की : मैंने एक बार कह दिया है और मैं इसे फिर से दोहरा रही हूँ, इस ज़हर को जड़ से मिटाना होगा...

बाद में, चैनल 7 पर, शो दे मेदिओदिया की पूर्व स्टार और अब साब्रोशो के लिए अनुबन्धित, जूली कार्लो (सुनहरे घुँघराले बालों में) ने अपने कानों पर उँगलियाँ रख लीं क्योंकि 'एल मायिम्बे' के रिकॉर्ड कवर हाथ में लहराते हुए साँवले लोगों की भीड़ धक्का-मुक्की कर रही थी। इससे पहले कि अपनी छाती पीटती एक महिला जूली से माइक छीन पाती, उसने हमें सूचित किया : फ़र्नांदीतो विल्यालोना को अभी-अभी रिहा कर दिया गया है। गणतंत्र के अटॉर्नी जनरल ने उनके ख़िलाफ़ आरोपों को माफ़ कर दिया है। एक बार फिर एल मायिम्बे आज़ाद है।

बिगड़ैल सितारे की गिरफ़्तारी के विरोध में आक्रोशित भीड़ सड़कों पर उतर आई, कूदने और चिल्लाने लगी और हथकड़ी में एल मायिम्बे बाहर आया और यूनियन वाले खोसे फ्रांसिस्को पेन्या गोमेज़ के बग़ल में खड़ा था, जिसने भीड़ को अपने काले हाथ में चाँदी की चाबी दिखाई और मुस्कराया, उसके दाँत इतने सफ़ेद थे कि सूरज की तेज़ रोशनी उनसे टकराकर वापस हो रही थी, फिर उसने एल मायिम्बे को रिहा करते हुए बॉक्सर की तरह उसके हाथ हवा में उठा दिये। पूरे समय पेन्या उसके दोनों हाथ हिलाते हुए ऊपर-नीचे कूदता रहा। तभी फ़र्नांदीतो ने दौड़ना शुरू करने के लिए क़दम पीछे खींचे और फिर सीढ़ियों के ऊपर से भीड़ में कूद गया। हमने उसे उस काली, लाल, नीली और सफ़ेद भीड़ के ऊपर तैरते हुए देखा, बीच-बीच में हमें केवल उसके एडिडास के जूते और उसकी फूलों वाली शर्ट, उसकी छोटी टोपी और उसकी सोने की अँगूठी घुँघराले बालों के ऊपर तैरती नज़र आती, चैनल 7 पर राहिंटेल के स्टूडियो बी की ओर जाते हुए, जहाँ हाल ही में लॉन्च किया गया साब्रोशो उसका इन्तज़ार कर रहा था।

विल्फ्रिडो, जॉनी, बोनी सेपेदा, रासपुतिन, कूको, डियोनी फर्नांडेज़, बेल्किस कॉन्सेपियोन, अरामिस कामिलो, ला सांतिनी, फेली कुम्बे और जूली कार्लो भी उसका इन्तज़ार कर रहे थे। चैनल 7 के सारे कैमरे और ऑर्केस्ट्रा के सभी सदस्य अनुबन्ध लिये उसकी प्रतीक्षा कर रहे थे जो उसे किसी भी दूसरे किस्म के शो की ज़िम्मेदारियों से मुक्त कर देगा।

फ़र्नांदीतो, उर्फ़ 'एल मायिम्बे', जिसे भीड़ ने मंच तक पहुँचा दिया, ने हस्ताक्षर किये और जूली को गले लगाया और अपने रसीले सफ़ेद मुलातो होंठों को माइक तक लाया, रोने लगा, और फिर मैं भी रोने लगी, और फिर हम सभी रोने लगे। उन्होंने कहा, मुझे गाने के लिए यहाँ इस तरह स्पोर्ट्स शूज़ पहनकर आने के लिए क्षमा करें, लेकिन मैं अभी-अभी जेल से रिहा हुआ हूँ और सीधे यहाँ आ गया इसलिए मेरे पास इन्हें बदलने का समय नहीं था। फिर पूरा ऑर्केस्ट्रा एक साथ 'बाइला एन ला काये' बजाने लगा (सोचिए कितने सारे ट्रम्पेट, ट्रॉम्बोन और सैक्सोफ़ोन बजे होंगे), और फ़र्नांदीतो ने गाने से पहले ऐलान किया : मैं इस गीत को इसके संगीतकार, उस्ताद लुइस 'टेरर' डिआज़ को समर्पित करता हूँ।

पापू के पास अमेरिकी संगीत भी है, और कभी-कभी मैं ही उन रिकॉर्डों को बजाती हूँ। जब मैं नृत्य का सबसे कठिन स्टेप कर रही थी तभी फ़ोन की घंटी बजी और पापू आवाज़ कम करने के लिए मुझ पर चिल्लाए और मैंने वॉल्यूम कम कर दिया। जब पापू ने फ़ोन रख दिया, तो वह मुझे आवाज़ बढ़ाने को कहते हैं और मैं वॉल्यूम के बटन पर हाथ रखकर नाचती हूँ ताकि पापू के कहने पर आवाज़ तेज़ और धीमी कर सकूँ।

पापू को बिली ओशन बेहद पसन्द है।

एक शनिवार जब मैं सोकर उठी तो बिली ओशन का गाना 'कैरेबियन क्वीन' सुनाई दिया, लेकिन पापू मेरा नाश्ता नहीं बना रहे हैं। बल्कि वह उबलते पानी में मृत झींगों को छोड़ रहे हैं, झींगा मछली भी। कई हज़ार। और जब मैंने रसोई के दरवाज़े से देखा तो कई सारे स्टील के भगौने नज़र आए और पापू ने कहा यह इसलिए कि तुम कुछ दिमाग़ के लिए खाओ। पापू बहुरंगी सॉस और सफ़ेद चावल भी बनाते हैं और फिर वह कोने की

दुकान पर फ़ोन करते हैं और उन्हें बर्फ़ के दो बैग भेजने के लिए कहते हैं क्योंकि आज उनका परिवार आ रहा है। मैं बहुत ख़ुश हूँ कि मेरी बुआ लेसी, चीना और मेरी दादी सिली आ रही हैं, और साथ में मेरा फुफेरा भाई पुची और बहन मिली भी, जो पापू की एक दूसरी बहन के बच्चे हैं, जिनकी प्रसव के समय मृत्यु हो गई थी क्योंकि उनके जुड़वाँ बच्चों का वज़न चौदह-चौदह पाउंड था।

मेरी दादी सिली ने मेरी बुआ लेसी और चीना के साथ मिलकर उन जुड़वाँ बच्चों को पाला था। उनमें से किसी ने भी शादी नहीं की थी और वे सभी लोतेरिया नासिओनाल के सामने की सड़क पर एक अपार्टमेंट में एक साथ रहते हैं। अपार्टमेंट तीसरी मंज़िल पर है। सिली ने यह घर अपनी ज़मीन के छोटे से टुकड़े को बेचकर अपने बच्चों और जुड़वाँ नातियों के साथ शहर आने पर बालागेर से ख़रीदा था जब वह बारह साल के लिए राष्ट्रपति थे। पापू शार्क का मांस खाने के लिए नौसेना में भर्ती हुए, और चीना बुआ ने उनीवर्सीदाद ऑतोनोमा में दाखिला लिया ताकि वह अश्वेत लोगों से जुड़ सकें और राजनीतिक विरोध के अहिंसक रूप में भाग ले सकें। हालाँकि मेरी बुआ लेसी मिली और पुची की हमउम्र हैं, लेकिन जब सिली रिश्तेदारों से मिलने गाँव गईं तो लेसी को घर की ज़िम्मेदारी दे गईं। वही उनके बेल-बॉटम पैंट को इस्त्री करती थी और सुनिश्चित करती थी कि उनके पास मैचिंग नारंगी पॉलिएस्टर शर्ट और चमकदार स्ट्रैपलेस ब्लाउज़ हों। फिर वे तीनों डिस्को और साल्सा शो में जाते, कभी-कभी नृत्य प्रतियोगिता भी जीतते; यहाँ तक कि पैसे, नक़ली गहने और ग्रीस के टिकट भी जीतते थे। एक दिन, मिली और पुची ने पचास पेसो जीते और इससे उन्होंने सफ़ेद कपड़ा ख़रीदा ताकि वे सब 'सैटरडे नाइट फीवर' में जॉन ट्रावोल्टा के जैसा सफ़ेद सूट पहन सकें। लगभग हमेशा, वे किसी ऐसे शख़्स को खोज लेते जो उन्हें अगली सुबह पाँच बजे कैडिलैक कार में घर ले जाए। चीना उस समय सियूदाद नुएवा में चे ग्वेरा के पोस्टर लगाकर लौट रही थी, हालाँकि पुलिस सूर्योदय से पहले उन्हें फाड़ देगी। चारों, लोतेरिया नासिओनाल के कोने पर जूनियर की चिमिचुर्री की दुकान पर बैठते, जहाँ ला फेरिया की वेश्याएँ उनको आधा

चिमी और 7-अप पेश करतीं। वे पापू के बारे में सोचते हैं (और जब वह उनके बारे में सोचते हैं तो उन्हें उनकी नौसैनिक की वर्दी में देखते हैं, उन्हें सैल्यूट करते हुए), और सोचते हैं कि पापू ज़मीन पर थे या समुद्र पर और अभी तक उन्हें असली राइफ़ल मिली थी या नहीं।

जब पापू का परिवार दरवाज़ा खटखटाता है, तब तक झींगा तैयार हो चुका है। पापू लिविंग रूम में उनको आराम से बैठाते हैं और अपनी थकान की परवाह न करते हुए तहेदिल से उनका स्वागत करते हैं। उन्हें अपने नये उपकरण दिखाते हैं, हर एक को एक किनारे ले जाते हैं ताकि उनकी क़मीज़ की जेब में नोटों का एक बंडल डाल सकें। पापू मुझे पुची और मिली को अपने नये खिलौने दिखाने के लिए कहते हैं और मैं उन्हें ले जाती हूँ। लेकिन जैसे ही हम दालान से नीचे आते हैं, वे पापू की अलमारी में घुस जाते हैं और सब कुछ पहनना और लगाना शुरू कर देते हैं, यहाँ तक कि उनका इत्र भी। मैं ग़ुस्से से लाल हो जाती हूँ और उन्हें कहती हूँ कि पापू का सामान छोड़ दें, कि यह पापू का है, और वे कहते हैं कि पापू ने उन्हें कहा कि जो कुछ भी चाहिए ले लें, सब कुछ लेने के लिए कहा, पर मैं आग बबूला हो जाती हूँ, हाथ-पैर पटकती हूँ लेकिन उन्हें कोई फ़र्क़ नहीं पड़ता और वे जैकेट, पैंट, जूते, शर्ट, टाई और टोपी आदि अटैची में भरते हैं जो पापू ने ही उन्हें दी थीं।

मैं ग़ुस्से में पागल हो जाती हूँ।

लेकिन वास्तव में जो बात मुझे खा रही है वह यह है कि दोनों जुड़वाँ सोलह साल के हैं और पापू उन्हें अपने साथ अपने दोस्तों के डिस्को में ले जा सकते हैं। जब उनकी जाने की योजना होती है तो वे सोकर उठते ही अपने कपड़े और सामान बिस्तर पर फैला लेते हैं, कपड़े पहनते हैं, कपड़े उतारते हैं और ख़ुद को आईने में देखते हैं और एक-दूसरे को सुझाव देते हैं। कभी-कभी वे अपने बाल 'टियर्स फॉर फियर्स' के वीडियो, जिसमें कहते हैं चिल्लाओ, चिल्लाओ और चिल्लाओ के लोगों जैसे काट लेते हैं। वे कैंची के साथ टी.वी. के सामने खड़े होकर वीडियो आने का इन्तज़ार कर रहे हैं। मिली काली पोल्का-डॉट शर्ट पहनती है और ढेरों मूस लगाती है और पुची अपने बालों के एक हिस्से को रँगकर अपनी बेल्ट ठीक करता है।

पापू उन दोनों को डाँटते हैं, और लेसी बुआ—जो साथ जा रही हैं, यानी मेरे अलावा हर कोई जा रहा है—अपने रोलर्स उतारती हैं और अपने बालों पर स्प्रे करती हैं। थोड़ा रुको, 'बड़े होने तक', थोड़ा रुको बड़े होने तक, वे मुझे कहते हैं, क्योंकि जब से मुझे इस बात का पता चला है, मैंने मुँह फुलाया हुआ है। वे मुझे सिली के साथ छोड़ देते हैं, जो मुझे अपने बिस्तर पर सुलाती हैं, उनके सिर की तरफ़ पैर करके ताकि हम दोनों पलंग पर फिट हो जाएँ। चूँकि मैं नींद में लात मारती हूँ इसलिए वह मेरी एड़ी को हेडबोर्ड से बाँध देती हैं। मुझे लगता है कि जब पापू के पास इतना पैसा है, तो सिली दादी की ज़िन्दगी अलग होनी चाहिए, कम-से-कम और पलंग और टी.वी. वाला घर तो होना ही चाहिए। जब वे लाइट बन्द कर देती हैं और प्रार्थना फुसफुसाने लगती हैं, तो उनकी थूक अँधेरे में उछलती है और मैं पापू, लेसी बुआ और जुड़वाँ भाई-बहन की अपने शानदार कपड़े और ब्रेसलेट पहने नाचते हुए कल्पना करती हूँ।

पार्टी में फ़र्नांदीतो विल्यालोना है, और यह सोचकर ग़ुस्से से मेरा दिमाग़ और ख़राब हो जाता है।

अगले दिन, मुझे न ले जाने के लिए मेरी माफ़ी पाने की कोशिश करते हुए पापू ड्राइव करते समय मुझे अपनी गोद में बैठने देते हैं। मैं पूरे समय स्टीयरिंग व्हील पकड़े रहती हूँ; हम एक बहुत लम्बी ड्राइव पर जाते हैं जो हमेशा उनकी किसी प्रेमिका के यहाँ ख़त्म होती है, हमेशा पिछली प्रेमिका की तुलना में बड़े नितम्बों वाली, और उससे भी ज़्यादा सोने की चेन पहने। वापसी में मुझे एक रास्पबेरी कंट्री क्लब सोडा चाहिए और पापू कहते हैं, चलो देखते हैं अगर इस दुकान में खुले पैसे मिलेंगे तो, लेकिन दुकानदार अपना सिर हिलाकर मना कर देता है; समस्या यह है कि पापू के पास केवल हज़ार पेसो के नोट हैं। पापू अपने हाथों में गुलाबी नोट के बंडल लिये खड़े हैं और मैं उन्हें देखती हूँ, दुकानदार मुझे देखता है और मैं शेल्फ़ पर रखी रास्पबेरी कंट्री क्लब की बोतल को देखती हूँ और पापू अपने गुलाबी नोटों को देखते हैं और दुकानदार बंडल को देखता है और मैं लाल सोडा की बोतल और गुलाबी नोटों को देखती हूँ और सोचती हूँ कि नोट और कंट्री क्लब सोडा कितना मेल खाते हैं।

मैं स्ट्रॉ के एक डिब्बे को देखती हूँ और दुकान के दरवाज़े के बग़ल में लगे पोस्टर को, जिस पर लिखा है कि कंट्री क्लब की बोतल के किसी भी रंग के दस ढक्कन और पाँच पेसो के बदले यो-यो मुफ़्त मिल सकता है। फिर, क्यूबनेल यानी क्यूबा की मिर्च की गन्ध सरीखी चुप्पी में, एक ही आवाज़ सुनाई देती है, हज़ार पेसो के नोटों के किनारे पर फिसल रही पापू की उँगली : रिटेटेटेटेटेट। पापू बिजनेसमैन-जैसे लग रहे हैं और दुकानदार मूर्ख और इससे पहले कि पापू की उँगली रिटेटेटेटेटे के अन्त तक पहुँचती, दुकानदार सीटी बजाता है और मेरी उम्र का एक लड़का बाहर निकलता है और कंट्री क्लब रास्पबेरी और अँगूर और मेरेंगे और नारंगी सोडा के बक्से पापू की कार की खुली डिक्की में डालना शुरू कर देता है और अपने कई अँगूठियों वाले हाथ से पापू मेरा चेहरा सहलाते हैं। बाद में, ख़ुशी से मुस्कराता हुआ दुकानदार मुझे कंट्री क्लब के हर तरह के यो-यो का डिब्बा सौंपता है, और ट्रर र...र...र हम पापू की कार में निकल पड़ते हैं। मैं यो-यो के उस डिब्बे को कसकर पकड़े हूँ और उनके साथ खेलने के बारे में सोच रही हूँ, उन्हें हवा में घुमाना, और बिना रस्सी उलझाए उन्हें पकड़ना। बाद में, मैं कल्पना करती हूँ कैसे स्कूल में इंटरवल के दौरान बच्चों को यो-यो दूँगी जब टीचर लाइन में लगने के लिए कहेगी। हर कोई मेरा दोस्त बनना चाहता है, यहाँ तक कि खुलिओ सेसार और राउल वान्ना भी, और वे मुझे दो, तीन, या जितने भी यो-यो वे चाहते हैं, उसके बदले में नई-नई गालियाँ सिखा देंगे।

चार

मैं अपना स्विम सूट पहनकर ही सो जाती हूँ क्योंकि पापू ने मुझे कहा था कि वह मुझे समुद्र-तट पर ले जाएँगे; मैंने अभी भी अपना डाइविंग मास्क, स्विम फिन और बाँहों पर वाटर विंग पहन रखे हैं। पापू ने मुझे स्विमसूट दिलवाया था, जो सिर्फ़ एक छोटा फ़िरोज़ी नीला थोंग है और जब मम्मी ने उसे देखा तो बहुत नाराज़ हुईं। पापू ने केवल एक ही बात कही, लोग कहते हैं न कि मैं पागल हूँ? ख़ैर, देखते हैं कि अब वे क्या कहते हैं। मैंने हड़बड़ी में सब कुछ पहन लिया क्योंकि पापू किसी भी पल पहुँच सकते थे, कम-से-कम उन्होंने फ़ोन पर तो यही कहा था। मैं सुबह बहुत जल्दी उठ जाती हूँ, सूरज निकलने से भी पहले, और एक बैग में एक तौलिया ठूँस लेती हूँ। यह करने के बाद मैं मेरे लिए ख़ास बनाई गई छोटी दोलन कुर्सी पर बैठ जाती हूँ, जो मेरे लिए पापू ने ख़रीदी थी। फ़ोन की घंटी बजने तक मैं बस कुर्सी पर झूलती रहती हूँ।

पापू का फ़ोन है; वह रास्ते में हैं।

मेरे लिए एक छोटी ट्रे पर नाश्ता आता है, क्रीम चीज़, दूध और ब्रेड। लेकिन मैं कुछ भी नहीं खाती हूँ। बस ट्रे अपनी गोद में रखे कुर्सी पर झूलती रहती हूँ।

लगभग दस बजे, मेरे लिए चम्पोला आइसक्रीम लाई जाती है, लेकिन मैं कुछ भी नहीं खाती, मैं बस ट्रे और चम्पोला आइसक्रीम के डिब्बे के साथ कुर्सी पर झूलती रहती हूँ। लगभग बारह बजे, मेरे लिए एक प्लेट पर नारियल के साथ कुछ चावल आते हैं, लेकिन मैं इसे भी नहीं खाती और छोटी ट्रे, चम्पोला आइसक्रीम के डिब्बे और छोटी प्लेट के साथ कुर्सी पर झूलती रहती हूँ। मैं सिर्फ़ बन्द टी.वी. के सामने कुर्सी पर झूलती रहती हूँ और डाइविंग मास्क हटा देती हूँ ताकि सड़क देख सकूँ और देख सकूँ कि धूप वास्तव में कितनी तेज़ है। ऐसा लगता है कि फ़ुटपाथ पिघलने वाला है और पेड़ ऐसे दिखते हैं जैसे वे पिघलने जा रहे हैं, और प्लेट, डिब्बा और ट्रे सभी ऐसे दिखते हैं जैसे वे मुझ पर पिघलने जा रहे हैं। मम्मी सो रही हैं; साँप की फुफकार सरीखे उनके खर्राटे यहाँ तक सुनाई दे रहे हैं, लेकिन मैं सिर्फ़ कुर्सी पर बैठी हिलती रहती हूँ जब तक फ़ोन की घंटी नहीं बजती।

पापू का फ़ोन है; रास्ते में हैं।

जब मम्मी उठती हैं तो वह मेरे लिए खीर की एक कटोरी लाती हैं और मेरे पैरों के पास रख देती हैं। पाँच बजे, मम्मी व्हाइट बेबी ब्रीथ और सिल्वर शुगर फूलों का गुच्छा लेकर आती हैं और मेरे सिर पर रख देती हैं और वह मेरे डोलने के साथ डोलता है, और ब्रेड, दूध, चम्पोला, खीर, नारियल और मैं लेकिन मैं असल में इतना हिल नहीं रही हूँ। सात बजे मम्मी एक हाइड्रोलिक जैक की सहायता से मेरा मुँह खोलती हैं और सड़क पार निर्माण स्थल से लाए गए हैती मज़दूर के साथ मिलकर एक ट्यूब डालती हैं और मुझे खीर और सफ़ेद कद्दू का घोल खिलाती हैं।

इस दौरान मैं तेज़ी से बढ़ रही हूँ और मैंने पड़ोसियों को कहते सुना है कि मम्मी सिर्फ़ मेरे जूतों पर कितना खर्च करती होंगी। चूँकि मैं इतनी तेजी से बढ़ रही हूँ, स्विम सूट वास्तव में तंग हो जाता है और मेरा रंग बैंगनी हो जाता है, डाइविंग मास्क, वाटर फिन और वाटर विंग का भी वही हाल है। इसकी वजह से पहले फोड़े होते हैं, फिर फुंसियाँ। स्विम सूट मेरी चोटों में ग़ायब हो जाता है, डाइविंग मास्क, वाटर विंग और स्विम फिन का भी वही हश्र होता है। खीर, चम्पोला, और बाक़ी सब कुछ सड़ने लगता है और चीटियाँ

और मक्खियाँ कद्दू के महल बनाने लगती हैं। मुझे समझाने के लिए एक पादरी को लाया जाता है। कुछ दंड आनन्दपूर्ण होते हैं, बदबूदार चम्पोला में उँगली डालकर उसे चाटते हुए पादरी कहता है।

मैं हिलना बन्द कर देती हूँ। लाइक्रा और ख़ून की गन्ध अद्भुत है। बीच-बीच में टी.वी. चला दिया जाता है ताकि मेरा मन बहल जाए, ताकि मैं भूल जाऊँ, लेकिन मैं आँखें बन्द कर लेती हूँ, जो इतनी सूख गई हैं कि उन्हें उन पर रुई और बर्फ़ रखनी पड़ती है।

हिम्मत मत हारो, मम्मी बस इतना ही कह पाती हैं। और मैं कल्पना करती हूँ (मैं अब पूरी तरह से अन्धी हूँ) कैसे मेरे खिलौने पुराने हो रहे हैं, कैसे मेरे खिलौने वाले क़िले पर सिरपेचा चढ़ रही है और काई लग रही है। लेकिन मैं इन्तज़ार करना नहीं छोड़ती।

फिर एक दिन, कानों में बहुत अन्दर, मुझे कुछ संगीत सुनाई देना शुरू होता है। पहले तो मैं सोचती हूँ कि यह झींगुर और टिड्डे हैं, मेरे घावों के छोटे जीव, या पिघली हुई चम्पोला में जी रहे अल्बिनो मेढक के बच्चे, गौरामी और तिलापिया मछली, सभी मेरे लिए गा रहे हैं, लेकिन नहीं, फ़ोन बज रहा था। पापू का फ़ोन है, वो बस पास में हैं, कोने पर।

फिर एक दिन पापू की एक गर्लफ्रेंड ने यह कहने के लिए फ़ोन किया कि पापू बीमार हैं।

और फिर एक दिन, पापू के एक दोस्त ने फ़ोन किया, कि पापू को जेल ले गए हैं।

और फिर एक दिन, पापू की एक चाची ने फ़ोन किया कि पापू मृत पाए गए हैं।

फिर एक दिन, पापू की बहन ने, कि पापू मरे नहीं हैं, हो ही नहीं सकता।

फिर एक दिन एक ऑपरेटर कह रहा था कि दूसरी तरफ़ पापू फ़ोन पर हैं और यह ट्रंककॉल है।

मैं बात करना नहीं चाहती, मैं उठ भी नहीं सकती। मम्मी ने उनसे बात की और उन्हें बताया कि सब कुछ ठीक है, हम सब ठीक हैं, कि मैं स्कूल में अच्छा कर रही हूँ, कि मैं बिलकुल उनके जैसी हूँ।

उस रात जब हम सब सो रहे थे, खिड़की से एक महिला आई और मुझसे कहा कि उसे बहुत भूख लगी है और फिर एक-एक करके, उसने सभी मिठाइयाँ, खट्टा और फटा हुआ दूध, ख़मीर हुई खीर, सिकुड़ा हुआ केक, जंग लगे चीनी के फूल खा लिये। यहाँ तक कि वह मेढक के बच्चे, गौरामी और तिलापिया मछली भी खा गई, फिर प्लेटों, गिलासों और कटोरे को इतना चाटा कि वे चमकने लगे; उसके बाद उन्हें रसोई में ले जाकर, गुनगुनाते हुए बार-बार धोया। मैंने फीडिंग ट्यूब ख़ुद निकाली और उठ गई तथा लँगड़ाते हुए रिमोट कंट्रोल तक गई। सुबह हो चुकी थी, और मुझे एहसास ही नहीं हुआ कि इतना समय बीत चुका है कि वे टी.वी. पर अंग्रेज़ी में बात कर रहे थे। अब, रात को प्रार्थना की जगह अमरीकी कविता 'वन टू लिटिल थ्री लिटिल इंडियंस, फोर लिटिल फाइव लिटिल सिक्स लिटिल इंडियंस, सेवन लिटिल एट लिटिल नाइन लिटिल इंडियंस, टेन लिटिल इंडियन बॉयज़ एंड गर्ल्स' गाई जाती है। बाद में, तकिये के नीचे सिर घुसाकर मैं सोचती हूँ कि यह 'कोना कौन सा है' जहाँ पापू हैं कि आने में इतना वक़्त लग रहा है।

बहुत बड़ी कार की ज़रूरत होगी। या फिर कई कारें, एक के आगे एक।

फिर पापू का फ़ोन आता है और वह पूछते हैं, तुम किसके साथ रहना चाहती हो, पापू के साथ या मम्मी के साथ? मैं कहती हूँ—

कार
साइकिल
जहाज़
पहिया
नाव
जूता
नीला
टॉफ़ी
किताब
वॉकी-टॉकी
दौड़

पापू

गेंद

बास्केटबॉल

फिर हमें कार्ड मिलने लगे—मेरी क्रिसमस, हैप्पी बर्थडे, हैप्पी न्यू ईयर, गुडलक, हैप्पी ईस्टर, हैप्पी बर्थडे, इट्स अ बॉय!, इट्स अ गर्ल!, इट्स अ डाउन सिंड्रोम मार्टियन! इत्यादि। घड़ी, सांता क्लॉज, एल्व्ज़, दिल, हाथी, चार पत्ती वाली तिपतिया घास, डायनासोर, ट्रम्पेट, चिमनी, बर्फ, और कभी-कभी छोटी लड़कियों और छोटी परियों वाले जिनके बग़ल में लिखा होता—यह तुम हो! पापू और उनकी एक गर्लफ्रेंड और मेरे नये छोटे भाई-बहन में से एक के द्वारा हस्ताक्षरित कार्ड।

जब कार्ड नहीं आते तो गुड़ियाँ आती हैं। कपड़े की गुड़िया, प्लास्टिक की गुड़िया, सिरेमिक गुड़िया।

पायरो (फ्रेंच पैंटोमाइम का एक उदास सफ़ेद रंग से रँगे चेहरे, ढीली सफ़ेद पोशाक और नुकीली टोपी वाला पुरुष पात्र), नर्तकियाँ, बच्चे, खाने-पीने वाली गुड़िया, दाँत हिलाने वाली गुड़िया, घुँघराले बाल वाली सात अश्वेत गुड़ियाँ, नीली आँखों वाली गुड़िया जो बाल खींचने पर रोती है साथ ही कुछ गंजे नवजात शिशु सरीखी गुड़ियाँ भी।

और जब गुड़ियाँ नहीं आतीं तो आया आतीं। मेरे बराबर की गाँव की लड़कियाँ, टाँगों पर ख़ूब बाल, काँख में बाल, जो न ब्रा पहनती हैं, न पैंटी, खट्टे सन्तरे और कुआबो साबुन (सामान्यत: कपड़े धोने वाला साबुन) से महकती। मम्मी उन्हें रेजर इस्तेमाल करना सिखातीं और उन्हें इत्र, ब्रा, पैंटीहोज, पुरानी लिपस्टिक देतीं; और वे रविवार को सब कुछ पहनतीं जब मम्मी उन्हें बग़ीचे की दीवार पर बैठने देतीं ताकि वे बाहरी दुनिया में चौकीदारों और आया लोगों से बात कर सकें। उनमें से कुछ अच्छी हैं और मुझे डूबती महिलाओं और लुढ़कती फूलगोभी के क़िस्से सुनाती हैं जो असल में गोभी नहीं बल्कि इनसान के सिर हैं। कुछ मुझे सीरियल देखने देती हैं और जब सीरियल में चुम्बन का दृश्य आता है तो मेरी आँखें ढक देती हैं, लेकिन मैं देख लेती हूँ क्योंकि वे हमेशा अपनी उँगलियों के बीच जगह छोड़ देती हैं ताकि मैं देख सकूँ। कुछ मुझे अपने स्तन दिखाती हैं, और अगर ज़्यादा भली हैं

तो कभी-कभी इससे भी ज़्यादा। कुछ मुझे बहुत ठंडे पानी से नहलाती हैं, यह कहकर कि इससे ताक़त आएगी। वे इन्तज़ार करती हैं ज़मीन पर मेरे प्लेमोबिल, यानी प्लास्टिक के खिलौने सजाने का, युद्ध के लिए तैयार घोड़े और ट्रैक्टर उनकी जगह पर रखने और फिर वे मिस्टोलिन वाला गीला पोंछा लेकर आती हैं ताकि सब मिटा सकें। लगभग हमेशा, और अन्त में, मम्मी उन्हें भगा देती हैं क्योंकि वे चोर हैं, घिनौनी हैं, आलसी हैं, बेशर्म हैं, दख़ल देती हैं, बहुत काली हैं, मिश्रित जाति की हैं, घटिया हैं, क्योंकि वे कहती हैं कि वे सान क्रिस्तोबाल से हैं जबकि हक़ीक़त में एलियास पिन्या से हैं, क्योंकि उनसे बदबू आती है, उनका मुँह महकता है, वे चौकीदारों के साथ सोती हैं, मेन्थॉल सिगरेट पीती हैं (वेश्या सिगरेट जो सभ्य लड़कियों के लिए नहीं होतीं), क्योंकि जब लोग आसपास होते हैं तो उनके निपल खड़े हो जाते हैं, क्योंकि वे जवाब देती हैं, ज़रूरत से ज़्यादा ब्लीच और अजवायन का उपयोग करती हैं, क्योंकि उनकी माँ कुतियों में सबसे कमीनी है, क्योंकि वे हिम्मतवाली हैं, जिगर वाली हैं, क्योंकि वे रेजर, इत्र, लिपस्टिक, मम्मी की नई पैंटीहोज इस्तेमाल करती हैं।

कहाँ गईं? लानत है।

अगर आया नहीं तो फिर ख़ुद गर्लफ्रेंड आती हैं। उनकी हाल में रेजर से शेव की गई टाँगों पर उगे छोटे-छोटे बाल मेरे चेहरे पर कैक्टस के-जैसे चुभते हैं। वह मुझे अपनी पैंटीहोज में छिपा लेती हैं ताकि मम्मी मुझे देख न पाएँ, ताकि पापू की दूसरी गर्लफ्रेंड मुझे नहीं देखें। वे भेष बदलकर आती हैं, महिला पुलिस के रूप में, मम्मी के कॉलेज की सखियों के रूप में, वेट्रेस के रूप में, ख़रीदारी करने जा रही हाफ पैंट और स्ट्रैपलेस ब्लाउज़ पहने युवा लड़कियों के रूप में; यहाँ तक कि एक किंडरगार्टन स्कूल की टीचर बनकर आई और मेरे डिब्बे और बस्ते के साथ मुझे उठा लिया, और ज़ोर से बोली, मा मी मी मो मु, पा पे पी पो पु, सा से सी सो सु! लेकिन तभी दूसरी ने उसे बीच में रोक दिया; वह मम्मी का रूप लेकर आई थी और कहने लगी, ता ते ती तो तू, रा रे री रो रू! और मुझे एक झटके में पहली वाली की बाँहों से छीन लिया (मेरा लंच बॉक्स हवा में खुलता है और उसमें से सब कुछ निकल आता है :

थर्मस से दूध, पनीर के टुकड़े, उबला अंडा)। यह सब देखकर टीचर, टीचर के दोस्त और बच्चों को लेने आए उनके माता-पिता अवाक् रह जाते हैं।

वे मुझे मेरे ही घर से अगवा कर लेती हैं, मम्मी की नाक की नीचे से, लेकिन उन्हें कुछ दिखाई नहीं देता। वे टी.वी. के ज़रिये मेरे पास आती हैं, वे रेडियो पर मुझसे अपनी पैंटीहोज आवाज़ों में, अपने पैंटीहोज मुँह से, पैंटीहोज से बने अपने कपड़ों से बात करती हैं, वे मेरे सामने पैंटीहोज पहनती हैं। वे मुझे ले जाती हैं अपने अपार्टमेंट में, अपने अपार्टमेंट होटलों में (जिनका पापू एडवांस भुगतान करते हैं), और वे मुझे फल-फूल की महक वाले साबुन के बुलबुले से भरे अपने बाथटब में नहलाती हैं। फिर एक नौकर, सिर्फ़ एक नौकर (जिसके लिए पापू एडवांस पैसे देते हैं) मेरे लिए तला हुआ युक्का और एक ट्रे पर एक वेनिला माल्ट टब में लाता है। वे मुझे नेल पॉलिश लगाने देती हैं, मुझे बिस्तर पर कूदने देती हैं, मुझे पलंग तोड़ने देती हैं, वे हर दिन मेरे लिए एक नया पलंग ख़रीदती हैं ताकि मैं उसे तोड़ सकूँ (बाद में वे पापू को कहती हैं कि उसने तोड़ा है तो पैसा भी वही देंगे, एडवांस में)। जब मुझे कब्ज़ होता है, तो वे वैसलीन पोतती हैं और पापू की सभी गर्लफ्रेंड्स के नाख़ूनों की तरह अपने लाल नाख़ूनों से खींचकर टट्टी निकालती हैं।

जब गर्लफ्रेंड नहीं होतीं तो पापू उसको भेजते हैं, क्यूबाई महिला को, एक दस्तावेज़ के साथ जिस पर लिखा है कि वह असली है, जो कहता है कि मम्मी को मेरा बैग बाँधकर मुझे इस महिला को सौंप देना चाहिए ताकि मैं अपने पिता के पास पहुँच सकूँ। लेकिन मम्मी को उस पर भरोसा नहीं है (उन सभी भेष बदलती औरतों के चलते) और वह डॉक्टर लेरक्स (डॉक्टर लेरक्स बहुत बुड्ढे हैं) को दस्तावेज़ दिखाती हैं लेकिन वह अभी भी इस पर भरोसा नहीं करतीं (सभी अपहरण के चलते) और इससे पहले कि डॉक्टर लेरक्स दस्तावेज़ देखें, वह डॉक्टर बिसोनो से डॉ. लेरक्स की जाँच करवाती हैं, लेकिन मम्मी को अभी भी भरोसा नहीं है (यह देखते हुए कि दुनिया कैसी है) और इससे पहले कि डॉ. बिसोनो डॉ. लेरक्स की जाँच करें, वह डॉ. जिमिनियन से डॉ. बिसोनो और उनकी पूरी वंशावली की जाँच करवाती हैं, और यह सिलसिला अनन्त तक चलता है।

इससे पहले कि मैं पापू से मिलने के लिए विमान पकड़ सकूँ, डॉक्टरों का झुंड हमारे लिविंग रूम में एक-दूसरे में स्पेकुलम घुसेड़ता है और मैं उस क्यूबाई महिला से चर्चा करती हूँ कि मैं माया नाम की अपनी छोटी खिलौने वाली मधुमक्खी ले जाऊँ या नहीं।

आख़िरकार हम निकलते हैं। मैं बहुत ख़ुश हूँ और जब हम हवाई अड्डे के रनवे (Tarmac) पर पहुँचते हैं तो मम्मी आँसू पोंछती हैं। मैंने पीले रंग की लिनेन ड्रेस पहनी है और आसमान में सूरज चमक रहा है। टेढ़ी-तिरछी चलती छोटी प्लेमोबिल कारें हमारे बैग ले जाती हैं, जब मैं जहाज़ की पहली सीढ़ी पर पैर रखती हूँ और गुडबाय कहने के लिए मुड़ती हूँ, हालाँकि रनवे पर न इनसान हैं और न ही कोई चीज़, बस पीली सफ़ेद धारियाँ हैं लेकिन मुझे मालूम है कि वही कहीं मम्मी हाथ हिलाकर अलविदा कह रही हैं, डॉक्टरों के झुंड से घिरी (सब बहुत बुड्ढे हैं और एक-दूसरे की जाँच करने में ख़ुश), और सब डॉक्टर मम्मी का कन्धा थपथपाकर कहते हैं कि दोनों के लिए अच्छा होगा।

अब जब मैं शान्त हूँ और विमान ने उड़ान भर ली है और क्यूबाई महिला ने समझाया कि मुझे कुर्सी की पेटी क्यों बाँधनी होगी, मुझे एहसास हुआ कि मैंने उससे ख़ूबसूरत महिला नहीं देखी है। एक आवाज़ कहती है, “दुनिया की सबसे ख़ूबसूरत महिला।” बाद में वह मुझसे कहती है कि मैं बहुत सुन्दर हूँ और मैं उसके ऊपर उल्टी कर देती हूँ। उल्टी साफ करने के लिए तुरन्त एक फ्लाइट अटेंडेंट आई। गन्दगी वहाँ से ले जाने से ठीक पहले उसने मुझे एक छोटा बैग दिया ताकि अगर क्यूबाई महिला मुझे दोबारा कहे कि मैं सुन्दर हूँ तो...। फिर फ्लाइट अटेंडेंट ने मुझे आँख मारी, जो कि पापू की गर्लफ्रेंड्स तब करती हैं जब वे भेष बदलती हैं और मुझे अपनी पहचान बताना चाहती हैं।

क्यूबाई महिला के हाथ बहुत नरम हैं और उसके हाथों पर हल्के रंग की नेल पॉलिश है जैसी पापू लगाते हैं; वह मुझे बाँहों में लेती है और उसकी शर्ट के रेशम से अच्छा कपड़ा मैंने कभी महसूस नहीं किया है। मैं उसकी छाती पर अपना सिर रखती हूँ और वह मेरे बाल सहलाती है और तब मुझे

एहसास होता है कि हम उड़ रहे हैं, और मैं समझती हूँ कि मैं अपनी दोलन कुर्सी से हज़ारों-हज़ार फुट दूर हूँ, अपने खिलौनों से, अपनी मम्मी से, और जैसे ही मैं आँखें बन्द करती हूँ कोई मेरे चेहरे पर मुस्कान पेंट कर देता है।

मुझे धक्के लग रहे हैं और यह वो क्यूबाई महिला है जो मेरे साथ धक्का-मुक्की कर रही है। जब मैं उठती हूँ तो उसने छलावरण वाली यूनिफ़ॉर्म पहनी है, और उसके सिर पर एक हरे रंग की टोपी है। उसके मुँह में सिगार है और उसने नक़ली दाढ़ी लगाई हुई है, मैं सोचती हूँ कि अब वह क्या छिपा रही है। क्यूबाई महिला फ्लाइट अटेंडेंट को बाथरूम के दरवाज़े से सटाकर धमकी दे रही है, प्लास्टिक के आसमानी नीले चाकू से कचोट रही है। बाद में वह नेल कटर लेकर केबिन से गुज़रती है। सभी यात्री सहयोग करते हैं क्योंकि वे सभी यात्रा पत्रिकाओं में पढ़ चुके हैं कि कैसे क्यूबा के आतंकवादी बाग़ियों को पकड़ने के लिए क्यूबा में विमानों को उतरने के लिए मजबूर करते हैं। इसलिए हम सहयोग करते हैं, चुपचाप। जब विमान हवाना में उतरता है, तो मैं खिड़की के पास जाती हूँ और देखती हूँ कि कैसे क्यूबाई महिला, अपनी ढीली दाढ़ी को ठीक करते हुए, पायनियर वर्दी में कुछ स्कूली छात्राओं को एक ट्रक से उतरने और जहाज़ में सामान रखने वाली जगह (Cargo hold) में जाने में मदद कर रही है, वे सभी बहुत सुन्दर हैं, वे सभी पापू के लिए हैं, जो असल में (कभी बेहतर व्यक्त नहीं किया गया) कुछ और ही हैं।

जब मैं दोबारा जागती हूँ, तो मैं एक कमरे में हूँ जिसे मैं नहीं पहचानती। मैं उठती हूँ और मेरे पैरों के नीचे कालीन पाकर हैरान होती हूँ। मैं दालान में जाती हूँ, हवा में नयेपन की गन्ध है, जैसे तब होती है जब चीज़ें पहली बार डिब्बे से निकलती हैं, जैसे बार्बी। मैं जाग उठती हूँ और आँखें मलती हूँ, फिर दूसरा दरवाज़ा ढूँढ़ती हूँ।

शायद यह न्यूयॉर्क या मियामी है।

शायद यह पापू का घर है।

मैंने दरवाज़ा खोला और काली चादर वाले बिस्तर पर मुझे सिर्फ़ भूरे बालों से ढका एक कन्धा दिखा। मैं उस कन्धे को छूना चाहती थी, और चाहती थी कि वह व्यक्ति जिसका वह कन्धा था, जो नग्न थी और मेरे पिता के बग़ल में

मुँह के बल सो रही थी, मेरे छूने से, बहुत ज़्यादा जागे बिना, घूमे, और मेरे मुँह को चूमे। मैंने अपने जीवन में कभी इतनी शिद्दत से कुछ नहीं चाहा था।

स्ट्रॉबेरी की ख़ुशबू वाले बालों से ढका वह कन्धा मुझे बुला रहा था। मैं दरवाज़े से उसे देखती रही, और फिर अपने पिता के बिस्तर के किनारे से, और फिर मैं इतनी क़रीब आ गई कि मैं अपनी नाक से बाल और कन्धे को लगभग छू सकती थी। लेकिन मैं मितली महसूस कर रही थी, और इसी वजह से मैं कमरे से निकली और मेरी मितली फ़ौरन ग़ायब हो गई। मैंने लिविंग रूम में रखा टी.वी. चालू किया जिसे पापू ने पिछले दिन ही ख़रीदा था, और जो बहुत बड़ा था। मैं उसके बग़ल में खड़ी थी और अपनी उँगली से 'चैनल' का बटन दबा रही थी (मेरा नाख़ून गन्दा था) लेकिन मैं स्क्रीन नहीं देख रही थी। फिर जब अन्ततः मैंने ध्यान दिया तो पाया कि वहाँ जिमी स्वैगार्ट का शो चल रहा था, वही शो जिसे मैं सांतो दोमिंगो में मम्मी के साथ देखती थी, जिसमें लोग अपनी बैसाखी छोड़ चिल्लाते हैं, आलेलुया! मुझे अच्छा लगता है जिस तरह से लोग आलेलुया कहते हैं और अब जबकि अनुवाद नहीं था और जिमी केवल अंग्रेज़ी में बोला, तो केवल एक चीज़ मुझे समझ में आई और वह थी आलेलुया। मैंने सोचा कि अगर मैं आलेलुया समझती हूँ तो इसलिए कि मैं अंग्रेज़ी समझती हूँ। तो मैंने सोचा : आलेलुया। और मैंने कहा : आलेलुया। तभी मुझे मारिया क्रिस्टीना (मेरे पिता की क्यूबाई प्रेमिका) का एहसास हुआ, मैं उसकी बाँहों में थी। उसने अपने होंठ मेरे कान के बहुत क़रीब रखे और पूछा, तुम क्या कर रही हो, पागल लड़की?

तब मैं बहुत छोटी थी और मैं और भी छोटी बन गई ताकि मारिया क्रिस्टीना मुझे फ़र्श से उठा सके और मेरी गर्दन, मेरे गाल, मेरी आँखें, मेरे पेट को चूम सके, मेरे स्पाइडरमैन वाले पजामे को उठा सके।

मैंने इसे होने दिया। बस होने दिया।

उसके बाद, मारिया क्रिस्टीना और मैं एम टी.वी. चालू करते हैं और, चूँकि वह मुझसे ज़्यादा अंग्रेज़ी जानती है, इसलिए वह मुझे उन गीतों के बोल सिखाती है जो मुझे पसन्द हैं। एक है जो मुझे बहुत पसन्द है और वो इस तरह है, *लेट्स हियर इट फॉर द बॉय, आह, लेट्स गिव द बॉय ए हैंड या हा या हा।*

यह अमेरिकी संगीत है। अमेरिकी संगीत। मारिया क्रिस्टीना और मैं नाचते हैं, और नाचते हैं, नाचते जाते हैं और अब कोई भी हमारा एम टी.वी. हमसे छीन नहीं सकता, कोई भी हमारे एम टी.वी. को नहीं ले सकता है। बाहर जाने से पहले, मारिया क्रिस्टीना और मैं एक साथ नहाते हैं और एक साथ कंघी करते हैं और वह मुझे कपड़े मैच करना सिखाती है, ख़ास तौर पर वे कपड़े जो पापू ने हमारे लिए ख़रीदे हैं। वह कहती है कि मुझे यह सब सीखना है ताकि कोई भी मुझे गँवार न कहे, जैसा कि उसे कहा गया था जब वह यहाँ आई थी। वह लोगों से भरी नाव में सवार होकर यहाँ पहुँची थी। मैं कल्पना करती हूँ कि वह मेरे बराबर है, और सफ़ेद सूती फ्रॉक में समुद्र को देख रही है। मारिया क्रिस्टीना। वह मुझे हर रात सोते समय यह कहानी सुनाती है। वह उस कमरे में आती है जिसे उसने और पापू ने मेरे लिए तैयार किया है। दो बिस्तर के साथ, अगर मेरा कोई दोस्त रात में रुकना चाहे तो, दोनों छोटे बिस्तरों के बीच एक पीले रंग की मेज़ और तकिये व चादरों पर चमकती नारंगी रोशनी। वह मुझे कम्बल ओढ़ाती है, और मेरे ऊपर एक पैर रखकर मेरे बग़ल में लेट जाती है। मैं उसके पैर का वज़न महसूस करती हूँ और उसके बालों से आ रही स्ट्रॉबेरी की ख़ुशबू को सूँघती हूँ और अँधेरे में, उँगली से उसकी भौंहों की मोटाई महसूस करती हूँ।

क्रिस्टीना मुझे केक के लिए अंडे फोड़ने देती है, और जब मैं ठीक से नहीं फोड़ पाती तो वह मुझे फिर से कोशिश करने देती है। तीन बार। मारिया क्रिस्टीना मुझे अपना धूप का चश्मा पहनने देती और एक ही समय में च्युइंग गम के दस टुकड़े चबाने देती है। जब हम सुपरमार्केट जाते हैं, तो मुझे सामान वाली गाड़ी में सामने के हिस्से में बैठने को मिलता है क्योंकि मैं छोटे रैक के लिए बहुत बड़ी हूँ। मारिया क्रिस्टीना ज़ोर से धक्का लगाती है और कूदकर गाड़ी में चढ़ जाती है। फिर हम दोनों शॉपिंग कार्ट में चढ़कर लुढ़कते हैं और क्वेकर ओट्स वाले सेक्शन के सामने वॉकर लिये शॉर्ट्स पहने बूढ़ी औरत को जीभ चिढ़ाते हैं। हम नीचे बैठे पुएर्तो रीकन आदमी को भी जीभ चिढ़ाते हैं जो सार्डिन पर क़ीमत का स्टिकर लगा रहा है। फिर हमने एक और बूढ़ी औरत को घूरा, जो मिल्क पाउडर के निन्यानबे सेंट के डिब्बे से बात कर रही थी।

मारिया क्रिस्टीना सड़क पार करने के लिए मेरा हाथ पकड़ती है और मैं छोड़ती नहीं। मैं मेरे दिमाग़ में चल रहे उन नये शब्दों को भी नहीं छोड़ती जो उसने मुझे सिखाए हैं।

और अब ट्वेंटी तक की गिनती।

यह सब शनिवार और रविवार को होता है क्योंकि सप्ताह के बाक़ी दिनों में एक आया होती है जो मेरी जुँएँ बीनने आती है। वह क्यूबा की नहीं बल्कि वेनेजुएला की है, लेकिन वह भी पापू की प्रेमिका है। पापू ने उसे बताया कि मेरे बालों में बहुत जुँएँ भरी हुई हैं और उन्हें हटाना ही है। जुओं ने मेरे सिर पर घर बना लिया था। वे स्कूल से मेरे बालों में आई थीं, और बाक़ी बच्चों के सिर से ख़त्म होने के बाद, वे अभी भी मेरे सिर में पार्टी कर रही थीं। टीचरों को उन्हें मारने में बहुत मज़ा आता था। और मुझे हर तरह के होमवर्क से छुट्टी मिल जाती थी : जोड़ना, घटाना और सौ बार 'मेरी माँ मुझे प्यार करती है' लिखना। जुओं की बदौलत टीचरों का काफ़ी मनोरंजन हो जाता। एक दिन, एक टीचर एक किताब लाई और उस किताब की जुओं से मेरी जुओं (छोटी सेम की तरह मोटी) की तुलना की। मेरी जुएँ मेरे बालों पर पैदा होती थीं और घुँघराले बालों पर स्केटिंग करती थीं। तब मम्मी ने कहा इससे तो बहतर होता कि मेरे बाल घटिया होते।

वह मनातीं कि मेरे बाल ख़राब हो जाएँ, अश्वेत लोगों की तरह, ताकि जुँएँ एफ्रो बालों में उलझ जाएँ और दम घुटने से मर जाएँ। मैं उन्हें हर समय गाते और नाचते हुए सुन सकती थी, मेरे मीठे ख़ून के नशे में, और मैं दोनों हाथों से खुजली करती। कभी-कभी मैं अपने दोस्तों से भी कहती कि खुजली करने में मेरी मदद करें।

इसलिए मेरे बाल लड़कों के बालों जैसे छोटे कर दिये गए।

और इसलिए, जब हम मम्मी-डैडी वाला खेल खेलते तो मेरे दोस्त मुझे डैडी बनाना चाहते।

और इसीलिए मैं नताशा के बिस्तर के नीचे उसके ऊपर चढ़ी।

(और मोनिका और सुनई और रेनाता और जेसी और फ़्रेंची और ज़ुनिल्दा और ईवेसीता पर भी।)

पापू

और इसीलिए नताशा की दादी, दोन्या विक्टोरिया ने उसे बेल्ट से पीटा।

(और पाओला और लिली और सांद्रिता और गाबी और जूलिया और करीना)

इसी वजह से मम्मी मुझे सिर्फ़ फ्रॉक पहनाने लगीं।

(और वेरोनिका और क्लाउडिया और लॉरिता)

और इसीलिए जब मैं दौड़ी और गिरी तो पैर और घुटने छिल गए।

(और कैटी और दानिएला और आना मारिया।)

और इसीलिए मेरे घुटनों पर दो पपड़ियाँ जम गईं।

(और निकोल और चारो और कार्ला पैट्रीशिया।)

और इसीलिए मम्मी मुझे सिर्फ़ पैंट पहनाने लगीं।

(और लैरिसा और फ़ीनिक्स और लीसा और कंस्यूलो और ऐमे और मेलिसा।)

लेकिन जुँएँ मेरा ख़ून चूसती रहीं।

आया (बेबीसिटर) इस बारे में पूरी तरह से स्पष्ट है। वह मेरे बालों को पापू द्वारा ख़रीदी गई किसी चीज़ से धोती है जिससे जुओं से भी ज़्यादा खुजली होने लगती है, और बाद में जुओं को मारने के लिए वह मेरे बालों को गरम ब्लोअर से सुखाती है। यह सब करने के बाद वह शेफ बॉयर्डी का एक कैन गर्म करती है और मेरे जले हुए कान स्पेगेटी और मीटबॉल की मेरी प्लेट में गिर जाते हैं।

दोपहर में, हम कोंडो पूल जाते हैं, जो हर रंग और रूप के बच्चों से अँटा पड़ा है जो एक-दूसरे का पीछा करते हैं, एक-दूसरे को धक्का देते हैं और एक-दूसरे के कन्धों पर चढ़ते हैं, और सारे समय हाथ में ल्यूक स्काईवॉकर और डार्थ वाडर के एक्शन फिगर पकड़े रहते हैं। मुझे पानी में जाने से पहले पूल के किनारे पर बैठना और उन लोगों को देखना पसन्द है जो आते ही सिर के बल गोता लगाते हैं या अपने शरीर को तोप के गोले की तरह गोल करके पानी में छलाँग लगाते हैं और हर जगह पानी-पानी हो जाता है। कुछ डाइविंग बोर्ड का उपयोग करने की हिम्मत करते हैं, ख़तरनाक तरीक़े से छलाँग लगाते हैं और फिर पेट या पीठ के बल तैरते हैं।

जब वे पानी से निकलकर सीढ़ी चढ़ते हैं तो उन्हें इतनी खुजली होती है कि वे छिपकलियों की तरह अपने शरीर को मोड़ लेते हैं। मैं उन पर चिल्लाती हूँ : 'सोबाते के नो आइ बैंगे' (चल बे, उल्लू की दुम)। और कोई मुँह के बल गिरता है तो मैं चिल्लाती हूँ : 'सोबाते के नो आइ बैंगे'।

बदले में वे मुझ पर चिल्लाते हैं लेकिन मुझे समझ में नहीं आता, हालाँकि उनमें से कुछ मुझसे छोटे हैं, लेकिन वे शैतान से भी ज़्यादा अंग्रेज़ी जानते हैं।

अचानक एक गोरा, सुनहरे बालों वाला बच्चा जो काफ़ी देर से डाइविंग बोर्ड से कूद रहा था, मेरे 'सोबाते के नो आइ बैंगे' चिल्लाने से पक जाता है और मुझे उँगली दिखाता है। अपने देश में, अपने स्कूल में, मुझे इसका मतलब पता लग गया था। राउल और खुलिओ सेसार ने मुझसे कहा था कि अगर मैं उन्हें अपनी पैंटी दिखाऊँ, तो वे मुझे इसका मतलब बता देंगे। हम बात तय करने के लिए एक बस के पीछे गए, लेकिन मैं बमुश्किल अपने हाथ से वह इशारा कर पाती हूँ और कई बार मेरी उँगलियाँ ज़्यादा खुली रह जाती हैं, इसलिए जो मैं उँगलियों से नहीं कह पाती वो मैं मुँह से कह देती हूँ : 'यो मोथाफक्का सोनोफैबिच भाड़ में जाओ।' वह गोरा बच्चा हरे रंग का स्विम सूट पहने एक दूसरे बच्चे को इशारा करता है, जो उसे बताता है : वह कह रही है कि तुम 'कमीने' हो। डाइविंग बोर्ड पर पैर लटकाए बैठे गोरे लड़के का चेहरा लाल होने लगता है और उसके शरीर पर पूल के पानी से बनी बूँदें वाष्पित हो जाती हैं और उसकी झाइयाँ गाढ़ी हो जाती हैं और उसकी नसें (नसें हैं) मानुएल मोरेटा के एक दोस्त की तरह फूल जाती हैं। वो गोरा बच्चा मुझे घूर रहा है, मानो आँखों से ख़ंजर फेंक रहा हो। वह डाइविंग बोर्ड से सीधे मेरी गर्दन पर कूदकर मुझे डुबो देने को तैयार है। बग़ल में, मेरी बेबीसिटर/आया लाइफ़गार्ड से बात करते हुए अपने जी-स्ट्रिंग को ठीक कर रही है। वे नहीं जानते कि वो मुझे मारने आ रहे हैं, कि मैं पानी और रसायनों से घुटकर मरने वाली हूँ (उनका स्वाद बहुत बुरा है)। लेकिन तभी एक हट्टा-कट्टा हाथ पूल से बाहर आता है (डाइविंग बोर्ड के नीचे, गोरे बच्चे के नीचे), एक कड़े बाइसेप वाला हाथ (जो हमें दूर से दिख रहा था) पानी से निकलता है, जैसे माइकल जैक्सन के वीडियो में मृतक अपनी क़ब्रों से हाथ बाहर निकलते हैं।

वो हाथ गोरे लड़के के एक पैर को पकड़कर खींचता है, और खींचता है, और खींचता है और उसे गहरे नीले रंग में खींचता है जहाँ एक छोटा-सा बोर्ड है जिस पर लिखा है 18 फीट।

जब सूरज की तेज़ रोशनी पानी पर पड़ती है तो यहाँ ऊपर से एक भयानक काला पिंड दिखाई देता है। बाक़ी बच्चे घर भाग जाते हैं लेकिन मेरे जैसे कुछ चुप रहते हैं, बस नीचे देखते हैं। अभी भी बाड़ के बग़ल में, लाइफ़गार्ड मेरी आया के जी-स्ट्रिंग ठीक कर रहा है।

बच्चा पानी से ऊपर आता है, अपना सिर पानी से बाहर निकालता है, और हमें उसके आँसू दिखाई देते हैं, उसके नाक की गन्दगी पानी में ग़ायब हो गई है। वह ज़ोर से चिल्लाता है और पूल से बाहर निकलकर अपने पेट को पकड़े घर तक दौड़ता है। मुझे उस पर तरस आता है। हाथ का मालिक अभी पानी के नीचे है, भूरे रंग के दाग की तरह, मेढक की तरह। आया एक तौलिया लेकर आती है और मुझे वहाँ से ले जाने लगती है। मैं मुड़-मुड़कर पूल को देखती हूँ और उससे पूछती हूँ कि क्या उसने देखा जो हो रहा था और वह कहती है, हाँ, बच्चे, वह लाइफ़गार्ड मुझ पर डोरे डाल रहा था।

उस रात क्यूबाई लोग पापू के साथ मोनोपोली खेलने आते हैं। क्यूबाई असली पैसे से खेलते हैं। वे तीन हैं, एक युवक और दो बूढ़े लोग जो सिगार पीते हैं और पापू के क़ालीन पर थूकते हैं। वे हाथ में ब्रेसलेट और पापू की चेन से मोटी सोने की चेन पहने हैं। जब मैं उन्हें कुछ स्नैक्स देती हूँ जो मारिया क्रिस्टीना ने उनके लिए बनाए हैं तो सबसे बूढ़ा आदमी मुझे कहता है कि मेरे पास एक सितारा है। मैं इसे अपने कपड़ों पर ढूँढ़ती हूँ मानो कोई दाग हो, और वह हँसता है। हा हा हा। वह अपनी उँगली पर सबसे मोटी अँगूठी से खेलता है। पापू हँसते हैं और खेलते समय बहुत सारे चुटकुले सुनाते हैं और क्यूबाई इतना हँसते हैं कि पैंट में पेशाब कर देते हैं। बाद में, मैं पापू की गोद में बैठती हूँ जब वह पासा फेंकते हैं और वे पासेओ ताबलादो पर गिरते हैं, और पापू फटाफट कई सारे कोंडो और होटल ख़रीद लेते हैं। पापू जितनी भी इमारतें खड़ी करते हैं उन सभी के नाम परिवार के किसी सदस्य के नाम पर रखते हैं जैसे उनकी छोटी बहन—लेसी I, लेसी II, और लेसी III,

अपार्टमेंट होटल सिली, उनकी माँ के नाम पर, और होटलों में से एक चीना के नाम पर, क्रिस्टी के नाम पर एक रेस्तराँ, उनकी दूसरी बहन। मेरे नाम पर एक सड़क और पापू के नाम पर एक एवेन्यू और एक हवाई अड्डा है।

मैं इस समय आशावादी महसूस कर रहा हूँ, पापू उम्र में सबसे बड़े क्यूबाई आदमी से जो मुँह में चबेना ठूँसे हुए था, से कहते हैं। मैं पापू से पूछती हूँ कि आशावादी का मतलब क्या होता है, और अपनी उँगली से खट्टी-मीठी चटनी चाटते हुए वह कहते हैं कि इसका मतलब है कमीना।

एक दोपहर, मारिया क्रिस्टीना मुझे अपने साथ सुपरमार्केट जाने के लिए कहती है, और उसके पीछे दौड़ते हुए मैं पूल के पास से गुज़रती हूँ और बिलकुल गहरे अन्त में मुझे काला मेढक नज़र आता है। जब हम किराने की थैलियाँ लिये लौटते हैं (मैं केले वाली थैली उठाने में मदद करती हूँ), तब भी वह धब्बा वहीं है। उस रात, पापू पूल के पास एक बारबेक्यू पार्टी रखते हैं और जब हम तैयारी कर रहे हैं (मैं मेज़पोश डालने में मदद करती हूँ), पूल की बत्तियाँ जलती हैं और वह धब्बा धीरे-धीरे सायरन की आवाज़ की तरह ऊपर उठता है।

धब्बा पूल की सीढ़ी के पास आता है, हाथ उभरता है और वहीं बना रहता है; यह बहुत मज़बूत हाथ वाले लड़के की मांसल भुजा है। वह एकदम भीगा हुआ है और उसके काले बाल कुछ ज़्यादा ही लम्बे हैं। मारिया क्रिस्टीना उसे सम्बोधित करती है, हैलो किकी। किकी दोनों हाथों से सीढ़ी का सहारा लेता है, और फिर कूदता है, और अपने एक पैर से कूदते-कूदते मारिया क्रिस्टीना तक पहुँचता है जो मुस्कराकर उसे कोक का कैन पकड़ाती है। जब बिकनी पहने महिलाओं के साथ पापू के दोस्त पूल पर पहुँचने लगते हैं जिनमें जवान भी हैं और बूढ़े भी और जब वे बियर के कैन को पकड़ते हैं तो उनकी छोटी उँगली एंटीना की तरह हवा में टँगी होती है, और कैन को पकड़कर ही वे मेरेंगे नाचने लगते हैं, किकी मुझे बताता है कि मैं पैदाइशी ऐसा हूँ। मैं भी नाचती हूँ। किकी अपनी बैसाखी के साथ नाचता है। म्यूज़िक बहुत तेज़ है और सब लोग बहुत ख़ुश हैं, पी रहे हैं, पापू के बारबेक्यू से मांस खा रहे हैं। पापू ने हरे रंग का एप्रन पहना हुआ है जिस पर पीले अक्षरों

में लिखा है #1 मास्टर। पापू के कुछ दोस्त एक खेल खेल रहे हैं जिसमें वे अपनी बुलोवा घड़ियों को पूल के सबसे गहरे हिस्से में फेंकते हैं, यह देखने के लिए कि कौन सबसे पहले उनके पास पहुँचता है।

जब मेरी सभी जुँएँ मर जाएँगी तो वे मुझे डिज़्नी वर्ल्ड ले जाएँगे, मैं किकी को बताती हूँ। मैं मिकी और गूफ़ी से मिलूँगी। क्या मिकी माउस और डोनाल्ड डक्स के अन्दर लोग होते हैं? मुझे नहीं पता, मुझे ऐसा नहीं लगता, किकी कहता है। बाद में वह कहता है कि जब मेरी सभी जुँएँ मर जाएँगी तो मुझे ब्रह्मांड के केन्द्र एपकोट सेंटर जाना चाहिए। फिर पापू बीयर पर ऐसे मुँह लगाते हुए जैसे उसे चूम रहे हों, हमें घर के अन्दर वापस ले जाते हैं क्योंकि अब माहौल बच्चों के अनुकूल नहीं है। टी.वी. पर चार्ली ब्राउन एक स्पेलिंग बी में है, और जब भी कोई किसी शब्द का ग़लत उच्चारण करता है तो उनके सिर गुब्बारे की तरह फट जाते हैं बूम बूम बूम, साँड़ों की लड़ाई की तरह, दुख की बात है।

बूम, अजीब।

बूम!

पापू एक झटके में चादर उठाकर मुझे जगाते हैं, उन लोगों की तरह जो बर्तन को छुए बिना मेज़पोश हटा देते हैं। वह मुझे खींचकर उस पूल तक ले जाते हैं जहाँ पार्टी अभी भी चल रही है। मुझे कुछ समझ नहीं आ रहा है। बिकनी पहने एक अश्वेत महिला पापू के कूल्हे से चिपक जाती है और उनके सीने के बालों को चूसने लगती है। मारिया क्रिस्टीना मुँह बनाती है और पापू उसे खींचकर अपने ख़ाली कूल्हे पर चिपका लेते हैं। मारिया क्रिस्टीना फिर मुँह बनाती है और पापू उसके कान में फुसफुसाते हैं : अब मज़ा आएगा जानेमन, और फिर वह अश्वेत महिला का जी-स्ट्रिंग ठीक करते हैं।

बाद में, उन दोनों की कमर दबाते हुए पापू ऊँची आवाज़ में घोषणा करते हैं : अब मेरी बेटी हमारे लिए कुछ गाएगी, जो उसने तैयार किया है।

आप सभी दर्शक हैं और इसलिए मैं अपना समय लेती हूँ। आप लोग दर्शक हैं और जब मैं मुँह खोलने को होती हूँ, तो आप पत्थर सरीखे जकड़ जाते हैं, समय बीतने का इन्तज़ार करते हुए, लेकिन मैं वह समय हूँ जो

आपके बग़ल से निकल जाएगा, एक गीत की तरह, प्रकाश की किरण की तरह जो इस समय को वापस मोड़ देगी, अतीत की ओर, एक ऐसे समय में जिसे सेकंड और मिनटों में फिर से गिना जा सकता है और जो तालियों की गड़गड़ाहट के साथ बढ़ता है, बजरी और पत्थरों की नदी की तरह, उन घड़ियों से बने लाखों मराकास की तरह।

आप लोग ऐसे ही हैं, थोड़े मूर्ख, थोड़े व्यंग्यात्मक, सनकी, मोटे, फूले हुए गालों वाले, आलोचनात्मक, कट्टर, क्रूर, एक ऐसे प्यार में सक्षम जो सब कुछ माफ़ कर देता है और सब कुछ अच्छा कर देता है। इतनी भद्दी चीज़ें पसन्द करने वाले और नहीं करनेवाले भी, इतनी सारी सोने की चेनों और गर्लफ्रेंड वाले कि अब वो आपको दिखती भी नहीं हैं—आप, उनकी गर्लफ्रेंड, और उनकी पोशाक सभी एक से हैं, मेरे सामने एक गहरा समुद्र। एक मैं ही हूँ जो रोशन है, केवल मुझे ही अन्तरिक्ष के पीछे गोल बिन्दु से रोशनी की यह सफ़ेद किरण मिल रही है, जो मुझे इशारा करती है और मंच पर मेरे पीछे आती है। कभी-कभी प्रकाश की एक किरण काले सागर से फॉस्फोरसेंट मछली की तरह तेज़ी से झिलमिलाती है। कभी-कभी एक ही समय में एक, दो, तीन किरणें होती हैं।

मैं अभी भी ड्रेसिंग रूम में हूँ। मैं अभी भी आईने के फ्रेम पर छोटे बल्बों से रोशन हूँ जहाँ मैंने पापू, और पापू के साथ अपनी तसवीरें लगाई हैं तब की जब वह जीवित थे और मुझे एक छोटे पर्स की तरह लेकर घूमते थे, मेरी टाँगें उनकी कमर में और मेरी बाँहें उनके कन्धों पर। एक तसवीर में हमारे पीछे मियामी सीक्वेरियम में डॉल्फ़िन सामन के एक कैन के लिए हवा में कूदती हैं। मैं फ़ोटो को चूमती हूँ और क्रॉस का चिन्ह बनाती हूँ। मैं शैंपेन की बोतल को ठंडा कर रही बर्फ़ की बाल्टी को क़रीब खींचती हूँ जिसे मैं गटकना चाहती हूँ, और उठती हूँ। मैं सत्रह काले रेशमी ब्लाउज़ों और काले गैबर्डिन स्लैक्स से घिरी हूँ जिन्हें एक अश्वेत महिला ने इतनी सख़्ती से इस्त्री किया है कि वे जापानी चाकू की तरह लोहे को भी काट सकते हैं।

मैं अपनी उँगली से क्रीज को छूना चाहती हूँ, लेकिन फ़ौरन हाथ वापस खींच लेती हूँ मानो जल गई हूँ और फिर कहती हूँ, उस आवाज़ में जो मेरी नहीं है, शानदार।

पापू

मैं हैंगर खींचती हूँ और आगे बढ़ती हूँ। पहले पैंट और फिर ब्लाउज़। जब मैं सारे बटन बन्द कर लेती हूँ तो कोई मुझे झाड़ने आता है और चिमटी से एक बाल हटाता है।

मैं पैंट की ज़िप लगाती हूँ, ज़िप अटक-अटककर चढ़ती है। बाहर से आती अधीर बड़बड़ाहट अब फ़र्श पर लाखों पटकते पैरों में बदल गई है और ताली बजाते हाथों में। वे मेरा सिर चाहते हैं। उनके मुँह में एक या दो उँगलियाँ होती हैं सीटी बजाने, थूकने और शोर मचाने के लिए। मैं इस या उस सीटी को चिह्नित करने वाले चेहरों और हाथों की कल्पना करती हूँ और उन भक्षक चीख़ों के बीच मैं गाल, हाथ, अँगूठियाँ, नक़ली नाख़ून, चिल्लानेवालों की अतिरंजित मुस्कराहट में दाँत देखती हूँ मानो उन्होंने इसका पूर्वाभ्यास किया हो : "अगर तुम अभी बाहर नहीं आईं, तो यहाँ आग लग जाएगी, अगर तुम अभी बाहर नहीं आईं, तो यहाँ आग लग जाएगी, यहाँ आग लग जाएगी!"

मैं बर्फ़ का एक टुकड़ा मुँह में डालकर उसे चबाती हूँ। जब मेरे दाँत बर्फ़ कुचलना बन्द कर देते हैं, तो एक अदृश्य ऑर्केस्ट्रा तार व सुषिर वाद्ययंत्र (String & Wind instrument) बजाना शुरू कर देता है और जब लोग पहला नोट सुनते हैं, तो उनकी नाक से ख़ून बहने लगता है, वे एक-दूसरे को कन्धों से हिलाते हैं, उनकी आँखें ख़ाली हैं, वे एक-दूसरे पर उल्टी करते हैं, अपनी बैसाखियाँ हवा में फेंकते हैं, बीमार हो जाते हैं, गाली देते हैं, लात मारते हैं, कोहनी मारते हैं, और फिर मेरा स्वागत करने के लिए एक साथ खड़े हो जाते हैं।

"आ गई। आ गई। ये रही मैं," पापू की पैंट घसीटते हुए (हालाँकि उसे स्टेपल करके मोड़ दिया गया था लेकिन अभी भी वो मेरे रबर सैंडल से नीचे थीं), पापू की रेशमी शर्ट (जो इस हवा को रोकने के लिए कुछ नहीं करती), और नीले मैजिक मार्कर से बनी कलम और मूँछें लिये। संगीत चलता रहता है और मैं चुप रहती हूँ ताकि आप लोग चुप हो जाएँ, अनन्त काल के लिए, जैसे कि आप मर गए हों, और मुझे जो कहना है उसे सुनें—

मैं हूँ जो हर रात आपका पीछा करती हूँ, जिसका आपका पीछा करने के अलावा कोई जीवन नहीं है...

पूल पर एक अन्त:तारकीय रोशनी चमक रही है और मैं हेयरब्रश को माइक की तरह पकड़कर राफेल के हिट गीत को लिप-सिंक करती हूँ। मैं पापू की गर्लफ्रेंड्स को देखती हूँ जो हवा वाले खिलौनों को पूल के एक कोने में इकट्ठा कर रही हैं ताकि वे गीत की लय और ताल के साथ सामंजस्य बैठाते हुए नाच सकें। कोई भी पानी से बाहर नहीं निकलता। पापू कुर्सी पर बैठे हैं, और मारिया क्रिस्टीना उनकी गोद में। मुझे देखते हुए उसकी आँखों में एक चमक है, आतिशी चमक, जो उन आँखों में हमेशा होती है।

मैं वह हूँ जो आपके लिए इन्तज़ार करती है, जो आपके सपने देखती है, जो हर रात आपके प्यार के लिए प्रार्थना करती है...

मैं वही सब करती हूँ जो मैंने आईने के सामने कई सौ बार किया है—एक मुट्ठी बन्द करती हूँ, एक हाथ बढ़ाती हूँ मानो ट्रे उठाई हो, ठोड़ी उठाती हूँ, आँखें बन्द करती हूँ, और जबड़े से सिर हिलाती हूँ। मैं मन में सोचती हूँ कि पापू और मम्मी मर गए हैं ताकि मेरी आँखें नम हो जाएँ मानो मैं रोने वाली हूँ (यह मैं हमेशा सही करती हूँ)। लोग सिर्फ़ रोने का व्यर्थ दिखावा करते हैं, हालाँकि उनके चेहरे पर घबराहट दिखाई देती है। और जैसे ही स्पेन के गायक राफेल मेरे ज़रिये फिर से 'यो सोय आकेल' गाता है, मैं मंच से नीचे आना शुरू कर देती हूँ, मंच, जो वास्तव में एक प्लेक्सीगिलास मेज़ है जिसकी छतरी हटा दी गई है।

पहले, मैं बहुत धीरे-धीरे नीचे आती हूँ ताकि गिरूँ नहीं, लेकिन मैं कभी भी अपने इशारे नहीं रोकती, मैं कभी भी लिप-सिंकिंग बन्द नहीं करती, और ज़मीन पर उतरने के बाद ही मैं उसकी तरफ़ देखती हूँ।

वह मुझसे नज़रें मिलाती है। और मैं उसे कुछ और देखती हूँ। मेरे दिमाग़ में पापू और मम्मी के ताबूत एक साथ उतरते हैं और मैं अपनी पलकों के किनारे पर पूरे दो आँसू रखती हूँ। मैं मारिया क्रिस्टीना को घूरती रहती हूँ,

और क़रीब आती रहती हूँ, धीरे-धीरे, और इतनी क़रीब आ जाती हूँ कि अपनी नाक से उसकी नाक छू सकती हूँ...

और मैं यहाँ हूँ, यहाँ, तुम्हें चाहने के लिए,
और मैं यहाँ हूँ, यहाँ, तुमसे प्यार करने के लिए,
और मैं यहाँ हूँ, यहाँ, तुमसे माँगने के लिए...

फिर मैं उसका हाथ पकड़ लेती हूँ और उसकी कमर में अपना हाथ डाल देती हूँ और दूसरे से मैं सीढ़ी पकड़ती हूँ जो किकी ने मेरे शो के दौरान हवा में उड़ते एक मूक (Silent) जहाज़ से नीचे गिराई है जो हमने मेहमानों में से एक से चुराया है। किकी ऊपर उठाने में सफल होता है और मारिया क्रिस्टीना और मैं जल्दी ही ज़मीन से ऊपर उठ जाते हैं, पापू से दूर, और आँखें बन्द करके किस करते हैं। मैं इतनी ताक़तवर हूँ कि मेरी आठ साल की बाँह हम दोनों को सँभालती है, जबकि नीचे, पापू की सभी गर्लफ्रेंड्स के पैर चमकदार पानी पर मँडराते हैं, अपना नृत्य पूरा करने के लिए और राफ़ेल की आवाज़ मेरी लिप-सिंकिंग के बिना ख़त्म हो जाती है : प्याऽऽऽ ऽऽऽर, प्याऽऽऽऽर, प्याऽऽऽऽर।

पाँच

सिर्फ़ एक ही चीज़ सुनाई देती है : पापू और उनके बिज़नेस एसोसिएट्स, सब कुछ बाँटते हुए, हज़ार-पेसो के नोट, लाटरी टिकट, घड़ियाँ, चेन, सोने के गहनों से भरे प्लास्टिक बैग, पोर्श-ब्रांड कॉर्कस्क्रू, पाँच पेसो के हज़ारों- लाखों नोट, एक तेरा, एक मेरा। चिल्लर फेंक दी जाती है।

पापू के सभी दोस्तों की पापू की तरह ही छोटी-छोटी तोंद और मूँछें और सोने की घड़ियाँ हैं। वे आपसे बात करते हैं जैसे वॉकी-टॉकी इस्तेमाल कर रहे हों, तब भी जब ठीक बग़ल में हों। पापू और उनके सहयोगी एक-दूसरे को कसकर गले लगाते हैं और खुले हाथों से एक-दूसरे की पीठ पर धौल जमाते हैं, ख़ासकर जब उन्होंने किसी बेचारी महिला को दो-एक कार बेच दी हों और पापू की मेज़ पर पैसे बाँटते हैं, एक तेरा, एक मेरा। पुची को छोड़कर पापू के लगभग सभी दोस्त उनसे बड़े हैं, दरअसल पुची पापू का दोस्त नहीं है। भले ही पापू ने उसे तोहफ़े में सोने की घड़ी दी हो, लेकिन पुची उनका सहायक ज़्यादा है।

बहुत पुरानी बात नहीं है जब पुची मेरे कपड़े और बाइक उधार लेता था,

लेकिन अब वह पापू की तरह सूट पहनता है, और पापू की तरह जूते और चेन पहनता है, और पापू उसे कार भी उधार देते हैं। जब पुची के पास लाइसेंस नहीं था, वह और मैं पापू की डीलरशिप में खड़ी कारों में घुस जाते थे, पुची काली पोर्श में और मैं एक भूरे रंग की जगुआर में, और हम नाटक करते थे कि हम रेस कर रहे हैं, दाँत भींचते हुए, जैसे ब्रेक लगा रहे हों, स्टीयरिंग व्हील पर कसी हुई बन्द मुट्ठी, बाँहें लाठी जैसी सीधी, पीठ सीट को पीछे धकेलती हुई जैसे कि हम वास्तव में तेज़ रफ़्तार से जा रहे हों, सबसे तेज़।

लेकिन अब पुची असली रेस लगाता है और जब पापू उसे कहते कि मुझे घुमाने ले जाए, तो पुची इतनी तेज़ चलाता है कि कार उड़ती हुई मालूम पड़ती है। पापू की कार में पुची के कैसेट बिखरे हुए हैं। वह एक चलाता है और मेरे सीने की तरफ़ उँगली दिखाते हुए गाता है, 'डू यू कम फ्रॉम द लैंड डाउन अंडर?' मैं ख़ुशी से हँसती हूँ, हालाँकि अन्दर ही अन्दर कुढ़ रही हूँ क्योंकि अभी काफ़ी समय बाक़ी है जब मैं गाड़ी चला सकूँगी और अपना कैसेट बजा सकूँगी और गा सकूँगी, 'आई एम अ बैकडोर मैन'। मैं पुची को नज़रअन्दाज़ करती हूँ और अपनी खिड़की को नीचे करके कहती हूँ, चिआआआओ, प्यार, और मैं अपने गीत की आख़िरी पंक्ति से उसकी कार भर देती हूँ।

पुची बहुत जल्द पार्टनर बनने वाला है। पापू का पार्टनर होने के लिए उसे केवल एक गर्लफ्रेंड की ज़रूरत है, और एक दिन उसके पास होगी और उसे कोई नहीं रोक पाएगा, जब उसके पास उसकी गोरी प्रेमिका होगी, उसकी मर्सिडीज़ होगी और हर्शी'ज़ किस चॉकलेट जितनी मोटी अँगूठी होगी।

मिली को एक दुकान मिली है। पापू ने उसे दी है। उन्होंने मिली को दुकान का सामान ख़रीदने के लिए दस हज़ार डॉलर देकर मियामी भेजा था, लेकिन उसने आधे पैसे अपने दोस्तों के साथ तीन सौ डॉलर की रिहाइड्रेटिंग क्रीम और पाँच सौ डॉलर की मालिशों पर एक हफ़्ते में ख़र्च कर दिये। बाक़ी के पैसे परफ़्यूम पर ख़र्च कर दिये। उसे वापस लाने के लिए पापू को अपने एक एसोसिएट को भेजना पड़ा जिसने पापू को बताया कि मिली लौंडेबाज़ी कर रही थी। कुछ शब्द मुझे भ्रमित कर देते हैं। मतलब, मैं उन्हें समझ नहीं पाती।

सबसे पहले, एसोसिएट। मुझे लगता है कि यह 'दोस्त' या कुछ और होता है, जैसे कि जब पापू अपने सहयोगियों के बच्चों को बपतिस्मा देते हैं और फिर उनके एसोसिएट के बच्चे आकर उनकी जेब में हाथ डालते हैं और उन्हें प्रणाम करने के एवज में उनकी जेब से दो-तीन नोट निकाल लेते हैं। पापू के बिज़नेस एसोसिएट्स के पास अपनी जेबें हैं लेकिन मैं उनमें से कुछ नहीं निकालती क्योंकि मैं जानती हूँ कि अगर मेरे मन में ये विचार आया भी तो पापू मेरा भुर्ता बना देंगे। दूसरा शब्द है 'लौंडेबाज़ी'।

जब मिली अपनी यात्रा से वापस आई तो पापू उसे अपने दफ़्तर ले गए और उन्होंने मुझे अन्दर नहीं आने दिया। जब मिली निकली, तो उसने पापू की तरह सूट और अँगूठी पहनी हुई थी और एक उँगली पर बी.एम.डब्ल्यू. की चाबी का गुच्छा घुमा रही थी। पापू का बिज़नेस एसोसिएट बनने के लिए उसे बस एक गर्लफ्रेंड चाहिए थी। फिर उसे कोई रोक नहीं सकता था।

अब पुची और मिली बिलकुल एक जैसे दिखते हैं, उनके सूट, उनकी अँगूठियाँ, उनकी चेन, कार के फ़र्श पर बिखरे हुए उनके कैसेट। कान फाड़ता संगीत। और इतना तेज़ इत्र है कि लोग बेहोश हो जाएँ (प्लॉप) जैसे कि उनके पास से गुज़रते समय भूत देखा हो। उनके पास जूते, टेनिस रैकेट, गोल्फ क्लब, बास्केटबॉल, सर्फ़बोर्ड, स्केटबोर्ड हैं—दोनों के पास अपने ख़ुद के क़ालीन और तेंदुए की त्वचा वाला फर्नीचर है क्योंकि पापू ने दोनों के लिए अपार्टमेंट ख़रीदे हैं। जब पापू बाहर जाते हैं तो जुड़वाँ भाई-बहन उनके आजू-बाजू रहते हैं, और अब दोनों ने बाल भी एक से रख लिये हैं : माथे पर से कटे हुए और पीछे एक लम्बी, पतली चोटी, और सामने एक आँख को ढकती बालों की एक लट। कभी-कभी वे उस लट को ब्लीच कर लेते हैं। वे कपड़े के बटन वाले सफ़ेद डबल ब्रेस्टेड सूट पहनते हैं। उनके बीच पापू, हमेशा सलेटी रंग पहनते हैं, हल्का सलेटी, जूते भी उसी रंग के।

पापू कारों, मशहूर लोगों और हमारे देश में निवेश करने के इच्छुक लोगों को आकर्षित करते हैं। इसलिए लोग उनके लिए उपहार लाते हैं, उनसे सलाह माँगते हैं, उनके लिए कार ख़रीदते हैं, गाड़ी की चाबी देते हैं। जैसे ही पापू वापस आए, लोग मिलने चले आए, बदबूदार ग़रीब लोग, जिन्हें गले लगाते

हुए पापू ने मुझे मिलवाया : इस आदमी ने मुझे गाड़ी चलाना सिखाया, इस आदमी ने मुझे नाचना सिखाया। पापू उन्हें अपने दफ़्तर में ले जाते हैं और उनकी शाही योजनाएँ सुनते हैं जो पापू के उधार की कृपा पर टिकी हैं, ताकि वह मिनी वैन ख़रीदकर उसे टैक्सी बना लें, फिर महीने-भर में इतना कमा लेंगे कि एक और गाड़ी ले लेंगे और उसके अगले महीने एक और, (ये बदबूदार लोग जेब से एक नैपकिन निकालते हैं जिस पर उन्होंने खर्चे और आमदनी का हिसाब जोड़ रखा है), और इस तरह साल-भर में इन बदबूदार लोगों का सार्वजनिक परिवहन नेटवर्क होगा और वे पापू को उधार का दोगुना भुगतान कर देंगे। पापू अपने साफ़-सुथरे हाथों को देखते हुए उनकी बात सुनते हैं, फिर सेक्रेटरी कॉफ़ी लाती है और उस बदबूदार आदमी को वे लोग पापू के लोगो वाली टोपी देते हैं और उधार की बात वहीं ख़त्म हो जाती है (पापू उस आदमी की पीठ थपथपाते हैं और उसे 20 पेसो देकर रवाना कर देते हैं)।

जिस दिन पापू वापस आनेवाले थे, उससे पहले ही बदबूदार लोगों ने मेरी सिली दादी की पार्किंग में इकट्ठा होना शुरू कर दिया। पापू ने चोर-उच्चकों वाले कपड़े पहने हैं ताकि भीड़ उन्हें पहचाने नहीं, लेकिन लोग तो पहले से ही पार्किंग स्थल में कार्डबोर्ड के घर बना रहे थे और हेरिंग मछली के साथ चावल पकाने के लिए सैंडबॉक्स पेड़ की डालियाँ काट रहे थे। अगली सुबह, पापू अपने अंडरवियर में बालकनी में गए और उन लोगों को घर जाने के लिए कहा, और यह भी कि हर एक को वो सब मिलेगा जिसका वो हक़दार है इसलिए निराश न हों।

घर पहुँचने पर पापू ने सबसे पहले अपना सूटकेस खोला। जुड़वाँ भाई-बहन और मैं इन्तज़ार कर रहे थे, अच्छे बच्चों की तरह बहुत शान्ति से बैठकर। चीना, लेसी और सिली, सभी पापू को गले लगाते हैं, और हर बार जब वह एक और तोहफ़ा निकालते हैं तो उन्हें चूमते हैं। सिली पापू के कान में फुसफुसाती हैं : अपने लोगों को मत भूलना। पापू एक पीले पेपर पैड से एक काग़ज़ फाड़ते हैं, पेंसिल की नोक को चाटते हैं और एक सूची बनाना शुरू करते हैं, उसके लिए एक सौ, और उस दूसरे के लिए दो सौ, उस दूसरे के लिए एक सौ। सिली उनके कन्धे के ऊपर से झाँककर देखती हैं

कि सूची में सभी का नाम है। पैसा, फ्रीजर, कार, यहाँ तक कि बीते समय में की गई मदद के एवज में घर भी।

पापू अपनी सूची बना रहे हैं लेकिन यह सूची अन्तहीन है। वह चीना या लेसी को दिखाते हैं और वे कहती हैं, डॉन चीची और सार्जेंट आलेग्रिया याद हैं ना, या, क्या तुम इस सूची में स्वर्गीय एवारिस्ता के अनाथ बच्चों को नहीं जोड़ोगे? पापू लिस्ट बनाते रहते हैं। तुम्हारे लिए सौ डॉलर, तुम्हारे लिए सौ, तुम्हारे लिए सौ और तुम्हारे लिए भी सौ। वह सभी नाम लिख लेते हैं और हमें उन लोगों की एक सूची बनाने को कहते हैं जो हमारे हिसाब से इस सूची में शामिल होने चाहिए। और फिर उस सूची में मौजूद लोगों का उनकी सूची से मिलान किया जाएगा। पापू किसी को भूलना नहीं चाहते।

मैं होटल जा रहा हूँ, पापू सिली से कहते हैं। इन सभी लोगों से मिलने के लिए पापू को ज़्यादा जगह की आवश्यकता है। मैं एक घर ख़रीदने जा रहा हूँ, पापू सिली से कहते हैं। पापू एक घर और एक अपार्टमेंट और एक ख़ाली जगह ख़रीदते हैं जहाँ वह उन सभी कारों को पार्क करते हैं जो वह बेचने के लिए अपने साथ लाए थे। अगले ही दिन एक टी.वी. विज्ञापन में पापू एक सन्तुष्ट ग्राहक से हाथ मिलाते हैं और उनकी पकड़ इतनी मज़बूत है कि लगता है उनके हाथ टूट जाएँगे। पापू के पास पहले से ही एक या दो सेक्रेटरी हैं, जो फ़ोन सँभालते हैं और वर्णमाला क्रम में या महत्त्व के अनुसार सूचियाँ व्यवस्थित करते हैं या वे फूहड़ों को व्यवस्थित नहीं करते हैं और पुची के साथ काजू कतली ख़रीदने बाहर जाते हैं जो वे कार में खाते हैं, और ऊँची एड़ी के सैंडल उतारकर एसी के सामने अपने पैर की उँगलियाँ हिलाते हैं।

अब, ज़्यादा स्मार्ट बनने के लिए, उन्होंने एक आंसरिंग मशीन लगा ली है जिसमें पापू की आवाज़ कहती है कि वह वहाँ नहीं हैं, बीप के बाद सन्देश छोड़ें।

लगभग ग्यारह बजे दफ़्तर पहुँचने पर पापू सबसे पहले एक गिलास दूध के साथ रैपिडिटा हैंगओवर-हेल्पर की दो गोलियाँ लेते हैं और सन्देशों की लम्बी सूची सुनने के लिए बटन दबाते हैं जिसमें बदबूदार लोगों, उनके बिज़नेस एसोसिएट, उनके परिजनों, उनके क़रीबियों, मीडिया, उनके ग्राहकों

और उनकी गर्लफ्रेंड्स की आवाज़ें होती हैं। पापू अपनी मेज पर बैठते हैं, रिमोट उठाते हैं, और टी.वी. पर कोई भी पुराना चैनल लगा देते हैं। बाद में, मेज़ पर दोनों कोहनी टिकाकर, वह दोनों कनपटी पर एक-एक उँगली रखकर उन्हें घुमाते हैं। जुड़वाँ भाई-बहन पापू की कुर्सी के पीछे इस तरह मँडराते हैं जैसे स्वर्गदूत क्रिसमस प्रबन्धक पर।

जब पापू अपनी उँगलियों को इस तरह हिलाते हैं, असल में वह पैसा कमा रहे होते हैं। यह मेरे लिए काम नहीं करता। मैं अपनी उँगलियाँ अपनी कनपटी पर रखती हूँ लेकिन कुछ भी नहीं होता। हालाँकि यह पापू के लिए काम करता है। यह देखने लायक़ चीज़ है : कैसे जब पापू अपनी कनपटियों पर अपनी उँगलियाँ रखते हैं तो कोई तुरन्त वहाँ आता है और वे मिलते हैं, और फिर, जब पापू और मैं फिर से अकेले होते हैं, तो वह कहते हैं, मैं तुम्हें करोड़पति बना रहा हूँ। फिर हम किसी बढ़िया रेस्तराँ में पापू की किसी एक गर्लफ्रेंड के साथ खाने के लिए जाते हैं और मैं पिज़्ज़ा ऑर्डर करती हूँ और वह मुझसे पूछते हैं कि अगर मुझे पिज़्ज़ा ही ऑर्डर करना है तो वह मुझे ऐसी जगह लाने की ज़हमत क्यों उठाएँ। उनकी चापलूस प्रेमिका मेरा पक्ष लेती है और हम दोनों मेज़ पर अपने काँटे और चाकू बजाते हैं और चिल्लाते हैं, पिज़्ज़ा! पिज़्ज़ा! पिज़्ज़ा!

पिज़्ज़ा आता है और हम खाना शुरू करते हैं, पहले चीज़ से जीभ जलाते हैं, फिर प्लेट पर पिज़्ज़ा के क्रस्ट छोड़ते हैं क्योंकि न तो पापू और न ही मैं इसे खाते हैं और उनकी गर्लफ्रेंड ऐसी चापलूस है कि वह भी नहीं खाती। मीठा खाते समय पापू अपनी गर्लफ्रेंड की उँगली पकड़कर मुझे उसकी अँगूठी दिखाते हैं, जिसमें एक बड़ा-सा हीरा है। तभी गर्लफ्रेंड ऐलान करती है कि अगले शनिवार हम शादी कर रहे हैं।

पापू अपनी कनपटी पर उँगलियाँ रखते हैं (रेस्तराँ में लोगों को लगता है कि उनके सिर में दर्द है) और पैसे और घर बनाते हैं और डिज़ाइनर कपड़ों के नमूने, पेंट के नमूने, टाइल के नमूने लिये खिंचे चले आते हैं। पापू की गर्लफ्रेंड अश्वेत लोगों पर हुक्म चलाती है—यह लाओ, वह ले जाओ। अगर कुछ टूटेगा तो तुम भुगतान करोगे, वह उन्हें कहती है, और फिर वह मुट्ठी

बन्द करती है और बड़ा-सा हीरा चकाचौंध करने वाली चमक छोड़ता है जो दूर किसी पेंट या कपड़े या टाइल पर जा टिकती है, और अगर वह सही निशाना नहीं लगाए तो चित्रकारों, मज़दूरों और डेकोरेटर से टकराती है। कनपटी पर रखी पापू की उँगलियाँ सभी मेहमानों के लिए सूट और ड्रेस, पैडीक्योर और मैनीक्योर और सहायकों वाली छह बसों के ख़र्चे का इन्तज़ाम कर देती हैं, जो मेहमानों को फ़ार्महाउस ले जाएँगी; वो फ़ार्महाउस जहाँ इस समय अपनी कनपटी पर रखी उँगलियों से पापू नदी किनारे के घर को डिज़ाइन करने वाले आर्किटेक्ट, लकड़ी, सीमेंट और मज़दूर (हर एक अपने परिवार के साथ) ले जाने की व्यवस्था कर रहे हैं। हम अभी भी रेस्तराँ में हैं जब पापू (उनकी उँगलियाँ अब इतने ज़ोर से घूम रही हैं कि ऐसा लगता है कि वह अपनी लाल हो रही कनपटियों में छेद कर रहे हैं) फ़ार्म पर रखे जाने वाले पचीस घोड़ों में से आख़िरी तीन भी व्यवस्थित कर लेते हैं।

शादी का दिन आ पहुँचता है और पापू और उनकी गर्लफ्रेंड की शादी हो जाती है। लेकिन इससे पहले कि वे हस्ताक्षर कर सकें दुल्हन का मेकअप उसके आँसू के चलते बहने लगता है, फ़ोटोग्राफ़र पूल पर जोड़े की तसवीरें लेता है, सीढ़ियों से नीचे आते हुए, घोड़े को सहलाते हुए, शैंपेन का गिलास पकड़े हुए, दूल्हे के परिवार के साथ, दुल्हन के परिवार के साथ, दोनों परिवारों के साथ सात परत वाले केक के आसपास, जोड़े की माँओं के साथ, जुड़वाँ भाई-बहन के साथ दुल्हन की एक फ़ोटो, दूल्हे की बेटी के साथ, सात परत वाले केक की। वे सभी के लिए सबसे अच्छी तसवीर की छोटी प्रतियाँ बनाते हैं। पापू की दुल्हन उनके पीछे एक स्नेही सन्देश लिखती है। मैंने उस पर एक नम्बर लिखा और उसे पापू की अन्य शादियों की अन्य तसवीरों के साथ व्यवस्थित किया, हरे रंग के रबर बैंड के साथ बेसबॉल कार्ड की तरह बाँधकर।

हर शुक्रवार, स्कूल बस मुझे पापू की डीलरशिप की दुकान पर छोड़ देती है क्योंकि मम्मी के पास कार नहीं है। मम्मी ड्राइव भी नहीं कर सकतीं और वह मुझे बस में स्कूल भेजती हैं। बस ड्राइवर का नाम सिबोने है और वह मोटे होंठों वाला अश्वेत आदमी है जिसके दाँत उँगलियों की तरह ठूँठदार हैं।

चार आँखें! वह मुझे यही कहता है जब मैं बस में चढ़ती हूँ, या जब रियरव्यू मिरर में वह मुझे देखता है। दूसरी सीट पर ख़ुआन खोसे बैठता है और वह मुझे 'बड़ा मच्छर' बुलाता है। तीन सीट पीछे दामियान है, जो कहता है कि मैं 'छोटी चुड़ैल' हूँ, और बाद में (जब हम क़रीब होते हैं) वे मुझे माचिस की तिल्ली, बगुला, सेम की फली, स्पैगेटी नूडल, जिराफ, बिजली का खम्भा, पानी का पाइप, चश्मिश, बुलाते हैं। मुझे चेक करने दो, पापू की सेक्रेटरी कहती है जैसे ही मैं एसी में क़दम रखती हूँ और वह पापू को बताती है कि मैं पहुँच गई हूँ, और मुझे पापू की आवाज़ सुनाई देती है कि कितनी बार उसे बताना पड़ेगा कि मेरे आने की घोषणा करने की ज़रूरत नहीं है।

कभी-कभी जब पापू किसी बिजनेस डिनर पर होते हैं और मैं पहुँचती हूँ तो सेक्रेटरी मेरे लिए पिज़्ज़ा ऑर्डर कर देती है। मैं पापू के दफ़्तर में बैठकर टी.वी. के सभी चैनल देखती हूँ। लगभग छह बजे पापू का फ़ोन आता है, वे सेक्रेटरी से कहते हैं कि मुझे मम्मी के घर जाने के लिए टैक्सी में बिठा दे क्योंकि मीटिंग लम्बी चलेगी।

कभी-कभी पापू मुझे अपने साथ अपने बिज़नेस डिनर पर ले जाते हैं, रेस्तराँ में जहाँ उनके बिज़नेस एसोसिएट लॉबस्टर ऑर्डर करते हैं और पकड़ के बिना ही उनके टुकड़े कर डालते हैं। रेस्तराँ में वे लोग दूसरों की तुलना में ज़्यादा ज़ोर से हँसते हैं और उनके हँसने से लॉबस्टर के टुकड़े मेरे चश्मे पर पड़ते हैं। वे मेज़ पर मुट्ठी मारते हुए ठहाके लगाते हैं और खाना ख़त्म होने पर अपनी पैंट की बेल्ट को ढीला करते हैं। जब कोई युवा लड़की वहाँ से गुज़रती है, जिसने ब्रा नहीं पहनी हो, तो वे कहते हैं, वाह क्या निप्स हैं, और पापू कहते हैं, निन्या, पिंता और सांता मारिया, ताकि उन्हें याद रहे कि मैं भी वहाँ हूँ, ताकि उन्हें याद रहे कि मेरे पास भी निप्स हैं। और तब वे अपने नैपकिन में खाँसते हैं और विषय बदलते हैं और फिर वे अपने दोस्तों की पत्नियों के बारे में बात करते हैं, अपने दोस्तों की पत्नियों की बेटियों के बारे में, और वे बेटियाँ कितनी ज़्यादा उनकी तरह दिखती हैं, और तभी थूक से लिपटा एक चना मेरे चश्मे पर आ गिरता है।

वे मेनू में मिठाई देख रहे हैं और मैं निप्स वाली लड़की को घूर रही हूँ जो मेरी उम्र की है और अपनी मेज़ से मुझे वापस घूर रही है। उसके माँ-बाप बहस कर रहे हैं, एक-दूसरे को चम्मच से धमका रहे हैं। मैं उठकर बाथरूम जाती हूँ और वह मेरे पीछे आती है। वहाँ मैं उसे बताती हूँ कि जब मैं बहुत छोटी थी, तो मेरे निप्पल पर एक मटर बराबर उभार हो गया था और लोकल एनेस्थीसिया देकर उसे काट दिया गया था। मुझे याद है कि वो ऐसे गिरा था स्टेनलेस स्टील की प्लेट में कि मेरी कँपकँपी छूट गई थी। बाद में, मैं परतें खोती रही, क्योंकि डॉक्टर ने मेरी आधी छाती को बैंडेड और पट्टियों से लपेट दिया था, और पट्टियाँ पेड़ की पत्तियों सरीखी गिरती रहीं।

जब पापू की गर्लफ्रेंड्स को मेरे ऑपरेशन के बारे में पता चलता है तो वे मेरे लिए पिज़्ज़ा ऑर्डर करती हैं और मुझे अपनी विनी द-पूह अँगूठियों की तसवीरें भेजती हैं, जो दिखने में हीरे की जैसी हैं। वे मुझे उपहार भेजती हैं और मुझे फ़िल्मों के लिए आमंत्रित करती हैं। लेकिन मम्मी उपहारों को बिना खोले ही फेंक देती हैं। पड़ोस के बच्चे इन्तज़ार करते हैं कि कब मम्मी उन उपहारों को फेंके ताकि वे उन्हें उठा सकें, लेकिन उनकी माँएँ उन्हें फिर से बाहर फेंक देती हैं क्योंकि बच्चों को कूड़ेदान से सामान नहीं उठाना चाहिए। अन्त में, पड़ोस के बच्चे तय करते हैं कि उपहारों को इकट्ठा करके घर ले जाने के बजाय उन्हें दफ़ना देंगे और उस जगह को एक क्रॉस से चिह्नित कर देंगे। कोने पर छोटे से पार्क की मिट्टी खुदाई के कारण इतनी पिलपिली हो गई है कि वहाँ कुछ भी अंकुरित हो सकता है : मकई, सेम, आलू, कसावा, और रतालू इतने बड़े और कठोर कि उन्होंने खेल के मैदान के जंग लगे झूलों को मोड़-तोड़ दिया है। पापू की सारी गर्लफ्रेंड बेकार हैं। वे मुझे फ़ोन करती हैं, वे मुझे पत्र लिखती हैं। मम्मी उन्हें जला देती हैं; मम्मी अपने बाल नोचती हैं और पापू से कहती हैं कि देख लो तुम्हें क्या करना है। जब पापू उन्हें छोड़ देते हैं, या जब वे कहती हैं कि पापू ने उन्हें छोड़ दिया है (कुछ तो पापू को जानती भी नहीं हैं), तो वे रोते हुए मुझे फ़ोन करती हैं और मुझसे कहती हैं कि उन्होंने देर रात पापू का बच्चा गिराने के लिए गर्भपात करवाया है, ताकि मैं उन्हें पापू का निजी फ़ोन नम्बर दे दूँ,

जिसे पापू ने किसी को भी देने से मना किया है। लेकिन मैं उन्हें दे देती हूँ और पापू नम्बर बदल लेते हैं और मुझे नया नम्बर नहीं बताते क्योंकि मैंने उनकी गर्लफ्रेंड का पक्ष लिया था।

शुक्रवार को सिबोने की बस मुझे पापू की डीलरशिप पर छोड़ देती है। सिबोने पीछे से आवाज़ देता है : छाया में, चार-आँखें, छाया में। लेकिन अब्राहम लिंकन एवेनिदा के फ़ुटपाथ पर छाया का धब्बा तक नहीं है (आगे बढ़ो और कोशिश करो, लेकिन मिलने नहीं वाला)। दामियान, ख़ुआन खोसे, और बाक़ी सभी टिंगू, चिरकुट, ढक्कन, साले, उल्लू के पट्ठे, चूतिया, कमीने कछुओं की तरह अपने सिर बस की खिड़कियों से बाहर लटकाते हैं ताकि पापू की पार्किंग में खड़ी बी.एम.डब्ल्यू. और फ़ेरारी देख सकें। आज पापू का जन्मदिन है लेकिन पापू को जन्मदिन मनाना पसन्द नहीं है (गन्दी बस्ती में पैदा हुए एक ग़रीब लड़के के जन्म का जश्न कौन मनाना चाहता है, पापू कहते हैं)। मम्मी ने मेरी तरफ़ से पापू को देने के लिए एक उपहार ख़रीदा है, समुद्र-तट पर पहनने के लिए हवाई शॉर्ट्स की एक जोड़ी क्योंकि पापू समुद्र-तट पर बहुत जाते हैं। मुझे पहले से पता है कि पापू पूछेंगे क्या उन्हें मैंने पसन्द किया है और अगर मैं कहूँ कि मम्मी ने तो वह कहेंगे यार, बहुत बेकार हैं। इसलिए मुझे एक प्रकार की ख़ुशी महसूस होती है जब तोहफ़े का डिब्बा पूरे दिन मेरे बैकपैक में पड़ा रहता है।

मेरे पहुँचते ही पापू की सेक्रेटरी कहती है कि पापू वहाँ नहीं हैं और मुझे पिज़्ज़ा ऑर्डर करने के बारे में कोई निर्देश नहीं छोड़ा है। इस बीच, सेक्रेटरी दराज से एक डिब्बा निकालती है और चिकन लोक्रियो को दो प्लेटों में डालती है, एक मेरे लिए और एक उसके लिए। जब हम खाना ख़त्म कर लेते हैं तो वह मुझे तोहफ़ों से भरे पापू के दफ़्तर में जाने देती है : फूलों के गुलदस्ते, मशीनगन के आकार का केक, फ्रीजर, गहने। मैं तोहफ़ों और बधाई ख़तों के बीच बैठती हूँ, महँगी चॉकलेट सिर्फ़ मेरे लिए। मैं टी.वी. चालू करती हूँ और बॉनबॉन चॉकलेट के डिब्बे का ढक्कन खोलते हुए अपने पैरों को मेज़ पर रखती हूँ। जब सेक्रेटरी मुझे इंटरकॉम से बताती है कि किसी ने पापू के लिए एक 'विशेष' तोहफ़ा भेजा है, तो मैं उसे अन्दर भेजने के लिए कहती हूँ

और फिर एक बड़ी छाती वाली, बिकनी पहने जोकर पापू के दफ़्तर में प्रवेश करती है। वह अपनी ऊँची एड़ी के सैंडल पहने मेज़ पर चढ़ जाती है और हाथों और घुटनों के बल बैठकर मेरे हाथ के रिमोट कंट्रोल पर अपने स्तन रगड़ते हुए गाकर मुझे 'हैप्पी बर्थडे' कहती है। मैं इतना डर जाती हूँ कि बॉनबॉन मेरे मुँह में पिघल जाती है।

उस जोकर के जाने के बाद मैं सेक्रेटरी से कहती हूँ कि किसी को अन्दर न भेजे और मैं काफ़ी देर तक दफ़्तर में अकेली रहती हूँ। मैं टी.वी. बन्द कर देती हूँ और बिना कुर्सी से उठे पूरे दफ़्तर में घूमती हूँ क्योंकि कुर्सी में पहिये हैं। मैं पैरों से धक्का देती हूँ, जैसे पतवार इस्तेमाल करते हैं। मैं मेज़ के पीछे बनी पेंटिंग के सामने रुकती हूँ, ताड़ के पेड़ों, इमारतों, रोशनी और मर्सिडीज़-बेंज के लोगो से घिरा परिदृश्य और मर्सिडीज़ की एक खिड़की से टोमेटो सॉस की नदी निकलती मालूम पड़ती है ।

पेंटिंग के बाईं ओर एक दरवाज़ा है जो काले टाइल वाले बाथरूम में खुलता है। मैं कुर्सी से उठे बिना ही अन्दर घुस जाती हूँ। पापू के दफ़्तर में मुझे सबसे ज़्यादा यह बाथरूम पसन्द है, इसके काले टब और ड्रैगन के आकार के नलों के चलते। मैं कुर्सी से उठती हूँ और सिली के मुताबिक़, साबुन बर्बाद करने के लिए नल चालू करती हूँ; बटन दबाती हूँ ताकि राक्षस के बलगम सरीखा हरा साबुन मेरे हाथों में गिरे। सिंक के बग़ल में एक छोटा दरवाज़ा है जो सौना की ओर जाता है, जहाँ कुछ हफ़्ते पहले मैंने दीवारों पर विक्स मल दी थी क्योंकि पापू ने कहा था। मैं विक्स की एक डिब्बी लेकर अन्दर गई और देवदार की दीवारों पर मेंथॉल से भरी विक्स थोप दी। बाद में पापू ने मुझे बताया कि जब वह छोटे थे तो हर रात उनकी छाती पर विक्स मली जाती थी ताकि वह खुलकर साँस ले सकें।

हालाँकि दफ़्तर, बाथरूम और सौना सब तरफ़ से बन्द हैं, फिर भी सड़क का शोर सुनाई देता है और उन कारों के ग़ुस्ताख़ स्पीकरों का भी जो पीछे से आती हैं सिल्वर पोर्श, लाल फ़ेरारी और छोटी काली ऑडी कारें देखने जो पापू ने बाहर खड़ी की हुई हैं। मुझे हर कार के इंजन की आवाज़ सुनाई देती है और उन कारों के मालिक का मानसिक रूप से

पापू की कारों के इंजन को चालू करना भी। कल वे जाकर सब कुछ बेच देंगे ताकि पापू से एक कार ख़रीद सकें और फिर वे लिंकन एवेनिदा से मालेकॉन तक, चट्टानों तक, समुद्र के तल तक एक लाख मील प्रति घंटे की रफ़्तार से जाएँगे, जहाँ इतनी धातु से शार्क के दाँत टूट जाएँगे।

उनके बिज़नेस एसोसिएट्स के मुताबिक़, ख़रीदारी के मामले में पापू का दृष्टिकोण भालू जैसा है यानी हर हाल में सौदे को अपने पक्ष में करना और बेचने के मामले में बाघ जैसा यानी अपनी चीज़ के प्रति प्यार और उसकी पूरी क़ीमत वसूलना। पापू आगे बढ़ रहे हैं, और उनके साथ उनके एसोसिएट्स भी, लेकिन वे इतनी तेज़ी से आगे बढ़ रहे हैं कि बमुश्किल नज़र आते हैं। अब तो किसी को भी नहीं दिखते। वह अपने लिए हमेशा सबसे तेज़ कार रखते हैं, और जहाँ भी जाते हैं, धुएँ का पर्दा होता है, उन्हें धुएँ में बदलता हुआ। धुएँ का बादल। सौना की बेंच के बग़ल में एक और छोटा दरवाज़ा है, लेकिन यह पहली नज़र में दिखाई नहीं देता है। जब आप लकड़ी की दरार की फाँक में उँगली घुसाते हैं तो समझ में आता है कि यहाँ एक गुप्त दरवाज़ा है, जिसे मैंने विक्स की बदौलत खोजा था। मैं इसे खोलती हूँ और सुनती हूँ कि मालेकॉन से सब अपनी स्पोर्ट्स कार लॉन्च कर रहे हैं। यहाँ आपको अपने घुटनों पर बैठना पड़ेगा। मैं इस छोटे से कमरे के अन्दर जाती हूँ, जिसमें पापू और मैं और एक अन्य व्यक्ति इनसानी भ्रूण बनकर फिट हो सकते हैं। सबसे नीचे सब दरवाज़ों में सबसे छोटा एक दरवाज़ा है, और इसमें एक कॉम्बिनेशन वाला ताला है।

छह

पापू और मैं नर्क की ओर बढ़ रहे हैं। हम हाईवे पर हैं! पापू ने मुझे टोका : हाईवे! हम गाने सुन रहे हैं, और कारों के बग़ल से गुज़रते वक़्त उनकी लाइसेंस प्लेट के नम्बर और अक्षर पढ़ रहे हैं मानो वो कविता की पंक्तियाँ हों। पापू की कार के बाहर, एक वॉल्वो की पिछली सीट पर एक जर्मन शेफर्ड पोज़ दे रहा है और पापू की एक गर्लफ्रेंड अँगूठा दिखाकर लिफ़्ट माँग रही है। हम उसे गाड़ी के नीचे कुचलने के लिए गति बढ़ाते हैं और मैं ग्लव कम्पार्टमेंट पर चॉक के निशान से कुचली हुई गर्लफ्रेंड्स का हिसाब रखती हूँ। कुत्ते और गर्लफ्रेंड, ऊँची नस्ल के कुत्ते और गर्लफ्रेंड। ओरिएंटल पंखों के विज्ञापनों में मॉडल सरीखे अपने बाल लहराते चाओ चाओ, पूडल और साइबेरियाई हस्की।

मैं तुम्हें एक बात समझाना चाहता हूँ, पापू कहते हैं; वह हमेशा मुझे कुछ-न-कुछ समझाते रहते हैं। हम कुछ समय से भाग रहे हैं। काफ़ी समय हो गया है कि हमने एक-दूसरे के अलावा किसी और को नहीं देखा है, सिवाय बीच-बीच में दिखाई देते उन कुत्तों और गर्लफ्रेंड्स के अलावा।

उनकी मर्सिडीज़ में भागते हुए, और चीटोस, स्नीकर्स, चॉकलेट और गमी बियर्स खाते हुए जो मेरे हाथ से छूटकर सीट के नीचे दम तोड़ देते हैं, मैं पीछे की सीट से रियरव्यू मिरर में पापू को मुँह चिढ़ाती हूँ (जब हम आमने-सामने नहीं होते हैं)। हम सोते भी मर्सिडीज़ में हैं; यह शैंपेन के रंग की है और इसमें इलेक्ट्रिक खिड़कियाँ और एक छोटी-सी घंटी है जो हमें सीट बेल्ट लगाने के लिए कहती है। लेकिन हम उन्हें कभी नहीं लगाते और अन्ततः घंटी हार मान लेती है। मुझे मर्सिडीज़ के अन्दर की ख़ुशबू बहुत पसन्द है और मैं अपनी उँगलियों से ऊँट के रंग के चमड़े को दबाती हूँ यह देखने के लिए कि यह मेरे नाख़ूनों के नीचे कैसे बदलता है। मुझे नाख़ून काटे काफ़ी समय हो गया है; पापू उन्हें एक छोटे चाक़ू से साफ़ करते हैं जिसके हैंडल पर पन्ना लगे काँटों का मुकुट पहने सुनहरे ईसा मसीह बने हैं।

रात होने पर, या जब पापू गाड़ी चलाते-चलाते थक जाते हैं, तो हम हाईवे के दोनों ओर हमारे जैसे लोगों के लिए बने पार्किंग स्थल में से एक में रुकते हैं और सीटों को पीछे खिसका लेते हैं। कभी-कभी पापू सो जाते हैं, लेकिन मुझे नींद नहीं आती तो मैं दरवाज़ा खोलती हूँ और हाईवे के किनारे पर चलती हूँ और गुज़रती कारों को हाथ हिलाती हूँ या मन ही मन लाल, नीली और सलेटी कारें गिनती हूँ। एक बार मैं हाईवे पार करना चाहती थी इसलिए एक पैर फ़ुटपाथ पर और एक हाईवे पर रखकर खड़ी हो गई जिससे मैं अपनी आँखों के सामने से तेज़ी से गुजरने वाले ट्रकों और कारों के कम्पन को महसूस कर सकती थी, जबकि सड़क पर रखा मेरा अपना सैंडल वाला पैर किसी दूसरी लड़की के पैर की तरह दिखने लग गया, मानो किसी तसवीर में कोई पैर हो, मैं डर गई और वापस कार में आ गई और सोने का नाटक किया।

मैं तुमको कुछ समझाना चाहता हूँ, पापू मुझसे कहते। यही कि हम बहुत तेज़ी से मौत की ओर जा रहे हैं। हाईवे! पापू ने मुझे टोका : हाईवे! हर दस किलोमीटर पर ऐसा एक है, पापू कहते हैं, और खिड़की से अपना पूरा हाथ बाहर निकालते हुए मानो सिगरेट की राख झटक रहे हों, लेकिन वह हर्शी 'ज़ क़िस चॉकलेट के आकार की इमारतों की ओर इशारा करते हैं,

अलादीन या किसी सुल्तान, या कि जिन्न के महल सरीखी इमारतें, या ऐसी जहाँ से कोई उड़ने वाला क़ालीन कभी भी निकल सकता है। पापू समझाते हैं कि यह इसलिए हैं ताकि हमारे जैसे लोग रुक जाएँ, क्योंकि ये इमारतें उन रेस्तराँ या कैफ़े की निशानियाँ हैं जहाँ हम अक्सर जाते हैं। यहाँ नाश्ता और कोका कोला और एक पाव वाले दूध के डिब्बे मिलते हैं, जो हम पहले बिल्ली के बच्चे या सड़क के कुत्ते को देते हैं ताकि यह सुनिश्चित कर लें कि पापू की गर्लफ्रेंड्स हमें ज़हर देने की कोशिश तो नहीं कर रही हैं। लेकिन पापू शिकायत करते हैं तो अंडे की भुर्जी की। वह हर बार कहते हैं कि पिछले कैफे में अंडे बेहतर थे, इसलिए मैं सोचती हूँ कि हर दस किलोमीटर पर अंडे बद से बदतर होते जाते हैं, हमारी यात्रा की दिशा में, अनन्तकाल तक, जबकि विपरीत दिशा में वे बेहतर, और-और बेहतर होते जाते हैं, प्रतियोगिता जीतते हैं, और राष्ट्रपति सम्मान प्राप्त करते हैं। लेकिन फिर पापू मेरे लिए एक हॉट डॉग और एक 7-अप लाते हैं, या एक आइसक्रीम जो उनके हाथ पर टपक रही है और हम फिर निकल पड़ते हैं।

पापू गाने का एक कैसेट डालकर गाना लगाते हैं जो हम दोनों को बहुत पसन्द है : एक लड़का कहता है कि उसकी यूनिकॉर्न ब्रांड की जींस खो गई है, और कोई उन्हें ढूँढ़ दे, कृपा करके, लेकिन लड़का यह नहीं कहता कि मेरी यूनिकॉर्न ब्रांड की जींस खो गई है, बल्कि कहता है कल मेरा नीला यूनिकॉर्न खो गया है, इसलिए लगता है कि लड़का यूनिकॉर्न के बारे में बात कर रहा है जींस के बारे में नहीं। मुझे यह पापू ने समझाया।

उन्होंने कहा : बात यह है कि कुछ जगह अंडे की भुर्जी माइक्रोवेव में बनाते हैं, और इसी वजह से वे इतने ख़राब लगते हैं। बाद में वह समझाते हैं कि माइक्रोवेव वैसे काम करता है जैसे एक बन्दूक़धारी सैनिक की जेब का मकई का दाना पॉपकॉर्न बन जाता है और इस तरह माइक्रोवेव और ख़राब पके अंडे आए। मैं तुमको बताता हूँ : ऐसी किरणें हैं जो दिखाई नहीं देतीं, लेकिन अगर हाथ से टकरा जाएँ तो कैंसर दे देती हैं।

कभी-कभार पापू खो जाते हैं और हम घंटों छोटे शहरों में घूमते हैं। पापू कार से बाहर निकलते हैं और फ़ोन बूथ से कॉल करते हैं।

मैं खिड़की नीचे करती हूँ और अपनी कोहनी को किनारे पर रखकर गाती हूँ, च्युइंग गम चबाती हूँ, और अपनी उँगलियाँ चटकाती हूँ। पापू मुझे चुप रहने के लिए कहते हैं और गायक की तरह अपने कानों को ढक लेते हैं और हाथ में पकड़े रिसीवर को फ़ोन पर पटकते हैं और फिर थूकते हैं और फ़ोन को लात मारते हैं और बार-बार चिल्लाते हैं, साला, साला, हरामी।

हमें काफ़ी समय हो गया है क्योंकि पापू और मुझे सिर्फ़ मरे हुए स्कंक, चट्टानें, प्राकृतिक दृश्य, हाईवे की रोशनी, माइक्रोवेव वाला नाश्ता और रात का खाना तथा हम जैसों को सीधे जेब से पॉपकॉर्न परोसते लोग, हम जैसे मतलब पर्यटकों के बजाय ट्रक ड्राइवर दिखाई देते लोग। क्या वह भी वहीं जा रहे हैं जहाँ हम जा रहे हैं, मैं सोचती हूँ। कभी-कभी पापू एक कॉल करते हैं या अँधेरी पार्किंग में किसी से मिलते हैं, जबकि मैं मर्सिडीज़ में रहती हूँ और अंग्रेज़ी में बेसबॉल गेम की कमेंटरी सुनती हूँ और मुझे जो समझ में आता है वो है सिर्फ़ तालियों की गड़गड़ाहट।

कभी-कभार पापू हाईवे से उतरते हैं और हमें छोटी दुकानें, छोटी-छोटी सड़कें, नाई की बन्द दुकानें दिखाई देती हैं, लेकिन परिन्दा भी नज़र नहीं आता क्योंकि बहुत देर हो चुकी है, सुबह के लगभग चार बजे हैं। हम एक सुपरमार्केट पार्किंग में रुकते हैं और पापू मुझे कहते हैं कि परेशान न होऊँ, हालाँकि मैं परेशान नहीं थी। थोड़ी देर में, एक इम्पाला और एक लिंकन कार गुज़रती हैं और वाइन के रंग की एक कैडिलैक कार हमारे क़रीब रुकती है और पापू कार से बाहर निकलकर कैडिलैक की ओर जाते हैं, जहाँ एक मूँछों वाला मोटा आदमी है जिसके बाल काले और घने हैं। उसने सलेटी रंग की टी-शर्ट और सोने की घड़ी पहनी है। पापू मर्सिडीज़ की डिक्की खोलते हैं, और रास्ते में ख़रीदी गई चीज़ें मोटे आदमी को दिखाते हुए कहते हैं, मैं आपको समझाता हूँ। वह फ़ोटो लेकर उसे निकोन का कैमरा, हवा में कलाई घुमाते हुए टेनिस रैकेट, और कैसेट प्लेयर में बिली आइडल का गाना बजाकर यहाँ तक कि 'डांसिंग विद मायसेल्फ़' का कुछ अंश सुनाकर, जो उन्होंने मेरे लिए ख़रीदा था, दिखाते हैं। मेरी इच्छा होती है कि मैं मोटे आदमी को अपनी ट्रांसफार्मर घड़ी दिखाऊँ जो उस दोपहर पापू ने मेरे लिए

ख़रीदी थी इसलिए मैं दरवाज़ा खोलती हूँ और मोटे आदमी को अपनी घड़ी दिखाने के लिए अपनी गुड़िया उठाती हूँ, लेकिन ये क्या मोटा आदमी ज़मीन पर है, और पापू उसे सिर पर लात मारकर जगाने की कोशिश कर रहे हैं और साथ ही अपनी पिस्तौल को आख़िर में ख़रीदे गए डोनाल्ड डक वाले तौलिये से साफ़ कर रहे हैं।

डिक्की बन्द करो, मोटे आदमी को उसकी कैडिलैक में वापस ले जाने के लिए अपने कन्धे पर उठाते हुए पापू मुझसे कहते हैं। लेकिन, चूँकि उनके मुँह में पिस्तौल है, मैं उनकी बात ठीक से समझ नहीं पाती, मुझे लगता है वे कह रहे हैं कि परेशान मत हो, लेकिन मैं परेशान नहीं थी। इस बड़ी-सी पार्किंग में हम अकेले हैं, बस मोटे आदमी की कैडिलैक और मर्सिडीज़ और सुपरमार्केट की ट्रॉलियों की एक पंक्ति जो लेगोस ब्लॉक्स की तरह आपस में जुड़ी हुई हैं। मैं अपनी ट्रांसफॉर्मर घड़ी पर समय देखती हूँ और पापू बताते हैं कि वह सिर्फ़ बीमार है। वह मोटे आदमी को उसकी कैडिलैक कार में आगे की सीट पर बैठाते हैं, हाथ में पिस्तौल थमाते हैं, माथा चूमते हैं और दरवाज़ा बन्द कर देते हैं।

अन्ततः एक दिन हम पूल वाले एक होटल में रुकते हैं लेकिन पापू मुझे पूल में नहीं जाने देते, इसलिए मैं टी.वी. की आवाज़ तेज़ कर देती हूँ ताकि मैं किसी की भी पानी में छींटें मारने की आवाज़ न सुन सकूँ। आईने के सामने खड़े होकर अपनी ठोड़ी पर के मुँहासे को दबाते हुए पापू मुझे बताते हैं कि आख़िरकार हम ऑरलैंडो में हैं। हाथ में रिमोट कंट्रोल लिये मैं सिर हिलाती हूँ। बाद में, पापू एक नक़्शा खोलते हैं और उसे बिस्तर पर फैलाकर समझाते हैं कि एपकोट सेंटर यहीं है। वह उँगली से नक़्शे पर गोला बनाते हैं और फिर उसी उँगली से ऑरलैंडो शब्द को रेखांकित करते हैं और मैं समझ जाती हूँ। ब्रह्मांड का केन्द्र। फिर पापू कहते हैं कि मैं अभी आता हूँ। किसी के लिए भी दरवाज़ा मत खोलना, समझीं? उन्होंने डोजर्स टीम की टोपी पहनी हुई है क्योंकि डोजर्स का मैनेजर मैनी मोटा है। थोड़ी देर तक तो मैं एम टी.वी. पर वीडियो देखती हूँ ताकि मैं बाद में उनके बारे में किसी को बता सकूँ।

फिर मुझे समझ आता है कि पापू कभी वापस नहीं आनेवाले इसीलिए बिस्तर पर नक़्शा छोड़ गए हैं। मैं नक़्शे को कोने से पकड़कर अपनी ओर खींचती हूँ और काग़ज़ चरमराकर फट जाता है, छोटे-छोटे पटाखों की तरह। मैं इसे उसके मूल आकार में वापस मोड़ने की कोशिश करती हूँ तो और पटाखों की आवाज़ आती है।

पापू एक पेट्रोल पम्प पर रुक गए हैं और वह मेरे बारे में भूल रहे हैं, वह पेट्रोल भरवा रहे हैं और मेरे बारे में भूल रहे हैं। मैं यहाँ ऑरलैंडो में रहने वाली हूँ, इसी कमरे में, फुल वॉल्यूम पर टी.वी. पर एम टी.वी. देखते हुए, किसी के लिए कभी दरवाज़ा नहीं खोलते हुए, वीडियो के हर दृश्य को याद करते हुए ताकि एक दिन बता सकूँ, बुरी तरह से मुड़े हुए नक़्शे के बारे में और कभी भी एपकोट सेंटर नहीं जाने के बारे में।

लेकिन पापू हमेशा वापस आते हैं। कभी-कभी जब मैं सो रही होती हूँ, पापू आ जाते हैं और मेरी नींद खुलती है, बर्गर और उसके ऊपर लिपटे काग़ज़ की महक से। पापू और मैं हैमबर्गर, चीज़बर्गर, बेकन मशरूम चीज़बर्गर खाते हैं। पापू अपने मुँह को हैमबर्गर की तरह बनाते हैं और स्ट्रॉ को एक विशाल 7-अप पर लगाते हैं और हैमबर्गर सरीखी आँखों के साथ मुझे पेश करते हैं। बाद में, मैं पेट के बल लेटकर टी.वी. देखती हूँ और पापू ने पलंग के पीछे टेक लगाया हुआ है और मुँह में एपल पाई ऐसे पकड़ी है जैसे कुत्ता अपने पिल्ले को पकड़ता है, क्योंकि उनके दोनों हाथ व्यस्त हैं, एक रिमोट पर और दूसरा मेरे पैरों में से एक पर। पापू मेरे पैर की उँगलियों को खींचते हैं और उन्हें चिटकाते हैं और मैं बिफर जाती हूँ।

जब पापू मुझे यह बताने के लिए जगाते हैं कि हमें जाना है, तो वह कहते हैं कि मैं नींद में बोल रही थी। मुझे कुछ याद नहीं है। लेकिन वह कहते हैं यह सच है कि मैं रात-भर नींद में बोल रही थी। यह कार्टून की वजह से है, पापू कहते हैं। लेकिन मुझे याद नहीं है। जब हम पार्किंग में जाते हैं तो मैं पापू से कहती हूँ, देखो, कितना सुन्दर है, और मैं मर्सिडीज़ के एक टायर में धँसे हुए चाकू की तरफ़ इशारा करती हूँ। पापू की कार के टायरों में हमेशा चाकू धँसे होते हैं। मेरा अन्दाज़ा है कि ऐसा उनकी कई गर्लफ्रेंड्स की वजह से है।

पापू मुझे कार में बैठने के लिए कहते हैं और मैं कार में बैठ जाती हूँ, लेकिन मैं रेडियो चालू नहीं करती। वह टायर बदलते हैं, पैर से हाइड्रोलिक जैक लगाकर कार को ऊपर उठाते हैं और उस चाकू को ध्यान से देखते हैं।

हम लम्बे समय तक ड्राइव करते हैं और मेरी एपकोट सेंटर के बारे में पूछने की हिम्मत नहीं होती, तब भी नहीं जब मैं एक बड़ी चमकदार गेंद देखती हूँ जिसके एक तरफ़ छोटी सी सीढ़ी है जो समुद्र में जाने को तैयार जहाज़-जैसी लगती है। पापू मेरे मन की बात समझ जाते हैं और समझाते हैं : पानी। और अब मुझे पता है कि इस सबका क्या अन्त होगा? यह सब, एपकोट सेंटर, यह मिकी माउस। अन्त में वे मुझे मियामी सीक्वेरियम ले जाते हैं और मुझे डॉल्फिन के आकार की एक छोटी सी गाड़ी को धकेलने देते हैं। हम पूल में कूदती डॉल्फ़िन और व्हेल को देखते हैं और एक लड़की व्हेल के अन्दर अपना सिर डाल देती है लेकिन मैं अभी भी मिकी माउस का इन्तज़ार कर रही हूँ; मैं अपनी ट्रांसफॉर्मर घड़ी देखती हूँ, क्योंकि पापू ने मुझे बताया था कि मिकी माउस और डोनाल्ड डक भी डॉल्फ़िन देखने के लिए आने वाले हैं।

सात

पापू इतने तेज़ हैं कि उनका पीछा करने वाला हमेशा पीछे रह जाता है। वह इतनी तेज़ जाते हैं कि उनके पीछे सिर्फ़ धुआँ ही नज़र आता है। लेकिन मैं पापू से भी तेज़ हूँ जब पार्किंग से उनकी आवाज़ आती है जल्दी करने को, मैं चिल्लाकर जवाब देती हूँ कि बस जूते पहनने हैं हालाँकि अभी तो मैं नहा रही होती हूँ।

पापू की गर्लफ्रेंड्स सबसे ज़्यादा तेज़ हैं और उन्होंने व्यवस्थित होने के लिए एक दफ़्तर भी बना लिया है ताकि वे पापू के साथ अपनी तारीखों का समन्वय कर सकें। अब उनके पास अपनी सेक्रेटरी है जो पापू की सेक्रेटरी से सीधे बात करती है (क्योंकि सेक्रेटरी ही एक-दूसरे को अच्छी तरह समझते हैं) और वे सभी सुन्दर हैं और इतनी सारी हैं (दोनों, सेक्रेटरी और गर्लफ्रेंड) कि उन्हें कभी-कभी एक होटल किराए पर लेना पड़ता है ताकि एक-दूसरे को जान सकें, और एक-दूसरे को अपना बिज़नेस कार्ड दे सकें जिस पर गर्लफ्रेंड के नाम, पेशे और टेलीफ़ोन नम्बर के अलावा, पापू की लम्बी सूची में उनकी बारी आने की तारीख़ भी हो। सूची इतनी लम्बी है कि उन्हें जल्द

ही सिस्टम को अपडेट करना होगा, इसे कम्प्यूटरीकृत करना होगा, और सारी गर्लफ्रेंड्स को प्रशिक्षित करने के लिए विदेशी तकनीशियनों को लाना होगा ताकि नई प्रणाली सक्रिय होने पर वे तैयार हों।

ज़ाहिर है, इस सबके लिए पैसे पापू देते हैं।

जल्द ही मीडिया को इंस्टॉल किये गए अपडेट के बारे में पता चल जाता है। यह सिस्टम को आधुनिक बनाने वाले क़दमों की लम्बी सूची में पहला है, अख़बार में छपी तसवीर वाले दो विदेशी तकनीशियन कहते हैं, जो लगता है कोलम्बियाई या जर्मन हैं, या नक़ली मूँछों वाले जुड़वाँ भी हो सकते हैं। आख़िरकार वो दिन आ पहुँचता है और एक ग्लैमरस रिसेप्शन में सिस्टम को चालू किया जाता है, जहाँ पापू और उस दिन की उनकी गर्लफ्रेंड कैमरों के सामने एक रिबन काटते हैं। इस बीच कोई शैंपेन की बोतल खोलता है लेकिन हमें केवल झाग ही नज़र आता है। फ़ोटो खिंचने के बाद, दिन की गर्लफ्रेंड अगली गर्लफ्रेंड के लिए रास्ता बनाती है जो इस समय मेकअप कुर्सी पर बैठी अपना मेकअप ठीक कर रही है। घर के लोग, मेहमान और ख़ुद गर्लफ्रेंड, सिस्टम की उच्च दक्षता की पुष्टि करते हैं।

तीन दिन तक, रेडियो और टेलीविज़न के एक नेटवर्क पर हर आधे घंटे में समाचार बुलेटिन प्रसारित होता है जिसमें नामांकन प्रक्रिया, आवेदन भरने का सही तरीक़ा, आवश्यक दस्तावेज़ों की सूची माँगने के लिए सही कार्यालयों में कैसे प्रस्तुत होना है, और उन्हें जमा करने की समय सीमा समझाई जाती है। समाचार बुलेटिनों के बीच वे खोसेलितो, मारीसोल की फ़िल्में या फिर मार्सेलिनो, पान ई वीनो दिखाते हैं।

पापू हमारी नज़रों से ओझल हो चुके हैं। न धुएँ के बादल हैं और न कुछ और। बस तीन या चार साल पुरानी कुछ तसवीरें हैं जो अख़बार में बार-बार छपती हैं जब उनका नाम किसी घोटाले में आता है उनकी किसी दुष्ट गर्लफ्रेंड के चलते।

जब तक तकनीशियनों को एहसास हुआ कि सिस्टम देश की बिजली व्यवस्था के नियमों के अनुसार नहीं था, तब तक बहुत देर हो चुकी थी। प्रत्येक ब्लैकआउट के साथ सिस्टम कमज़ोर होने लगा और छोटी-छोटी

देरियाँ समय का पर्दा बनाती गईं, जिसके पीछे पापू छिप सकते थे और ग़ायब हो सकते थे, जो वह महीनों-महीनों करते रहे। बेचारे, वह कुछ ज़्यादा ही थक गए थे।

अन्त में, कई बार में भी अपनी बारी न आने से नाराज़ महिलाओं के एक समूह ने एकजुट होकर सिस्टम को नकार दिया, और उसे धोखाधड़ी क़रार देते हुए पापू के साथ एक फ़ौरी बैठक, और केन्द्रीय समिति की बर्ख़ास्तगी (जो अब तक प्रशासन और सिस्टम की आन्तरिक और बाहरी संरचना के रखरखाव के प्रभारी थे) की माँग की। उन्होंने पापू के अस्तित्व, पूरी व्यवस्था यहाँ तक कि सूची पर ही सवाल उठा दिये।

लेकिन पापू को कोई नहीं ढूँढ़ सका। महिलाओं ने अपने स्वयं के रेडियो नेटवर्क से घोषणा-पत्र सुनाए, और सीधे सम्पर्क व ज़्यादा न्यायसंगत समझौते की माँग की, और पापू के दफ़्तर के सामने लाइन लगाई। लाइन बहुत तेज़ी से बढ़ी, लेकिन इससे पहले कि पहली महिला दरवाज़े पर पहुँचती, उसके कुछ मिनट पहले लाइन काए 27 दे फेब्रेरो (27, फ़रवरी मार्ग) तक पहुँच गई थी। एक घंटे में लाइन कैनेडी एवेनिदा तक पहुँच गई और अगले दिन यह राजधानी और आसपास के प्रान्तों के बीच के मृत क्षेत्र तक पहुँच गई।

कुछ ज़्यादा ही महिलाएँ थीं। मुझे लगता है कि कुछ को तो यह भी नहीं पता था कि वे वहाँ क्या कर रही थीं। कुछ बस अपने पति के साथ जा रही थीं, अपने कुत्ते को घुमा रही थीं या कार में थीं, और अलविदा कहे बिना, चलती गाड़ियों से कूद गईं, लाइन में लग गईं, और तुरन्त गप मारने में लीन हो गईं कि नाख़ून को मज़बूत करने वाला सीरम लहसुन से बनता है।

लाइन बढ़ती जा रही है, और उन विशाल मक्खियों को आमंत्रित कर रही है जो भुनी मूँगफली, उबले भुट्टे, तले हुए केले, गाय की तली हुई अन्तड़ियों, मोफोंगों (केले और सूअर के मांस से बना पकवान), हॉट डॉग, पोर्क सैंडविच, चावल और बींस, नारियल की मिठाई, इमली का शरबत, फ्रियो-फ्रिओस (चुस्की), युन युंस (चुस्की) और छोटे एंपानाडा के ठेले वालों के पीछे आ पहुँचती हैं। कुछ काफ़ी चालाक हैं और हर दो ब्लॉक के

बाद पापू की फ़ोटो वाले टी-शर्ट, पोस्टर, कैप, स्कैपुलर और सभी प्रकार के प्रचार से भरे अपने पिकअप ट्रकों को खड़ा करते हैं।

कुछ के पास तो पापू के जन्म प्रमाण-पत्र और ग्रीन कार्ड की फ़ोटोकॉपी भी है, जो नक़ली सोने में जड़ी हुई है, और जिसके बीच में वर्जिन ऑफ़ अल्ताग्रासिया हैं। कुछ महिलाएँ आकर उन्हें ख़रीदती हैं और यह उन पर बहुत जँचता है, लेकिन दूसरी महिलाएँ कैंची और लाइटर लेकर आ पहुँचती हैं, ख़रीदारों को सबक़ सिखाने के लिए, क्योंकि आख़िरकार, 'हम यहाँ क्या कर रहे हैं?'

दुकानदारों की महिलाओं के समानान्तर अपनी एक लाइन है। उन्हें इसमें बिज़नेस का अच्छा मौक़ा नज़र आता है इसलिए वे लकड़ी और प्लाईवुड से बना एक छोटा स्टैंड लगा लेते हैं। जल्द ही स्टैंडों की एक लम्बी लाइन लग जाती है जो लोगों की नदी के दोनों ओर पहाड़ तक जाती है।

रात में जो लोग सो सकते हैं वे एक-दूसरे को या कपड़े के खिलौनों को गले लगाते हैं और कार्डबोर्ड और चटाई पर लेट जाते हैं, स्टैंड, गाड़ियों और खम्भों की दो पंक्तियों से संरक्षित जिन्हें फेरीवाले घर जाते समय तिरपाल या आसमानी नीले रंग के प्लास्टिक से ढक देते हैं। वहाँ हमेशा एक ऐसा दुकानदार होता है जो अनिद्रा से पीड़ित लोगों को कॉफ़ी, ग्यूआर्दिया पिपरमिंट और केले बेचने करने के लिए चौबीस घंटे रहता है।

वे सभी बैटरी से चलने वाले एक पंखे के आसपास इकट्ठा हो जाते हैं जिसे कोई व्यक्ति किसी तरह से लाने में कामयाब हो गया है, या एक छोटे टेलीविज़न के आसपास, यह देखने के लिए कि क्या किसी ने पापू को देखा है, या यह देखने के लिए कि लाइन का क्या हाल है, या तीन साल पहले की उन तसवीरों में पापू को देखने के लिए जो कभी-कभी समाचारों में दिखाई देती हैं जब भी उनका नाम किसी घोटाले में आता है। एक यूनियन आयोजक लाइन में जगह दिलाने के लिए विनती करता है ताकि पापू से मिलकर चर्चा कर सके : लाइन के बारे में, इसके विस्तार के बारे में, भगवान की बात भी नहीं सुनने वाली महिलाओं के बारे में जो बीच-बीच में यातायात में ख़लल डालती हैं, जो एक-दूसरे को काटती हैं,

जो एक-दूसरे के नाख़ून तोड़ती हैं क्योंकि कोई लाइन में उनसे आगे लग गया, जो ज़मीन पर गिर जाती हैं और उनकी गर्दन टूट जाती है और उन्हें उठाने और सीधे पापू तक ले जाने के लिए एम्बुलेंस की आवश्यकता होती है।

कुछ महिलाएँ गर्भवती हैं। चूँकि कोई भी उन्हें चेकअप कराने के लिए लाइन छोड़ने को नहीं कहेगा, इसलिए सरकार ने प्रसवपूर्व विटामिन और स्ट्रेच मार्क्स को ख़त्म करने वाली दवाइयों व क्रीम के वितरण और मुफ़्त चेकअप के लिए विभिन्न मोबाइल यानी चलते-फिरते स्त्री रोग सम्बन्धी क्लीनिक शुरू किए हैं।

इन क्लीनिकों में अल्ट्रासाउंड की सुविधा भी है ताकि माताएँ देख सकें कि उनके बच्चे ठीक से बढ़ रहे हैं या नहीं, और उससे भी ज़्यादा, यह सच है कि वे पापू की तरह दिखते हैं। चूँकि गर्भवती महिलाओं को लाइन में प्राथमिकता दी जाती है, ऐसे में अपनी स्थिति को ख़तरे में देखकर दूसरी महिलाएँ उनके नाश्ते में दो सिटुटेक्स डालकर उनका गर्भपात करा देती हैं। और अगर यह काम नहीं करता है तो वे उन्हें पकड़कर एक पेड़ के पीछे ले जाती हैं और हैंगर का इस्तेमाल करती हैं। कई औरतें नालियों में ख़ून के बहने से मर जाती हैं। यह बहुत भयानक है। लेकिन जो इस सबसे बच गईं और जब उन्होंने बच्चे को जन्म दिया तो वे बच्चों को मेरी सिली दादी के पास लाईं, इस उम्मीद में कि वह पापू से सिफ़ारिश कर देंगी। लेकिन सिली बहुत बूढ़ी हैं और वास्तव में ये सब नहीं सँभाल सकतीं, इसलिए मैंने सेक्रेटरी की तरह फ़ोन का जवाब दिया और अपॉइंटमेंट तय किये। जो मुझे फ़ोन पर ही पसन्द नहीं आतीं, या जो मुझे पहचानती नहीं, मैं कह देती, हाँ, हाँ, इस रविवार को इतने बजे, और जब वे पहुँचतीं तो मैं कहती कि कॉपी में उनका नाम नहीं दिख रहा और उन्हें जाना होगा। फिर मैं उन्हें अपने चीथड़ों में लिपटे दूध उलटते बच्चों को लेकर सीढ़ी उतरते देखती हूँ तो दया आ जाती है और मैं कहती हूँ, ठहरो, ठहरो, शायद मैं तुम्हारे लिए समय ले सकूँ, और मैं कॉपी पर हाथ दौड़ाती हूँ और पन्ना पलटने के लिए उँगली को जीभ से चाटती हूँ।

सिली दादी जल्दी नहा लेती हैं। वह ऐसी ड्रेस पहनती हैं जिससे लगता है कि वह शोक मना रही हैं और प्लास्टिक की वो थैली निकालती हैं जिसमें वह हमारे पैसे, नम बंडलों में रखती हैं; मुझे नहीं पता कि यह पसीना है या पानी या क्या। वह मुझे पाँच पेसो देती हैं और कहती हैं, अपने लिए कोका कोला ले आओ। मैं सीढ़ियों से उतरती हूँ और कॉन्स्टैंज़ा सिगरेट का एक पैकेट ख़रीदती हूँ और छत पर जाती हूँ और एक सिगरेट मुँह से लगाती हूँ, लेकिन जलाती नहीं हूँ, बल्कि नाक से धुआँ निकालने का नाटक करती हूँ जैसे मिली ने मुझे सिखाया था। तभी सिली मुझे बुलाती हैं क्योंकि माँएँ आने लगी हैं। मेरी बुआ लेसी उन्हें सीढ़ी पर कॉफ़ी देती हैं और छोटे बच्चों को गोद में लेती हैं, रोती हैं और हर एक माँ को गले लगाती हैं क्योंकि लेसी बुआ को नाटक में बहुत मज़ा आता है। जब वह घर में वापस आती हैं तो पर्दे बन्द करती हैं और कहती हैं, साली रंडियाँ!

मेरी दादी बच्चों को अपनी गोद में बैठाती हैं और मुस्कराते हुए उनके कानों की जाँच करती हैं, उनके पैर की उँगलियों की जाँच करती हैं, और उनके लिंग को एक आवर्धक लेंस से जाँचती हैं। वह केकड़े जैसा छोटा-सा जन्मचिह्न तलाश करती हैं जो पापी के जन्मचिह्न जैसा हो। कुछ बच्चों के दो जन्मचिह्न होते हैं, एक केकड़े जैसा और दूसरा पाइप के आकार का, ठीक उसी तरह जैसे पापी के पिता के पिता का था। कुछ बच्चे बिलकुल मेरे जैसे दिखते हैं; असल में, औरतों की काफ़ी लम्बी लाइन है जिनके साथ ऊनी मोज़े या नाइके-ब्रांड के छोटे-छोटे जूते पहने बच्चे हैं जो बिलकुल मेरे जैसे दिखते हैं; यह सिली के दरवाज़े से मालेकॉन तक लगी लाइन है। एक समय आता है जब उन्हें पता चलता है कि सिली से उन्हें कार, या पापू के साथ मुलाक़ात करने का मौक़ा, या महीने के पैसे नहीं मिलने वाले हैं और वे डीलरशिप पर वापस चली जाती हैं, अपने बच्चों के साथ, जिनमें से कई तो बड़े हो चुके हैं।

आठ

रोमांच आपका इन्तज़ार कर रहा है लेकिन पहले आपका पिछली कहानी समझना ज़रूरी है। खेल शुरू करने से पहले क़ायदे जानने से खेल ज़्यादा मज़ेदार हो जाता है। पापू, उनके बिज़नेस एसोसिएट्स, परिवार और अँधेरे की देवियाँ उर्फ़ उनकी गर्लफ्रेंड्स के बीच सम्बन्धों को जानना महत्त्वपूर्ण है।

वहाँ ऊपर, जहाँ परिन्दा भी पर नहीं मारता, मतलब कहीं वीराने में, पापू विराजमान हैं। एक हज़ार कहानियों वाला यह पहाड़-महल-टावर पृथ्वी और सभी आसन्न दुनिया के उनके दुख और ख़ुशी का स्रोत है। दुनिया में नई कार चाहने वाले हर इनसान से निकलती ऊर्जा से पापू की शक्ति बढ़ती है। पापू की शक्तियाँ तब और बढ़ जाती हैं जब कार की चाहत रखने वालों की आत्मा की तड़प इतनी बढ़ती है कि वे अपनी पत्नियों को चौकीदारों के साथ भेज देते हैं और एक-एक करके अपने बच्चों को बेचते हैं ताकि वे पापू की डीलरशिप से एक कार ख़रीद सकें, जहाँ उन्हें जादुई चाबी दी जाती है ताकि वे उड़ान भर सकें, महिलाओं को प्राप्त कर सकें, और अन्ततः और चाबियाँ पा सकें।

शुरुआत में, पापू के बिज़नेस एसोसिएट्स पापू के प्रति वफ़ादार थे और बाक़ी दुनिया और पापू के बीच की आधारभूत कड़ी थे। लेकिन फिर एक दिन उनके एसोसिएट उनके ख़िलाफ़ एकजुट हो गए। लेकिन पापू सब कुछ जानते हैं और कुछ भी कर सकते हैं, इसलिए वह समय पर भाग गए, और वे अभी तक उनकी तलाश कर रहे हैं। तब से, पापू के बिज़नेस एसोसिएट्स पापू का साम्राज्य सँभालते हैं। पापू का सूट पहने एक गुड़िया, या उनका एक एसोसिएट जो पापू की तरह दिखता है, जिसने ऑपरेशन भी करवाया था, वही उन एक हज़ार कहानियों के पहाड़ के टावर पर शासन करता है। पापू के ग़ायब होने से पहले की तसवीरों और पहले से रिकॉर्ड किये गए भाषणों से ये लोगों को शान्त रखते हैं। इन वीडियो में, पापू कभी बूढ़े नहीं होते, हालाँकि उनके एसोसिएट बूढ़े हो जाते हैं और बदसूरत और अमीर होते चले जाते हैं।

पापू की गर्लफ़्रेंड्स पापू के प्रति वफ़ादार हुआ करती थीं, लेकिन उनके समर्पण ने उनकी आत्माओं को मार दिया है क्योंकि पापू ने उन्हें चालीस साल तक बिना सेक्स के रहने की सज़ा दी है। इसने गर्लफ़्रेंड्स को पागल कर दिया है और वे हर जगह पापू की तलाश करती हैं, उन सभी नक़ली लिंगों का पीछा करती हैं जो पापू के दोस्तों ने सभी जगह फैला दिये हैं।

इन लिंगों पर जीने वाली गर्लफ़्रेंड्स अब एक और अभिशाप का शिकार हो जाती हैं : शार्क, शार्क की नक़ल करने वाले, टैरोडैक्टाइल जो हर किसी का पीछा करते हैं ताकि वे उनकी नसों में छूटे पापू के ख़ून की आख़िरी बूँद भी उन गर्दनों से चूस सकें, दरवाज़े की चौखटों में, छतों पर, एंटीना पर, और अख़बारों के घोंसलों में अंडे देते हुए, जबकि दुनिया की बाक़ी आबादी उन्हें बाल्टी-भर एस्ट्रिंगोसोल और उबलते पानी से भगा देती है।

पापू के सभी बच्चे एक-जैसे दिखते हैं, राख के रंग के बालों और नीली आँखों वाले अल्बिनो, और वे सभी छोटी नाविक की-सी पोशाक पहनते हैं। वे हमेशा टैरोडैक्टाइल के अंडों से नहीं निकलते हैं। कभी-कभी वे सहज ख़ुद से ही कचरे के डिब्बे में पैदा होते हैं। वे लाइन बनाकर रेंगते हैं और घर-घर जाकर पापू की तलाश करते हैं, मदद माँगते हैं।

जब पापू के बिज़नेस एसोसिएट्स ने देखा कि बच्चों की संख्या इतनी बढ़ गई है, तो उन्होंने जितनों को हो सके गोद लेने का फ़ैसला किया और उन्हें ज़ावी, हँसेल, गुइले, एक्सल जैसे नाम दिये और उन्हें अमेरिकी स्कूलों में भेज दिया जहाँ उनके पास लॉकर थे और यौन शिक्षा मिलती थी। पापू के बाक़ी बच्चे दो तरह के थे : एक वे जो अपनी माताओं के साथ लाइन में लगे रहे, और दूसरे वे जिन्होंने पापू और अपनी माँओं को त्याग दिया और अपने बालों को रँग लिया, हालाँकि उन्हें उनके बालों की सफ़ेद जड़ों से हमेशा पहचाना जा सकता है।

फिर शाही परिवार है, जिसमें मैं हूँ, मेरी दादी, मेरी बुआएँ, और जुड़वाँ भाई-बहन, पुची और मिली हैं। मेरी माँ भी हैं, जिन्हें पापू के शाही परिवार द्वारा पापू की एकमात्र पत्नी के रूप में मान्यता प्राप्त है क्योंकि वह पहली थीं और उन्होंने चर्च में रीति-रिवाज से शादी की थी। पापू की विशेषताओं या गुणों की सुरक्षा करने की ज़िम्मेदारी उनके परिवार की है। उनकी ज़िम्मेदारी है कि सही समय पर मुझे उनके रहस्यों के बारे में बताएँ, अगर उन्हें लगे कि मुझमें उनके एडवेंचर को आगे ले जाने की क्षमता है। जुड़वाँ भाई-बहन को भी परिवार का हिस्सा माना जाता है इसलिए उनकी ज़िम्मेदारी है मेरे और पापू के गुणों का ध्यान रखना।

एक और बात : कभी-कभी ये जीव, राक्षस और नायक दोनों, असली रूप में नज़र नहीं आते और घुल-मिल जाते हैं क्योंकि वे जताते हैं कि कुछ भी गड़बड़ नहीं है। कुछ को तो एहसास भी नहीं होता कि वे टैरोडैक्टाइल हैं या बिज़नेस एसोसिएट्स हैं या शाही परिवार का हिस्सा हैं। उनकी पहचान के लिए हमने इस पाठ में एक रडार लगा दिया है जो संकेत भेजता है, जो चलने और बात करने वालों की गतिविधियों को स्क्रीन पर पढ़ता है और वर्गीकृत करता है। यह रडार ही एकमात्र ऐसी चीज़ है जिससे हम अपने सम्मेलन शुरू करते हैं।

मुख्य उद्देश्य बिज़नेस एसोसिएट्स के बुरे इरादों को रोकना और पापू को ढूँढ़ना है, जिससे दुनिया में व्यवस्था और शान्ति बहाल होगी। इन उद्देश्यों को पूरा करने के लिए पहले हमें कई बाधाओं को दूर करना होगा।

मॉल में लगी लिफ़्टों में, छतों पर, ब्यूटी सैलूनों में, शहर के चौराहों पर, गुफाओं में, रिसॉर्ट्स में, और जगह-जगह मूर्खों को शिकार बनाने के लिए जाल लगाए गए हैं जो शैतानों से भरे हुए हैं। हमें उन्हें क़दम-दर-क़दम, शब्द-दर-शब्द जीतना होगा। रास्ते में हमें केवल दुश्मन ही नहीं मिलेगा। दोस्त भी मिलेंगे जो मदद करेंगे। उनकी बात ध्यान से सुनना।

1. जानकारी इकट्ठा करें

जब भी आप दूसरों से मिलें, तो रुकें और सुनें (पृष्ठ X देखें)। आगे का रास्ता तय करने के लिए इस जानकारी का उपयोग करें। जब भी आप किसी से मिलें, तो आपको पता होना चाहिए कि वहाँ से कहाँ जाना है। सभी के साथ बात ज़रूर करें। जिस व्यक्ति से आप दूरी बनाएँ, हो सकता है कि जीत का सुराग़ उसी के पास हो (कोई भी आपको रणनीति नहीं सिखाएगा, यह तो ख़ुद ही समझना होगा)।

2. दुश्मनों से लड़ें

शैतान खुला घूम रहा है और हर जगह शैतान हैं। उनसे निपटने और जीवित रहने के लिए ज़रूरी अनुभव प्राप्त करना होगा। लेकिन जैसे-जैसे एडवेंचर आगे बढ़ता है, शैतान बढ़ते जाते हैं (या और घातक हो जाते हैं)। हर शैतान को ख़त्म करने के साथ आप मज़बूत होते जाएँगे। इन लड़ाइयों को मत छोड़ें।

दुनिया

दुनिया को तीन हिस्सों में बाँटा गया है : सड़क, घर और बाक़ी सब कुछ। इस अन्तिम में ग्रामीण इलाक़े, आकाश, समुद्र की तलहटी, टी.वी., अन्तरिक्ष (आकाश से अलग), एक हज़ार कहानियों वाला पहाड़-महल-टावर, समुद्र-तट, इंटरनेट, छत, संगीत, हवाई अड्डे, दुकान और मन्दिर शामिल हो सकते हैं।

1. सड़क

यह बाहरी दुनिया है। यहाँ शैतान रहते हैं। पड़ोस के शैतानों के बारे में हम बाद में चर्चा करेंगे। सड़क न केवल लोगों के माध्यम से, बल्कि संकेतों, दीवारों पर बने चित्रों, यात्रियों के माध्यम से भी जानकारी का सबसे बड़ा स्रोत है।

2. घर

इसमें सभी कुछ, कार और हवाई जहाज़ के अन्दरूनी हिस्से, जेल की कोठरी और छिपे हुए ठिकाने, भूमिगत सुरंगें, सार्वजनिक शौचालय, लॉन्ड्रोमैट, कैफ़ेटेरिया, रेस्तराँ, अस्पताल और होटल शामिल हैं। आम तौर पर शैतान घर पर हमले नहीं करते हैं और जब वे करते हैं, तो भेस बदलकर करते हैं। घरों में पिंजरे होते हैं, खुले हिस्से, तहख़ाने, बन्द गलियाँ और गुप्त रास्ते भी।

3. बाक़ी सब कुछ

इन जगहों पर बहुत से लोग रहते हैं। लोग और शैतान। लेकिन शैतान यहाँ कुछ नहीं करते हैं, और लोग बस अपना-अपना काम करते हैं। यहीं आपको जीत के लिए आवश्यक वस्तुएँ खोजनी हैं। ख़ुद को तैयार करने के लिए : चोट लगी हो तो आराम करें। इसी तरह से आपको सबसे बेहतर जानकारी मिलती है, और हर तरीक़े से आप तक पहुँचती है, जिसे इन्द्रियों द्वारा महसूस किया जा सकता है।

विशेष लक्षण

जिग्सॉ पहेलियाँ (पेज X देखें) : ये आमतौर पर घर में, स्विच वाले कमरों में पाई जाती हैं। जब स्विच दबाया जाता है, तो यह आमतौर पर एक गुप्त सीढ़ी या उस जैसा कुछ प्रकट करती हैं।

शॉर्टकट (पेज X देखें) : घर की कुछ दीवारें कमज़ोर और खोखली होती हैं और इन्हें चम्मच-जैसी किसी चीज़ की मदद से तोड़ा जा सकता है। बाद में निर्देश भी मिलेंगे कि इन मामलों में किस चीज़ का इस्तेमाल करना है।

हथियार (पेज X देखें) : कुछ हथियार दुश्मनों पर हमला करने के अलावा भी काम में आते हैं। मसलन, काँटा आपको उस विमान के केबिन में आगे जाने में तो मदद कर ही सकता है जिसका आपने अपहरण किया हो, साथ ही यह आपके मुँह में भोजन भी पहुँचा सकता है।

हमले

चूँकि शैतान हर जगह हैं इसलिए उन पर हथियारों से, चीज़ों और जादू से हमला करें। जीत का राज़ है गति। कई हथियार हैं और सभी बहुत प्रभावी हैं, विशेष रूप से पिस्तौल, लेकिन हरेक शैतान अलग हथियार से मारा जाता है। मुझे पिस्तौल सबसे ज़्यादा पसन्द है। और हाँ, कुल्हाड़ियाँ।

मंत्र

नींद : इसका मतलब है जम्हाई, जो बाक़ी सभी शैतानों के भी ऐसा करने का कारण बनेगी, और आपको उनके मुँह में ग्रेनेड फेंकने का मौक़ा देगी।

नींद 2 : सोने का नाटक करने के लिए (पृष्ठ X देखें)।

म्यूट : इससे शैतान को शान्त कराया जा सकता है, जिससे केवल उनके होंठ हिल पाते हैं।

आग : किसी भी सुलभ ज्वलनशील सामग्री (पर्दे सही रहेंगे) को लाइटर से और, सबसे अच्छा, दुश्मन के बाल (यदि दुश्मन के बाल हैं) को आग लगा दें।

बर्फ़ : शैतान पर ध्यान न दें, मस्त होने का नाटक करें।

नौ

लाइन लम्बी और चौड़ी होती जाती है। हर घंटे, जवान और बूढ़ी महिलाएँ अपने बच्चों को, अपने पड़ोसियों को, और अपनी चीज़ों को लेकर आती हैं और जुड़ जाती हैं। लाइन इतनी लम्बी हो जाती है कि यहाँ तक पहुँच जाती है और मैं मम्मी से कहती हूँ, मुझे लगता है कि इससे पहले कि बहुत देर हो जाए, हमें भी लाइन में लग जाना चाहिए। वह कहती हैं कि यह ज़रूरी नहीं है। उन्हें एहसास नहीं है कि जब वह कहती हैं कि मैं पापू की बेटी हूँ तो लोग उन्हें अजीब ढंग से देखते हैं। लोग उन्हें देखकर सोचते हैं कि वह एक मूर्ख महिला हैं जो मानती हैं कि वह शाही परिवार की सदस्य हैं।

कभी-कभी मुझे भी ऐसा लगता है। मेरा मतलब है जिस दिन चार्ल्स और लेडी डायना की शादी का टी.वी. पर प्रसारण हुआ था, मुझे यक़ीन था कि डायना मेरी माँ, मेरी असली माँ थी, और वह मुझे घोड़ागाड़ी में लेने आएगी।

मैं बिल्डिंग की छत पर चढ़ती हूँ, देखने के लिए कि डायना अभी भी शादी का जोड़ा पहने यहाँ आ रही है या नहीं। मैं देखना चाहती हूँ कि उसकी गाड़ी पार्किंग में प्रवेश कर रही है और वह मुझे लेने आ रही है और

!ओला! मैगज़ीन को बताने कि मैं उसकी असली बेटी हूँ और वह मेरी असली माँ है। लेकिन नीचे मुझे सिर्फ़ एक ही चीज़ नज़र आती है और वो हैं एक साथ गुँथे हुए कई सारे सिर। यहाँ ऊपर से, मैं हरे रंग का बलगम नीचे थूकती हूँ जो घुँघराले सुनहरे बालों वाली एक महिला की आँख पर जा गिरता है। लाइन इतनी चौड़ी है कि बताना मुश्किल है कि यह किस तरफ़ जा रही है। आगे, पीछे, दाएँ या बाएँ। सड़क पर तो सिर्फ़ बात करती एक भीड़ नज़र आती है, जो हाथ में केले के चिप्स या भुट्टे से भरे प्लास्टिक के छोटे थैले लिये है और प्लास्टिक के गिलासों से नालियाँ भरती भीड़, जैसे बेसबॉल देखने के लिए किसकेया स्टेडियम में जाने के लिए भीड़ होती है।

सब तरफ़ झोंपड़ियाँ हैं, निर्माण-सामग्री ले जाने वाले ट्रक, और उन स्टील के ढाँचों के किनारों पर टाइटन कंक्रीट के लोगो हैं। क्रेन ही क्रेन हैं, अपने डायनासोर सिर को मोड़ते हुए किलोमीट्रिक क्रेन जो समुद्र-तट पर रेत को निगलती हैं और किनारे पर लोगों को दफ़नाने के लिए उन्हें छोटे ढेर में छोड़ देती हैं, हालाँकि कभी-कभी वे उसे सही जगह भी गिराते हैं, मतलब निर्माण-स्थलों पर। अब केवल एक ही चीज़ नज़र आती है, और वो है खिड़की-दरवाज़ों के फ्रेम और निर्माण-सामग्री। रंगीन ब्लॉक एक-दूसरे के ऊपर, उस दीवार की नक़ल करते हुए जहाँ उन्हें रखा जाएगा, एक-दूसरे के ऊपर, हर तरह से।

खिड़की के लिए काँच, दरवाज़ों के लिए फ्रेम, लकड़ी, धातु और प्लाईवुड के दरवाज़े। टावरों के लिए छड़ें, आवासीय इमारतों के लिए छड़ें, बहुमंज़िला परिसरों के लिए छड़ें, कील, पेंच, लकड़ी के टुकड़े, कब्जे, बेसबोर्ड, पीवीसी, कई मीटर लम्बी तार, और दरवाज़े के हैंडल। स्कूलों के लिए, चर्चों के लिए, अस्पतालों के लिए छड़ें, सूरज की गर्मी से झुकी हुई छड़ें, लाल रंग की छड़ें, और समय बीतने के निशान लिये छड़ें।

अब जो दिखाई दे रहे हैं वह गड्ढे हैं, शैतान से बड़े गड्ढे, क्योंकि टावर जितना ऊँचा होगा, गड्ढा उतना ही गहरा होगा, और लाइन टूटने लगती है और रसातल की गहराई में गिरने लगती है। वहाँ नीचे, एक बुलडोजर शवों को इकट्ठा करता है और उन्हें पत्थरों और जड़ों के बग़ल में रखता है जिन्हें

उसी बुलडोजर ने दोपहर में खोदा था। गड्ढे की मिट्टी नारंगी और लाल है और सूरज लाल मिट्टी के गोलों और पत्थरों पर चमकता है। बुलडोजर पीले हैं जिन्हें छोटे प्लास्टिक के खिलौनों-जैसे आदमी चला रहे हैं जिनके चेहरे कभी दिखाई नहीं देते हैं।

सड़कों पर रोज़ नये टावर दिखाई देते हैं, लाइन के अन्त की तरफ़। रात में ट्रक कंक्रीट मिक्सर के लिए सामग्री उतारते हैं, कभी-कभी यहाँ सोने वाले लोगों के ऊपर भी। फिर लोग उस मिश्रण में गिर जाते हैं और सहज मूर्तियाँ बन जाते हैं; वहाँ किसी ऐसे व्यक्ति का बिखरा हुआ दिमाग़ है, जिसके सिर पर रस्सी और चरखी के बावजूद मिश्रण आ गिरा था। जगह-जगह, हैती मज़दूरों के शव सीधे छड़ों पर टँगे हुए हैं क्योंकि वे इमारत की चौदहवीं मंज़िल से गिरे थे। आर्किटेक्ट अख़बार को बताते हैं कि वे ख़ुद जानबूझकर कूद जाते हैं। यह देखने के लिए अगर बच गए तो क्या हम उनको पैसे देंगे।

जब मकान तैयार हो जाते हैं, तो उद्घाटन टेलीविज़न पर प्रसारित होता हैं। वे सालों पहले के किसी उद्घाटन का पापू का एक वीडियो चला देते हैं; मैं आसानी से बता सकती हूँ क्योंकि उसमें उन्होंने जो कपड़े पहने हुए हैं उनका फ़ैशन बरसों पुराना है। हर परियोजना के सामने एक बोर्ड लगा है जिस पर लिखा है कि यह पापू ने बनवाया है। मेरे हिसाब से पापू का कोई एसोसिएट चेक पर हस्ताक्षर कर रहा है।

लेकिन सभी परियोजनाएँ पूरी नहीं हुई हैं और इसलिए आधे बने अपार्टमेंट, हवाई अड्डे, मॉल, और पुल हैं जिनमें दाँतों सरीखी छड़ें लटकी हुई हैं और नदी के तल की ओर इशारा कर रही हैं। शहर अब एक मॉडल है, जिस पर हल्के रंग की या फॉस्फोरसेंट रंग की हज़ारों दो और तीन मंज़िला इमारतें खड़ी की जा रही हैं, प्रत्येक मंज़िल पर बालकनी है, और गेरुआ गमलों में फ़र्न और एलोविरा और स्नेक प्लांट के पौधे। अधिकांश हिस्से में बजट की कमी की वजह से रुके हुए घरों, इमारतों, टावरों और दुकानों के कंकाल छाए हुए हैं, जंगली बेलों और आश्रय ढूँढ़ते किसी पैशाचिक सम्प्रदाय के आगे हारते हुए।

मकानों का बँटवारा पेशाब की जाँच के हिसाब से होता है जिससे पापू से रिश्ता प्रमाणित होता है, हालाँकि पापू का ख़ून या सिरका पीकर या फिर एक 30 पेज की प्रश्नावली के जवाब देकर जिसमें उम्मीदवार को पापू से जुड़े अपने अनुभवों का व्याख्यान करना होता है, तारीख़ और जगह के उल्लेख के साथ, नतीजों को झुठलाया जा सकता है। इस बीच फ़ोटो स्टूडियो और सपोर्ट सेंटर खड़े हो गए हैं जो उन अनपढ़ लोगों की बदौलत अमीर हो रहे हैं जो अपनी कहानी लिखवाने और 2×2 की फ़ोटो खिंचवाने आते हैं जो आवेदन-पत्र के साथ लगानी होती है। कुछ सेंटर चोरी से पापू का ख़ून भी बेचते हैं—किसी को नहीं पता उन्हें मिला कैसे—और दूसरे (ज़्यादा स्मार्ट) छोटी-छोटी बोतलों में उनका पेशाब बेचते हैं।

अब रक्त सम्बन्धों की पुष्टि करने के लिए भी लाइनें हैं, चाबियाँ सौंपने के लिए लाइनें (मंगलवार शाम 6 बजे), अच्छा समान बेचने वाले डिपार्टमेंट स्टोर में जाने के लिए लाइनें, जहाँ बीच-बीच में कुछ महिलाएँ घंटी के आकार के बल्बों वाली छत के कुछ आख़िरी पंखों के लिए लड़ाई शुरू कर लेती हैं। और हर जगह—होर्डिंग्स पर, चौराहों पर, ट्रैफ़िक लाइट पर, मालेकॉन की उन खारी दीवारों के भित्तिचित्रों पर—पापू का चेहरा और उनके झंडे के रंग हैं, और उसके नीचे प्रार्थना सरीखा लिखा नारा है : हम सभी परिवार के सदस्य हैं।

परिवार के मेरे हिस्से यानी शाही परिवार को ला फेरिया इलाक़े में एक अपार्टमेंट मिला था जब वे बँट रहे थे। यह लोतेरिया नासिओनाल (राष्ट्रीय लॉटरी) के सामने एक तीन मंज़िला इमारत है : हम 3A में हैं। लोतेरिया नासिओनाल में वे हर रविवार को पापू के साथ डेट की लॉटरी निकालते हैं और फिर हफ़्ते के बाक़ी दिन वे पैसे, जेट स्की और इलेक्ट्रिक चाकू देकर लोगों को ख़ुश रखते हैं।

हर रोज़ नौ से पाँच तक पुरस्कारों की घोषणा करते हुए दो आवाज़ें सुनाई देती हैं—एक पुरुष की, एक महिला की। एक आवाज़ विजेता संख्या बोलती है और दूसरी पुरस्कार के बारे में बताती है, जो हमेशा लगभग छह सौ पचास पेसो होते हैं। और हम (छह सौ पचास पेसो!) उन कुछ ख़ुशक़िस्मत लोगों में

(छह सौ पचास पेसो!) हैं जिन्हें यह सुनने के लिए रेडियो की ज़रूरत नहीं है (छह सौ पचास पेसो!)। वक्ता को (सात सौ पचास पेसो!) पूरे ब्लॉक (छह सौ पचास पेसो!) में सुना जा सकता है और कप (छह सौ पचास पेसो!) हिलाते हुए (छह सौ पचास पेसो!) जो सिली ने अपनी अलमारी में रखा हुआ है (तीसरा पुरस्कार!)।

उन्होंने मुझे फूल की एक दुकान (छह सौ पचास पेसो!) में एक छोटी-सी नौकरी (छह सौ पचास पेसो!) दिला दी है, जो वे कहते हैं, कि पापू ने गाँव की एक लड़की के लिए शुरू करवाई थी जो 2D (छह सौ पचास पेसो!) में रहती है। मैं पूरा दिन सफ़ेद फूलों पर नीला रंग (तीन हज़ार पाँच सौ पेसो!) (छह सौ पचास पेसो!) छिड़कने में बिताती हूँ, और वह महिला फ़ोन का जवाब देती रहती है और कहती है, हमारे पास समय बताने वाली ग्लेडियोलस हैं (प्रमुख पुरस्कार!)।

इस नौकरी की मेरे काम में फूलों को रँगना शामिल है, जो मुझे पसन्द है और दिन-भर एसी में रहना जो फूलों के लिए ज़रूरी है। वे मुझे उन छोटी हरी ईंटों से भी खेलने देते हैं जिनका इस्तेमाल वे गुलदस्तों में फूलों को खड़ा रखने के लिए करते हैं। मुझे नहीं पता कि ये छोटी ईंटें किस चीज़ की बनी हैं, लेकिन उन्हें हमेशा गीला रखना पड़ता है, और इसीलिए वे इनको एक पीले प्लास्टिक टब में रखते हैं, जिसमें हम बीच-बीच में बर्फ़ का पानी डाल देते हैं। मैं भी यही करती हूँ। दुकान की मालकिन ने एक दिन मुझसे कहा कि वह मुझे इकेबाना बनाना सिखाएगी और यह भी कि इकेबाना बनाकर तुम जीविकोपार्जन कर सकती हो, और कि वह एक ऐसी महिला को जानती है जो इकेबाना बनाकर पाँच बच्चों का पालन-पोषण करती है, और मुझे पूछना पड़ता है कि यह मुश्किल चीज़ है क्या। मालिक का बेटा पूरा दिन एक मिनीवैन से फूल पहुँचाता है, और रात में जब वह वापस आता है तो हम एक साथ रात का खाना खाते हैं अगर सिली मुझे पहले न बुला लें। कभी-कभी वे मुझे अपने साथ हॉरर फ़िल्म देखने के लिए आमंत्रित करते हैं। हाल में उन्होंने सांतो वर्सेज़ द शी वुल्व्स—वह भेड़िए लगाई थी।

वैसे तो हमारे पास जन्म, शादी, प्रेमिका और अन्त्येष्टि सभी के लिए फूल हैं, लेकिन हम फूलों की सबसे ज़्यादा व्यवस्था मृत्यु के लिए करते हैं।

ला फेरिया इलाक़े के कई नाम हैं। कुछ लोग कहते हैं कि इसका असली नाम माताम्ब्रे या हंगरकिलर है, लेकिन दूसरे कहते हैं कि हंगरकिलर तीन सड़क पार ख़त्म हो जाता है। जब सिली के यहाँ डाक आती है, जो ज़्यादातर या हमेशा केवल पोस्टकार्ड होते हैं जो मैं भेजती हूँ जब मैं पापू के पास जाती हूँ, मैं पता देखती हूँ, यह देखने के लिए कि उन्होंने क्या लिखा है और लगभग हमेशा उस पर माताम्ब्रे की जगह सेंत्रो दे लॉस एरोएस लिखा होता है। पुची कहता है कि यह नाम इसलिए क्योंकि यहाँ बहुत सारे नायक शहीद हुए थे लेकिन मिली उस पर आलू फेंकती है जो वह छील रही थी और कहती है, लड़की के दिमाग़ में बेकार बातें मत डालो। चीना बुआ, जो जुड़वाँ भाई-बहन से ज़्यादा जानती हैं क्योंकि वह लगभग दस साल से उनीवर्सीदाद ऑतोनोमा जा रही हैं, मुझे बताती हैं कि इलाक़े का असली नाम फ्रेटरनिटी एंड वर्ल्ड यूनिटी मार्केट है।

वह कहती हैं कि पापू ने उस इलाक़े को यही नाम दिया है, और जब पापू किसी चीज़ का नाम रखते हैं, तो कोई भी नहीं बदल सकता है। वह कहती हैं कि उन्होंने यह नाम इसलिए दिया क्योंकि सिली के घर से लगभग दो ब्लॉक दूर, पृथ्वी को दर्शाती एक गेंद का स्मारक है और यह स्मारक वास्तव में दुनिया का केन्द्र है।

मैंने उस छोटी गेंद को देखा है, जो सिर्फ़ सीमेंट का एक गोला है। दोपहर चार बजे के बाद, जब सूरज ढल रहा होता है, तभी उसके इर्द-गिर्द वेश्याएँ घूमने लगती हैं। और सात बजे के बाद, जब सूरज पूरी तरह से डूब जाता है, तो 'क्वींस' और गोंद सूँघने वाले भोले-भाले लड़के वहाँ घूमने लगते हैं और फिर लाठी लिये पुलिस आती है जो छह सौ पचास बार उस गेंदनुमा पृथ्वी के चारों ओर नहीं घूमने वालों को पीटती है। वहाँ कीड़ों से भरा एक फ़व्वारा भी है जो केवल किसी-किसी रविवार को पानी के फ़व्वारे छोड़ता है। उसके चारों ओर ऊँचे खम्भे हैं, और पुची के अनुसार उन पर विभिन्न देशों के झंडे हुआ करते थे। तब लोग वहाँ अपनी कारों में आते होंगे हालाँकि

शायद ही किसी के पास कार होती थी, और सफ़ेद लिनेन के कपड़े पहने वे फ़व्वारे के चक्कर काटते थे। उसी समय मिली ने पुची के सिर पर टूथपेस्ट की एक ट्यूब फेंकी।

उस छोटी-सी गेंदनुमा पृथ्वी से हमारी इमारत कुछ ही क़दम पर है। वो छोटी गेंद लोतेरिया नासिओनाल के बग़ल में है, यही वजह है कि 'क्वींस', गोंद की बोतल वाले नशेड़ी लड़के, और वेश्याएँ हमारी पार्किंग में ही पड़े रहते हैं। दिन-रात यहाँ प्लास्टिक की सफ़ेद कुर्सियाँ पड़ी रहती हैं, उन कुर्सियों के नीचे प्रेसीदेंते और बोहेमिया ब्रांड की बियर की ख़ाली बोतलें बिखरी रहती हैं। लोग डोमिनोज़ खेलते हैं और चुटकुले सुनाते हैं मानो वे लाइन में हैं ही नहीं, मानो उन जबीला पेड़ों की छाया में कुछ भी नहीं हो रहा हो। वे बादाम के पेड़ों की तरह पत्तेदार होते हैं, लेकिन उनका अन्दर से मुलायम, हल्के हरे रंग के छिलके वाला फल बहुत ज़हरीला होता है।

पहली मंज़िल पर एक तुर्क है जो पापू को नौसेना के समय से जानने का दावा करता है, उसने किराने और मछली की दुकान खोल रखी थी, लेकिन ज़्यादातर लोग शिकायत करते थे कि वे एक किलो चावल या पाव-भर तेल ख़रीदने के लिए जाते हैं और मछली से महकने लगते हैं। अन्त में, किराना और मछली की दुकान सिर्फ़ किराने की दुकान बन गई, क्योंकि वैसे भी मछली किसी को पसन्द नहीं थी। फिर तुर्क इतने सारे लोगों को वहाँ पार्किंग में इकट्ठा देखकर दो विशाल स्पीकर लगा लॉटरी पुरस्कारों के साथ प्रतिस्पर्धा करने लगा और उन दिनों के मेरेंगे हिट को ज़ोर-ज़ोर से दिन-रात बजाने लगा।

इमारत के चारों ओर बनी नालियाँ काम नहीं करती हैं और बारिश, तूफ़ान, और फ़ुटपाथों पर कपड़े धोने वाली महिलाओं के साबुन से भरी रहती हैं। पानी गाढ़ा, हरा और गन्दा हो जाता है, झाग के बवंडर को पार करने के लिए एक पुल की ज़रूरत होती है। एक दिन मैंने उसमें एक टहनी डाली लेकिन जब बाहर खींची तो सिर्फ़ धुएँ की रस्सी थी; उस हरे स्टू ने बैटरी के एसिड की भाँति उसे गला दिया था। मैं दौड़कर घर गई और कोका कोला की एक बोतल लाई ताकि उसमें वो गाढ़ा चिपचिपा पदार्थ भर लूँ और अपने

पलंग के नीचे रखूँ। पहले मैंने वो बोतल मोइज़ और ज़ेकी (जिनके असली नाम मोइसेस और एज़ेक्विएल हैं) को दिखाई, दो भाई जो 1A में रहते हैं, लेसी की क़रीबी दोस्त पेपे के बच्चे।

वे इंजील हैं और इसलिए उनके यहाँ पुजारी या नन नहीं होते। बस लोग आते हैं, और उनके नाम बाइबल से लिये जाते हैं। काश, मेरा नाम भी बाइबल से होता। मैं बाइबल के एक भाग की ओर इशारा करना चाहूँगी जिसमें मेरा नाम है जो कहता है कि मैंने यह या वह किया है। ज़ेकी ने मुझे अपना वाला भाग दिखाया और मैं बहुत प्रभावित हुई थी, जब तक कि मोइज़ ने मुझे अपना भाग नहीं दिखाया था।

पेपे (जिसका असली नाम एस्पेरांज़ा है) हमेशा पेपिन ब्रेड के टुकड़े पर मक्खन लगाती रहती है। उसकी गोद में लगभग हमेशा पेपिन ब्रेड का एक बैग और हाथ में मक्खन का टुकड़ा होता है। वह ब्रेड का एक टुकड़ा लेती है, उस पर मक्खन लगाती है, और उसे ज़ेकी या मोइज़ या उनके छोटे भाई डंडो को दे देती है, जो सबसे छोटा है, और बहुत धीमा है, लेकिन उसे सभोपदेश शुरू से अन्त तक ज़बानी याद हैं और उन्हें पढ़ते हुए अपने पिछवाड़े से टट्टी के टुकड़े निकालता है। चारों गैस लैम्प की रोशनी में बैठे हैं क्योंकि कोने वाला ट्रांसफार्मर आज दोपहर को फट गया था और बिजली कम्पनी ने ठीक करने के लिए अभी तक किसी को नहीं भेजा है। लैम्प की रोशनी पेपे के चेहरे पर पड़ती है, जो बहुत काला है, काली आँखों वाला, केवल कान के पास बाल सफ़ेद हैं। स्टील के कपों पर भी रोशनी चमकती है, वही कप जिनमें पेपे अपने बच्चों को जूस देती है, चर्च से ब्रदर और सिस्टर के आने से पहले, जो गाने, ताली बजाने और टैम्बोरिन बजाने आते हैं, और पेपे के लिविंग रूम की सभी सात दोलन कुर्सियों पर क़ब्ज़ा कर लेते हैं, वे दोलन कुर्सियाँ जिन पर एक से अधिक मौक़ों पर पवित्र आत्मा बैठी है।

और लगभग हमेशा, भजनों के बीच, गीतों के बीच, पादरी अबूझ भाषाओं में बोलता है और वह या कोई एक ब्रदर अपनी एड़ियों को पूरा घुमाते हैं जैसे 'द एक्जॉरसिस्ट' फ़िल्म में लड़की अपना सिर घुमाती है।

सड़क से बहुत हल्की धुंध आती है, पेशाब और सिगरेट के धुएँ का मिश्रण।

पेशाब की वह बदबू बोके सोपा से आती है, एक शराबी जो सीढ़ियों के नीचे रहता है और यहाँ-वहाँ पेशाब करता रहता है। बोके सोपा (जिसका असली नाम ख़ेसुस है) की उम्र लगभग तीस साल होगी, लेकिन वह सिली से बड़ा दिखता है। वह श्वेत है लेकिन एफ्रो पहनता है और उसकी आँखें हर समय लाल होती हैं। जब वह पहली बार यहाँ आया था तो हर किसी ने उसे छोटी-मोटी नौकरी दिलाने की कोशिश की थी। उन्होंने कहा कि वह नालियाँ साफ़ कर सकता है, या बीयर की ख़ाली बोतलें इकट्ठी करके बेच सकता है, या पेड़ों को ट्रिम कर सकता है, या कारों को धो सकता है, या सीढ़ियों पर झाड़ू और पोंछा लगा सकता है। तुम इतना कुछ कर सकते हो, सबने उससे कहा था। पड़ोसियों ने बोके सोपा को औज़ारों का एक सेट भी दिया था, औजारों के लिए एक बक्सा, पट्टी वाली नारंगी हुडी (फॉस्फोरसेंट, अग्निशामकों की तरह), टोपी, रबर के जूते, और पचरा दिया, लेकिन बोके सोपा ने उसी रात इस सबकी शराब पी ली। क्योंकि बोके सोपा कुछ भी पी सकता है। यह तो चमत्कार है! बोके सोपा चिल्लाता है जब वह गत्ते पर से नंगा उठता है जिस पर वह सोता है और एक बार फिर, सब कुछ ग़ायब हो गया। आँखें शैतान से भी ज़्यादा लाल, और हाथ में अभी भी बागवानी कैंची लिये (वह उसे पकड़कर सोया था), वह सिली के घर की सीढ़ियाँ चढ़ता है, इस उम्मीद में कि जुड़वाँ बच्चों में से एक की जींस या मेरी कोई टी-शर्ट उसे मिल जाए या सूप का एक छोटा कटोरा, या जो भी हो। बोके सोपा अब भी उस बागवानी की कैंची को नहीं छोड़ता है, हालाँकि पार्क में जबीला के पेड़ों को बिजली की आरी की ज़्यादा ज़रूरत है, लेकिन बोके सोपा कोशिश करता है और बन्दर की तरह एक शाखा से लटक जाता है, हाथ को कैंची पर सन्तुलित करते हुए। बच्चे उसे नीचे गिराने के लिए जबीला के फल और पत्थर फेंकते हैं। जब वह कचरे के डिब्बे से निकाला हुआ कार्नेशन दूध का एक ख़ाली डिब्बा लेकर पानी माँगने के लिए आता है तो सिली, उसे नाम से बुलाने वाली अकेली इनसान, उसके लिए कैमे साबुन का एक छोटा टुकड़ा काटती हैं। पापू हमें डिब्बे भरकर साबुन भेजते हैं, डिओडरेंट्स, डिटर्जेंट और शैम्पू भी।

हालाँकि, सिगरेट का धुआँ बोके सोपा से नहीं बल्कि मेरी लेसी बुआ से आता है, जो तब तक पेपे के अपार्टमेंट में नहीं जातीं, जब तक कि चर्च के ब्रदर्स और सिस्टर यीशु मसीह के नाम पर तालियाँ बजाना बन्द नहीं कर देते। लेसी बुआ पेपे के दरवाज़े की दहलीज़ के ठीक बाहर रहती हैं, जहाँ आलेलुया तुर्क के स्पीकरों से आने वाले 'एक और, एक और रात, एक और' में खो जाते हैं।

जैसे ही चर्च के ब्रदर और सिस्टर चले जाते हैं, लेसी बुआ पेपे के अपार्टमेंट में जाती हैं और पेपे तीन बियर मँगवाती है जो वह तुरन्त पी जाते हैं और उनकी दोलन कुर्सियाँ आगे-पीछे, आगे-पीछे हिलती रहती हैं, जब तक कि लेसी—गोद में रखे फ़ोन पर—अपने लम्बे और बैंगनी नाख़ूनों को तोड़े बिना तेजी से नम्बर मिलाना नहीं शुरू कर देती है और फिर, फ़ोन को कन्धे और ठोड़ी के बीच फँसाकर, जो भी फ़ोन उठाए, उसे कहती हैं कि उनकी बेटियाँ, बहनें, पोतियाँ या पत्नियाँ वेश्याएँ, रंडियाँ, समलैंगिक और बुरी हैं। बात करते हुए लेसी अपने दूसरे हाथ के अँगूठे और तर्जनी से बनाए गए गोले में एक उँगली डालती हैं। फिर, शान्ति, वह और पेपे दोलन कुर्सियाँ बाहर ले जाते हैं, जहाँ कोई तुरन्त उन्हें उनकी अगली बियर पेश करता है, और मोइज़, ज़ेकी, और मैं पार्किंग में विटिला खेलते हैं, जो कि बेसबॉल जैसा खेल है, सिवाय इसके कि बल्ले और गेंद के बजाय हम एक छड़ी और पानी की बोतल के ढक्कन का इस्तेमाल करते हैं।

जब मैंने देखा कि लेसी बुआ, जिन्होंने अभी-अभी किसी को कमीनी, रंडी और समलिंगी कहा था, ने अपनी दोलन कुर्सी की पीठ पर अपना सिर टिकाया हुआ था और तभी उन्हें प्रहार का एहसास हुआ। मैंने भी देखा। मैंने उसे महसूस भी किया। मैंने देखा कि उल्टी टोपी पहने बोके सोपा, अँधेरे से निकला, मानो अपने कार्नेशन कप में दो उँगली-भर बियर माँगने वाला हो। उसने खुली हुई बाग़बानी कैंची उठाई और कुर्सी के पीछे दे मारी जहाँ लेसी का सिर एक ब्लेड के साथ टिका था।

और लेसी बुआ—अपनी गुलाबी स्ट्रेच पैंट में, और अपने चमकदार गुलाबी-सीक्विन के स्ट्रैपलेस ब्लाउज़ में, टखने पर पोम-पोम वाले मोटे मोज़े,

सफ़ेद कड़े चमकदार चमड़े के ऊँची एड़ी के जूते, अपने नक़ली सोने के छल्ले, इलाक़े की सबसे तीखी ज़बान, और बालों की एक चोटी जिसे न जाने कितनी बार ब्लीच और इस्त्री किया गया, और रँगा, सुखाया गया, और फिर से एक हज़ार बार रँगा गया, और जो अब किसी श्वेत-श्याम फ़िल्म में सुनहरे समझे जा सकते थे—एवेनिदा इंडिपेंडेंसिया एवेन्यू पर बोके सोपा के लैम्पपोस्ट की रोशनी में चमकती कैंची के प्रहार को महसूस किया जो उनकी चोटी और उनके सिर के बीच गिरी और बालों की लम्बी पूँछ को वहाँ से काट दिया जहाँ से वो शुरू होती थी, और फिर वो भूरी चोटी पार्किंग में छिपकली की पूँछ की तरह गोल हो गई, और लेसी बुआ दोलन कुर्सी पर सिकुड़ गईं, जबकि चोटी रॉकेट की तरह नशे में धुत्त लोगों की ओर उछली, जो समय पर रास्ते से हटते नहीं हैं, और उनके गालों को चोट पहुँचाती, उनके कान और उँगलियाँ चीरती, कुर्सियों और हेडलाइट्स से टकराती हुई, बिखरे हुए झाग में जा गिरी।

लेसी बुआ पिघलने लगती हैं और उनके बबलगम लाइक्रा उनके साथ पिघलते हैं, और पिघलता है सीक्विन स्ट्रैपलेस ब्लाउज़ (जिसे हम बाखा-ई-मामा कहते हैं, मतलब स्ट्रैपलेस), और तब तक पिघलता है जब तक दोलन कुर्सी पर बैठी लेसी पिघली हुई पिस्ता आइसक्रीम के झाग जैसी नहीं हो जातीं, जबकि चोटी से एक नई लेसी पैदा होती हैं। इसने टखनों तक की स्कर्ट पहनी हुई है कलाई तक की आस्तीन वाला ब्लाउज़ और काले स्पोर्ट शूज़। उसके पास दुनिया के अन्त के बारे में कुछ पर्चे हैं और उसकी बाइबल।

सिली के घर पर इतने सारे लोग हैं कि टॉयलेट पेपर महज़ पन्द्रह मिनट में ख़त्म हो जाता है, और फिर बाथरूम के दरवाज़े से एक हाथ निकलता है, उसके बाद बदबू का झोंका आता है, एक और रोल माँगते हुए। लोग हर जगह से आते हैं, बसों में और ट्रकों पर, वीज़ा लेने, अपार्टमेंट लेने, पापू से मिलने की उम्मीद में, और कभी-कभी वे अनिश्चित काल तक सिली के यहाँ रुक जाते हैं। मिली किसी की दी हुई चटाई के अवशेषों से तकिये और गद्दे बनाती है। वह अपना सारा समय छत पर चटाई को छोटे-छोटे टुकड़ों में काटने, चिलचिलाती धूप में कपड़े के थैले भरने में बिताती है।

बाद में, वह उन्हें अपने सिर से परखती है, भरी दोपहर में छत के फ़र्श पर गद्दे रखती है और सो जाती है। मैं उसे जगाने जाती हूँ ताकि वह जलकर राख न हो जाए। जब से पुची को वीज़ा मिला, वह केवल एक चीज़ करती है, वह नीचे किराने की दुकान तक जाती है, अपने लिए कॉन्स्टैंज़ा सिगरेट ख़रीदती है और चटाई काटते हुए एक के बाद एक पीती है। कभी-कभी मैं उसकी मदद करती हूँ। मैं उसे घर साफ़ करने में भी मदद करती हूँ क्योंकि लेसी बुआ चर्च में अल्ज़ाइमर से पीड़ित एक ब्रदर के लिए प्रार्थना कर रही हैं और चीना बुआ सीमा पर हैं। सिली सुनिश्चित करती हैं कि हम सब खाना खा लें, भले ही हम लगभग दस हज़ार हैं और नये लोग बस आते-जाते हैं, कहते हैं, अरे, वे भी परिवार हैं, और वे वाले ख़ुआँची या वाले अपोलिनाई के बारे में कहानियाँ सुनाते हैं। लेकिन सिली को कोई अन्दाज़ा नहीं है कि वे किस मनहूस के बारे में बात कर रहे हैं।

सिली के चम्मच में सभी के लिए बर्तन से बिलकुल समान मात्रा में खाना निकालने की कला है। इससे कोई फ़र्क़ नहीं पड़ता कि चम्मच कैसे अन्दर जाता है, सभी को समान मात्रा में चावल और मटर, वाइन सॉस में चिकन, कच्चे केले और फिर, केले के ऊपर चिकन का सालन मिलता है। एकमात्र व्यक्ति जिसे कम मिलता है वह हैं लेसी बुआ, क्योंकि उन्हें रक्तस्राव वाला अल्सर है और वे बमुश्किल कुछ पचा पाती हैं। लेसी उस विशाल स्कर्ट में हर बार और ज़्यादा दुबली नज़र आती हैं और स्कर्ट लबादा लगती है। सुबह जब वह आँख खोलती हैं, और दाँत माँजने से भी पहले, वह अपनी बाइबल उठाती हैं और, पेपर मेट पेन इस्तेमाल करके, रात को हुए रहस्योद्‌घाटन काग़ज़ के एक टुकड़े पर लिख देती हैं। मैं एक कंकाल को कलम उठाकर लिखते हुए देख रही हूँ। लेसी बुआ के खाने का बचा हुआ हिस्सा सिली चीना बुआ को देती हैं, या फिर फ्रिज में रख देती हैं ताकि जब चीना बुआ का मन हो तब खा लें। जब लेसी बुआ फ्रिज में दूसरी प्लेट से ढके हुए खाने को देखती हैं, तो वह कहती हैं, लूसीफ़र! सुना है, वह भी हमारे साथ रहता है। लेकिन बात यह है कि हम बहुत सारे हैं, कोई नहीं जानता कि कौन कौन है। इनमें उन बीस या उससे अधिक अतिरिक्त आत्माओं की गिनती

नहीं है जो चीना बुआ के अन्दर रहती हैं और पागलों की तरह खाती हैं; जब आप खा रहे हों तो वे अपने सिर बाहर निकालकर चीना बुआ के माध्यम से बात करती हैं, पूछती हैं कि क्या वह आपकी प्लेट से स्टेक ले सकती हैं। इससे मुझे बहुत ग़ुस्सा आता है। सिली ने मुझसे कहा कि उन्हें देना होगा क्योंकि हम आत्माओं के प्रति दुर्भावना नहीं रख सकते हैं, क्योंकि ये चीना बुआ के अन्दर के प्राणी हैं और वे उनके अन्दर घूमते हैं मानो किसी बस या लिफ़्ट में हों। इसलिए मैं टेबल पर पहुँचने से पहले ही अपना स्टेक खा लेती हूँ, क्योंकि ख़ाली पेट स्केटबोर्ड पर जाना बहुत ख़तरनाक है और खाने के बाद मैं सबसे पहला काम ये करती हूँ कि कोने पर जाती हूँ और दूसरे बच्चों का इन्तज़ार करती हूँ, सोती का, डैनी-पी का, और बातीचीका का, जो एक पैर स्केट्स पर रखे और दूसरा चप्पू की तरह चलाते हुए आते हैं। वे बस के पीछे लटक जाते हैं और मैं भी साथ हो लेती हूँ, चर्चिल स्ट्रीट तक, उस काले धुएँ को अपने भीतर उतारते हुए जो बस अपने पिछवाड़े से छोड़ रही है, जब तक ड्राइवर को पता नहीं चलता कि हम वहाँ हैं और वह बस रोक नहीं देता। एक दूसरा ड्राइवर उसे बताता है कि हम पीछे हैं, और जब वह बस से उतरता है तो वह हमें मारने के लिए एक कुल्हाड़ी लाता है जैसे कि हम जोंक हों, लेकिन हम पहले ही किसी दूसरी बस या ट्रक या वैन पर लटक चुके हैं जो हमें वर्ल्ड ऑन व्हील्स ले जाएगी।

स्केट पार्क के अलावा, 'वर्ल्ड ऑन व्हील्स' में भी एक स्केटिंग रिंक है जहाँ अक्सर जन्मदिन की पार्टियाँ होती हैं। अतिथि टिकटों में तीन स्टिकर होते हैं, एक पर लिखा है पेय, और दूसरे पर पिज़्ज़ा और ये तीन पेय और दो पिज़्ज़ा या दो आइसक्रीम के बराबर होते हैं यदि जिस बच्चे का जन्मदिन है उसकी माँ ने सही पैकेज ख़रीदा हो तो। हमें कुछ नहीं मिलता क्योंकि हम वहाँ दूसरे कारणों से हैं, लेकिन हम बाथरूम में एक बच्चे से एक स्टीकर चोरी कर लेते हैं या हम बच्चे की माँ से विनती करते हैं कि हमें एक टिकट दे दें और बदले में जिस बच्चे का जन्मदिन है वह स्केट पार्क में सबसे पहले गिरनेवाले व्यक्ति के साथ एक तसवीर ले सकता है।

सोती, बातीचिका, और दूसरे लोग स्केट पार्क में लाइन में लग जाते हैं और एक-एक करके रैंप से नीचे जाते हैं, सुरक्षा हैलमेट के इस्तेमाल के फ़ायदों के बारे में सोचते हुए जब वे सीमेंट के फ़र्श पर सिर के बल गिरते हैं। मैं लाइन के अन्त में अपने स्केटबोर्ड के साथ खड़ी हो जाती हूँ, लेकिन जो भी आता है अपनी बारी उसको दे देती हूँ, पहले आप, आपके बाद, कहते हुए। उनमें से कुछ कहते हैं : अरे सुनो, ज़रा अपना डेक तो देना और मैं उन्हें उधार दे देती हूँ ताकि उनके कुछ दाँत टूटें और मैं लाइन के अन्त में लगी रहूँ। कुछ लोग पाँच-छह बार बारी लगा लेते हैं और उसके बाद मैं लाइन से बाहर निकलती हूँ।

सोती और बातीचीका मेरे दोस्त बिलकुल नहीं हैं, और न ही ओचे, या डैनी-पी, लेकिन मैं इंडिपेंडेंसिया और चर्चिल स्ट्रीट में जबीला पेड़ के पीछे उनका इन्तज़ार करती हूँ, जब तक कि वे आ नहीं जाते अपने स्केटबोर्ड को एक पैर से धक्का देते और अपनी माइनर थ्रैट या डेड कैनेडी की टी-शर्ट से पसीना पोंछते हुए। वे बसों और ट्रकों को लपककर पकड़ लेते हैं और दीवारों, सीढ़ियों पर छलाँग लगाते हैं, और मेट्रो की नई रेलिंग पर अपने पंजों के बल फिसलते हैं, दोमिनिकाना दे आवियासियोन एयरलाइन द्वारा ख़ाली छोड़ी गई इमारत के चारों ओर छलाँग लगाते हैं जब तक कि चौकीदार उन पर गोली नहीं चलाता।

मेरे बस का नहीं था। मैंने कितनी भी कोशिश की, मैं नहीं कर पाई। और फिर एक दिन, सोती ने मुझसे कहा : ढीला छोड़ो दोस्त, ढीला। लेकिन मुझे समझ नहीं आया। फिर एक दिन मैं एक मॉल की पार्किंग में एक छोटी-सी दीवार के किनारे पर स्केट कर रही थी और मैंने अपने पैर से स्केटबोर्ड के पीछे के हिस्से को धक्का दिया और बीच हवा में आगे झुक गई और आख़िरकार मैंने अपनी मुट्ठी खोली तो मेरी उँगलियाँ लम्बे नूडल्स जैसी हो गईं, काँटे पर लिपटे नूडल, सड़ऽऽऽप। मुझे जो सबसे ज़्यादा अच्छा लगा वह है टूटती हड्डियों की आवाज़ जब स्केटबोर्ड नीचे आता है और वे सभी पहिये नीचे ज़मीन छूते हैं और वो ट्रक और फिर उन सभी पहियों की आवाज़ जो एक लाख मील प्रति घंटे की गति से घूमते हैं जब हम बांदेरा प्लाज़ा जाती बस पकड़ते हैं।

कभी-कभी पीछे हम पाँच होते हैं और दोनों तरफ़ छह या सात पतवार सरीखे उस बस से लटके हुए होते हैं, दिमाग़ में लाखों चीज़ें चल रही होती हैं और हम एक लाख मील प्रति घंटे की रफ़्तार पर बात कर रहे होते हैं। फिर बस की भीड़ हमारी उँगलियों को पत्थरों और हथौड़ों से ठोंकती है ताकि हम खिड़कियों को छोड़ दें। लेकिन कभी-कभी वे हमें फ्रीकी ताकी सैंडविच और कीपेस कबाब देते हैं, मानो हम सफारी में जीप के बहुत क़रीब आए अफ्रीकी जानवर हों। इस तरह दिखाई देता है कि कितने लोग बस में, अन्दर और बाहर और यहाँ तक कि नीचे भी फिट होते हैं, जैसे फ़िल्मों में, जब वे दाँतों से एक्सल पर लटकते हैं।

कोने पर, सिली के घर के एकदम पास, लगभग अँधेरा हो चुका है और कुछ छोटी लड़कियाँ एक चबूतरे पर बैठी मुझ पर चिल्लाती हैं : तुम, लम्बे बालों वाली, तुम लम्बे बालों वाली, तुम लड़की हो कि नहीं? मैं मुड़ती हूँ और अपना स्केटबोर्ड उठाती हूँ उनके सिर तोड़ने के लिए, लेकिन लड़कियाँ भाग जाती हैं, उनकी चप्पलें सीढ़ियों पर फ़टर-फ़टर करती हैं। अँधेरे में मैं उन सभी स्केटबोर्ड के दाँवों के नाम चिल्लाती हूँ जो मुझे करने भी नहीं आते (नोजस्लाइड, थ्री सिक्सटी किकफ़्लिप्स...), और जैसे-जैसे मैं प्रत्येक दाँव का नाम लेती हूँ मैं बड़ी होती जाती हूँ, और बड़ी, और बड़ी जब तक कि मैं चौथी मंज़िल की खिड़की में नहीं देख सकूँ जहाँ वे मूर्ख लड़कियाँ रहती हैं। वे बिस्तर के नीचे छिप गई हैं, लेकिन मैं खिड़की से अपना हाथ अन्दर घुसाती हूँ और एक घूँसे से उन मूर्खाओं की माँ का सिर धड़ से अलग कर देती हूँ। मैं उन्हें उनके ठिकाने से बाहर खींच निकालती हूँ, और उनका बिस्तर खाती हूँ और फिर चीना बुआ के पहुँचने से पहले मैं जल्दी से उन्हें भी खा लेती हूँ। सिली ने मुझसे कहा था कि शायद मेरे अन्दर भी आत्मा थी, इसलिए मैंने बहुत ध्यान लगाया यह देखने के लिए, लेकिन इससे सिर्फ़ मेरे सिर में बहुत दर्द हुआ। आत्माएँ कभी-कभी चीना बुआ पर आती हैं, और भोर के समय हमें उनके चुटकुलों पर हँसने के लिए उठना पड़ता है; कभी-कभी एक से ज़्यादा होती हैं।

अगर कोई आत्मा चीना बुआ के अन्दर से भाग निकली है, तो वह मुँह बनाते हुए, सिर हिलाते हुए, डोलते हुए, अपनी ख़ुद की टट्टी खाते हुए, बालकनी पर अर्धनग्न लटकते हुए नज़र आती है। पार्किंग में घूम रहे लोग ऊपर देखते हैं और कहते हैं, मत करो, मत करो। फिर वे जाल की तरह एक चादर खोलते हैं, और चीना बुआ के संकेतों के हिसाब से बाएँ और दाएँ जाते हैं। जब बोके सोपा आहें भरता है और कहता है, अरे यार, वे आत्माएँ वाक़ई में मतलबी हैं, तो आत्माएँ चीना बुआ के शरीर को छोड़ देती हैं और कोने पर लगे ट्रांसफार्मर तक दौड़ती हैं, जो फट जाता है और लैम्पपोस्ट के दो हिस्से कर देता है।

अगर आत्माएँ चीना बुआ के अन्दर हैं, तो वे छोटे पेपरकप में कॉफी पीती, बातें करती और लिफ़्ट के सही मंज़िल पर रुकने का इन्तज़ार करते नज़र आती हैं। एक दिन मुझे वैल किल्मर और बैरी व्हाइट मिले और उन्होंने सोचा कि वे डेंटिस्ट के पास जा रहे हैं, जिसका शायद इसी बिल्डिंग में दफ़्तर है। जब लिफ़्ट खुलती है तो एक आत्मा बाहर आती है और चीना की आवाज़ में बात करती है। देखती है, सूँघती है, पकड़ती है। लेकिन कभी-कभी एक समय में पाँच या छह होती हैं और इसलिए, जितना हो सके उतना वे चीना बुआ को विभाजित कर देती हैं : चांगो उनके मुँह से बोलता है; ओगुन उनके हाथों से, काओनाबो उनकी आँखों से, इत्यादि। जब मेरी बारी आती है तो मैं नाटक करती हूँ कि मैं आत्मा हूँ, सन्त सांतियागो, एल तोरो और मेत्रेसिली—मैं उन्हें अच्छे से जानती हूँ—लेकिन मुझे सबसे ज़्यादा सन्त सांतियागो पसन्द है क्योंकि जब मैं काओनाबो होती हूँ तो मुझे कई लीटर सुनहरा क्रीम पंच पीना पड़ता है जो सिली देती हैं और जो काओनाबो और चीना बुआ को बेहद पसन्द है।

मेरे अन्दर हर समय चीना है, ख़ासकर जब मैं स्केटबोर्ड के करतब कर रही होती हूँ और मेरी उँगलियाँ नूडल बन जाती हैं। जब मैंने स्केट के पीछे वाले हिस्से को धक्का दिया और हवा में झुक गई और मेरी उँगलियाँ नूऽऽऽडल्स में बदल गईं, मैं ग़ायब हो जाती हूँ, मैं बादल में बदल जाती हूँ, मैं अपना शरीर छोड़ देती हूँ, और जब मैं वापस धरती पर आती हूँ तो बच्चे

मुझे बधाई देते हैं क्योंकि मैं पाँच मीटर की रेलिंग से फिसली थी और बारह क़दम कूदी थी लेकिन मुझे केवल एक ही चीज़ याद है और वह है कि मैंने आँखें खोलीं और मैं सिली के घर पर थी और सिली मेरे पैर दबा रही थीं (मेरी चीना बुआ के पैर) और पूछ रही थीं : कौन जीता? जब मैंने बात की, तो वह काओनाबो की आवाज़ में थी, जो चीना की आवाज़ के साथ मिश्रित मेरी आवाज़ है, और सिली परिवार के बारे में पूछ रही थीं और मैंने जवाब दिया और फिर, चूँकि पंच नहीं बचा था, वह मेरे लिए एक छोटा गिलास रम लेकर आईं और जितना हो सका मैंने पिया। मैं मौक़े का फ़ायदा उठाती हूँ और उनसे कहती हूँ कि उन्हें मुझे और पैसे देने होंगे, कि यह छोटी लड़की इसकी हक़दार है।

जब मैं बिना किसी खरोंच के घर पहुँचती हूँ, तो सिली मुझे एक तरफ़ बुलाती हैं और अपनी अलमारी खोलती हैं जिसके दरवाज़े पर ख़ुआन मारिचाल का बेसबॉल कार्ड और पापू की एक तसवीर है। वह कहती हैं, अपना हाथ अन्दर डालो, और मैं छत के एक छेद में अपना हाथ डालती हूँ और एक बैग खींच निकालती हूँ और सिली को दे देती हूँ। वह नोटों की एक गड्डी निकालती हैं और मुझे एक, दो, तीन सौ पेसो देती हैं। अगले दिन सुबह लगभग सात बजे मैं स्केटबोर्ड की दुकान के खुलने का इन्तज़ार कर रही हूँ ताकि मैं उलटे पेंटाग्राम पर पिशाच खोपड़ी के साथ नाज़ी हैलमेट वाली एक स्लेयर टी-शर्ट ख़रीद सकूँ जिसमें नीचे काले रंग की पृष्ठभूमि पर ख़ूनी लाल अक्षरों में दौरे की तारीख़ें लिखी हैं। मुझे सबसे ज़्यादा पसन्द है सोती और बच्चों के साथ घूमना। स्केटबोर्ड की सवारी नहीं, बिलकुल नहीं, जो मुझे सबसे ज़्यादा पसन्द है वह है मेटालिका, आयरन मेडेन और सेपुल्टुरा के काले टीशर्ट पहनना, जिसमें पीठ और बग़ल पर सूखे पसीने के सफ़ेद दाग हैं। मैं बाल लम्बे रखती हूँ ताकि मेरी आँखें ढक जाएँ और केवल मेरा मुँह दिखाई देता है, जिसे मैं टेढ़ा करती हूँ, इसलिए जब लोग हमें देखते हैं तो वे कहते हैं : शैतानवादी, बकवास, बदबूदार, और हम पर नीबू और फटे हुए दूध के डिब्बे फेंकते हैं और कभी-कभी पत्थर भी लेकिन हम कुछ नहीं कहते, हमारी टी-शर्ट और मुड़े हुए मुँह के साथ, हाथ में स्केटबोर्ड लिये चलते रहते हैं।

कभी-कभी हम पत्थर और नीबू वापस फेंकते हैं, लेकिन उन्हें कभी लगते नहीं क्योंकि वे पहले ही अपने घरों में भाग चुके होते हैं।

एक दिन सिली मुझे जगाती हैं और कहती हैं : तुम्हारे पापा, तुम्हारे पापा। मैं सिली के घर के फ़ोन की तरफ़ दौड़ती हूँ, जो एक पुरानी भारी काली चीज़ है, लेकिन सिली मेरी कलाई खींचती हैं और चीना बुआ की ओर इशारा करती हैं, जो पापू की तरह पैरों के बीच हाथ दबाकर डाइनिंग रूम में बैठी हैं। मैं सोचती हूँ कि हो क्या रहा है। वहाँ पापू हैं, लम्बे काले बाल, ख़रबूजे की तरह स्तन, चमड़े के सैंडल, छोटी उँगली पर चाँदी की अँगूठी। मैं उनके घुँघराले बालों के साथ खेलती हूँ और कहती हूँ पापू, आप कितने बदल गए हैं। फिर पापू कहते हैं : अपने बाल बनाओ। उनकी आवाज़ चीना बुआ की आवाज़ के साथ काओनाबो की आवाज़ हो सकती है, सेंट माइकल के साथ वैल किल्मर की, स्पैनिश में ओज़ी ओसबोर्न की आवाज़ हो सकती है। उसी रात, देश में सबसे प्रसिद्ध तुकबन्दी करने वाला हुची लोरा टी.वी. पर कहता है कि उसके पास सबूत है कि डोमिनिकन रिपब्लिक में एक मादक पन्थ चल रहा है, जो कुँवारे ख़ून की तस्करी, भ्रूण भक्षण, फिस्ट फकिंग, ड्रग्स लेना, मानव बलि देना, आदि में शामिल है और इसमें शामिल लोगों की पहचान के लिए बस उनकी टी-शर्ट देखनी होती है। ठीक इसी समय कलर विज़न के स्टूडियो बी के कैमरे ओज़ी के एक रिकॉर्ड कवर का क्लोज़-अप लेते हैं और ओज़ी का मुँह, हमेशा की तरह, ख़ून से भरा होता है।

हुची के पास और भी सबूत थे : चरस का पत्ता लिये बॉब मार्ले, जुडास प्रीस्ट, मेगाडेथ के रिकॉर्ड कवर। कैमरे ने तुरन्त अपराधी शरीर की गहन जाँच की और मेज़बान फ्रेडी बेरास-गोइको ने विशेषज्ञों (सिविल डिफ़ेंस के प्रमुख, दोन्या चूचा, मकड़ी जोकर) के लाइव कॉल लिये, जिन्होंने प्रार्थना और अधिकारियों द्वारा तत्काल हस्तक्षेप की सिफारिश की। मैंने ख़ुद को सिर से पैर तक ढक लिया, मीट और सैंडविच बनाने के लिए अस्पताल से बच्चे चुराने वाले लबादा पहने गिरोह के बारे में सोचते हुए, ओज़ी के बारे में सोचते हुए और नक़ली ख़ून के स्वाद के बारे में जो वह तसवीरों में इस्तेमाल करता है, सूअर के ख़ून और असली ख़ून के बारे में।

मैं एक पल भी नहीं सोई। सूरज उगने से पहले, मैंने उन्हें सीढ़ियों से ऊपर आते हुए सुना, दरवाज़े टूटने की आवाज़ सुनी, मेरे कमरे के अँधेरे को चीरती उनकी लेज़र लाइट्स का कोलाहल सुना। मुझे कुछ समझ नहीं आ रहा था। उन्होंने मुझे बिस्तर से उठाया और मेरे चेहरे पर अपनी लेज़र लाइट की रोशनी डाली, फिर उन्होंने मेरी टी-शर्ट पर रोशनी डाली और हँसे और मेरे सिर पर मारा और घर को उलट-पलट कर दिया। सिर्फ़ लकड़ी और सिली की अलमारी के चीनी मिट्टी के बर्तनों के टूटने की आवाज़ सुनाई दे रही थी। मैं लेसी बुआ पर चिल्लाई : गद्दार, हरामज़ादी, मादर... कुतिया। मेरे अन्दर के शैतान को उसने अपना सिर बाइबल पर मारकर जवाब दिया। मिली ने काले हैलमेट वालों से बचाने की कोशिश की लेकिन वह ज़्यादा नहीं कर सकी क्योंकि उन्होंने उसे फ्लैशलाइट और लेज़र से मारा।

उन्होंने मुझे धक्का दिया, हथकड़ी लगा दी, वहीं पर मेरे बाल काट दिये, और मुझे लिनेन की प्लीटेड पीली स्कर्ट और कड़े चमकदार चमड़े के ऊँची एड़ी के नीले जूते पहनाए। उसके बाद उन्होंने अपनी जाँच फिर शुरू कर दी, जो चालीस दिन और चालीस रातों तक चली जिसमें गद्दे फेंकना, अलमारी ख़ाली करना, गर्दन और हँसली की हड्डियाँ तोड़ना, टी-शर्ट, पोस्टर और एक अल्फ़ा ब्लॉन्डी चाबी का गुच्छा ढूँढ़ना शामिल था। अगर आप सड़क पर काली टी-शर्ट पहने हुए पाए जाते हैं—चाहे वह मोटली क्रू, मिसफिट्स, या शेरविन-विलियम्स की हों—वे उन्हें ज़ब्त कर लेते हैं और आपको सार्वजनिक रूप से बिना क़मीज़ के घूमने के लिए जेल में डाल देते हैं। वे आपके बाल काट देते हैं, आपको एक सफ़ेद टी-शर्ट देते हैं और इलेक्ट्रिक रेजर से वहीं आपके बाल मुँड़ा देते हैं ताकि हर कोने और बस स्टॉप पर सफ़ेद टी-शर्ट पहने डरे हुए बच्चों के झुंड दिखाई दें, और उनके बाल उनके पैरों के चारों तरफ़ फैले हों। और जले हुए टी-शर्ट, रिकॉर्ड, ज़ब्त किये गए कैसेट और पोस्टरों के ढेर हों।

दस

पॉइज़न वाला लड़का मंच पर जाने से पहले फ्रूट लूप्स का एक पूरा डिब्बा खा जाता है ताकि वह अपना लिंग खड़ा कर सके, ताकि जब वह गा रहा हो तो उसका लिंग उस फ्यूशिया लाइक्रा में बड़ा दिखाई दे, उसकी आँखों पर मेकअप लगा है और मुँह पर रंग और उसके हाथ में माइक है। दर्शकों में खड़ी लड़कियाँ एक-दूसरे के कन्धों पर चढ़ जाती हैं और अपनी टी-शर्ट उठाती हैं और अपने छोटे निप्स दिखाती हैं ताकि वे वीडियो में दिखाई दें और फिर उसके माइक को पकड़ने के लिए इलास्टिक मैन की तरह हाथ आगे बढ़ाती हैं। गाते समय उसका मेकअप बहते पसीने और लड़कियों की लार के साथ मिलकर लिंग तक पहुँच रहा है, वह फ्रूट लूप्स के डिब्बे पर टूकेन चिड़िया की चोंच के बारे में सोच रहा है। वह अपने सिर को इतनी ज़ोर से हिलाता है कि उसके घुँघराले बाल झूलते हैं।

इस वीडियो के बारे में जूलियाना ने मुझे पूल से निकलने से पहले ही बता दिया था, रेबेका के मिर्गी के दौरे और उसके स्विम सूट के नीचे बाल के गुच्छे सबको दिखाई देने से भी पहले जब उसके मुँह से झाग निकलना शुरू हो गया था। मैं डर गई।

कोई नहीं जानता था कि रेबेका को मिर्गी है। किसी ने कहा कि मिर्गी के मरीज़ अपनी जीभ निगल लेते हैं यह सुनकर मैं और भी डर गई। जूलियाना मुझे पॉइज़न वीडियो के बारे में सब कुछ बता रही थी, लेकिन हम संगीत या पॉइज़न के बारे में बात नहीं कर रहे थे, बल्कि लिंग के बारे में बात कर रहे थे क्योंकि तैराकी प्रशिक्षक ने सभी लड़कों को ब्रेस्टस्ट्रोक का अभ्यास कराया था। वह एक कुर्सी के किनारे पर बैठ गई, और अपनी टाँगें खोलीं और कहा, इस तरह, मेढक की तरह। लड़के एक-एक करके टीचर के पास आ रहे थे, अपने छोटे-छोटे स्विम सूट में उनकी नक़ल करते हुए। वह उनकी टाँगों को ठीक करती और बैठकर फिर से बताने लगती : हाँ, हाँ, मेढक की तरह। लड़के ऐसा करते और उनके स्विम सूट के साइड में उभार नज़र आता। टीचर का कुछ नहीं दिखता क्योंकि जब वह उन्हें कंट्री क्लब वालेंसियानो के समर कैम्प के सेक्शन 12 के दूसरे बच्चों के साथ पूल में या बाहर पैर चलाने का अभ्यास करने के लिए कहती थी, वह हमेशा सूखी होती, स्वेट सूट और स्टॉपवॉच पहने हुए और दाँतों के बीच सीटी दबाए।

जूलियाना, जो ख़ुद भी सेक्शन 12 में है, बहुत अच्छा नहीं तैरती, और रेबेका तो ऐसे ही है, हालाँकि वह भी सेक्शन 12 में ही थी और—हम सबकी तरह—कंट्री क्लब वालेंसियानो के लोगो वाली टी-शर्ट पहनती थी, जो वास्तव में स्पेनी राज्यचिह्न है, और किनारों पर सफ़ेद धारियों वाले नीले हाफ पैंट, जैसे स्कूल में पीटी के लिए पहनते हैं।

कैम्प बिलकुल भी कैम्प जैसा नहीं है। न कोई केबिन है न कैम्पफ़ायर, न देवदार के पेड़ और न ही पहाड़। यह सिर्फ़ एक क्लब है जहाँ हमारे माता-पिता हमें बास्केटबॉल खेलने भेजते हैं ताकि हम उन्हें घर पर तंग न करें। हम बास्केटबॉल, वॉलीबॉल, टेनिस, टेबल टेनिस, कराटे, फुटबॉल और फ्रिसबी खेलते हैं। तैराकी दिन के अन्त में होती है और कभी-कभी, जब बादल होते हैं तो पानी वास्तव में बहुत ठंडा होता है।

पहले, सिर पानी से बाहर : एक-दो, एक-दो। फिर पैर : एक-दो, एक-दो। पानी में छपछपाना, ऐसे पैर चलाना जैसे हमें वास्तव में तैरना आता हो,

हालाँकि हमने दोनों हाथों से पूल के किनारे को पकड़ रखा हो। फिर नीचे, पानी के नीचे, साँस को फेफड़ों की जगह घूँटों में रोकना। मुझे लगा था कि मैं बटरफ़्लाई स्ट्रोक कभी नहीं सीख पाऊँगी। नीचे भी, टीचर की आवाज़ सुनाई दे रही थी, सपाट और नीरस, उसके दाँतों के बीच सीटी, और स्टॉपवॉच पर उँगली, समय का हिसाब रखते हुए कि मैं कितनी देर में किशमिश जैसी सिकुड़ जाऊँगी।

जब टीचर पानी में उतरने का फ़ैसला करती है, तो वह अपने स्वेटपैंट उतारती है, उन्हें तह लगाती है और एक कुर्सी पर रख देती है। वह अपनी हुडी उतारकर कुर्सी के पीछे टाँग देती है। फिर वह अपने मोज़े उतारती है और फिर सबसे आख़िर में अपनी स्टॉपवॉच उतारती है जो वह माला की तरह गले में पहनती है। वह इसे अपनी पैंट के ऊपर रखती है, पूल के किनारे तक आती है, उछलती है, अपनी बाँहें हिलाती है, बहुत छोटे और एकदम काले बालों के ऊपर स्विमिंग कैप पहनती है, फिर स्विमिंग गॉगल्स चढ़ाती है। वह पोज़ीशन लेती है, कूदती है और क़रीब तीन घंटों तक हवा में लटकी रहती है और फिर क्लोरीन वाले पानी को चीरकर उसमें घुस जाती है बिना किसी लहर या तरंग के।

मुझे बहुत अच्छा लगता है।

अन्ततः जब वह अपना सिर बाहर निकालती है, तो वह लैप लेन के लगभग आधे रास्ते में होती है, पूल के दूसरे छोर तक बटरफ़्लाई स्ट्रोक करते हुए, उसकी वो शानदार पीठ देखकर मुझे वहीं पानी में पेशाब करने की चाहत होती है, या फिर पागल हो जाने की, और सबको कहने की कि चुप रहें और देखें वह कैसे पानी में घुसती और निकलती है।

सच कहूँ तो मुझे यह क्लास सबसे ज़्यादा अच्छी लगती है।

जब क्लास ख़त्म होती है, जाने का समय होता है लेकिन हमें कोई लेने नहीं आया है, इसलिए हम बस पूल पर घूमते हैं। क्लब में तीन पूल हैं : ओलम्पिक पूल, बच्चों का पूल और डाइविंग पूल। डाइविंग पूल सबसे छोटा है और चौकोर है, लेकिन सबसे गहरा है। मैंने एक बार उसके तल को छूने की कोशिश की थी लेकिन मेरे कान लगभग फट गए थे।

पूल के बग़ल में एक बुर्ज है जहाँ लोग बैठे रहते हैं, कान में ईयरफ़ोन लगाए, बस गोताखोरों को देखते हुए। कुछ लड़के पूरे कपड़े पहने होते हैं लेकिन कुछ अपनी शर्ट उतार देते हैं ताकि लड़कियाँ उनके सिक्स पैक देख सकें। कुछ लोग अपने स्विम सूट में पूल के चारों ओर घूमते हैं और धूप सेंकती लड़कियों से उनके हवाईयन ट्रॉपिक यानी सनस्क्रीन लोशन माँगते हैं। कभी-कभी वे गोता लगाते हैं और करतब दिखाते हैं, और पानी में गोता लगाने से पहले डाइविंग बोर्ड पर तीन या चार बार ऊपर-नीचे कूदते हैं। और कुछ लोग गोता लगाने के लिए एक भ्रूण सरीखी गेंद में तब्दील हो जाते हैं ताकि वे ईयरफ़ोन पहने लोगों को भिगो सकें जो बैठकर देख रहे हैं। कभी-कभी एक लम्बा-चौड़ा आदमी, आमतौर पर कैलकुलेटर वाली वाटरप्रूफ़ घड़ी पहने हुए ऊपर वाले बोर्ड से गोता लगाता है और सत्तावन बार हवा में पलटी मारता है और फिर भी पूल के बाहर गिरता है।

लाइफ़गार्ड उसका मुँह ढूँढ़ने के लिए दौड़ते हैं ताकि उसे मुँह से साँस दे सकें, लेकिन उन्हें मिलता नहीं, तो एक बच्चा अपनी कोक की बोतल से स्ट्रॉ निकालता है और लाइफ़गार्ड इसे ख़ून और हड्डियों के गाढ़े गूदे में घुसा देते हैं क्योंकि उसका अब यही बचा है। वे फूँक मारते हैं और उस गूदे में गड़गड़ाहट होती है और वे यही करते रहते हैं जब तक कि डिस्पेंसरी की महिलाएँ अपने मेन्थॉल और बैंडेड लेकर नहीं आ पहुँचतीं।

शनिवार को कैम्प नहीं होता है, लेकिन डिस्को होता है। मुझे अन्दर जाने देते हैं क्योंकि मैं बहुत लम्बी हूँ, यही वजह है कि मैं टैम्पोन इस्तेमाल कर रही लड़कियों के साथ कैम्प के सेक्शन 12 में हूँ, हालाँकि मुझे वास्तव में सेक्शन 10 में होना चाहिए। सेक्शन 12 की लड़कियाँ कैम्प के आख़िरी दिन के लिए मियामी साउंड मशीन के गाने 'रिदम इज़ गॉना गेट यू' पर एक डांस (लम्बाडा स्कर्ट के साथ) तैयार कर रही हैं। वे मुझे भाग नहीं लेने देते क्योंकि अभी तक मेरे सीने पर उभार नहीं हैं। अपनी छाती पर अँगूर-जैसे स्तनों वाली कोरियोग्राफ़र जूलियाना ने मुझे यही कहा। उसने यह भी कहा कि वे लम्बाडा स्कर्ट के नीचे रंगीन अंडरवियर पहनने वाली हैं ताकि जब वे घूमें तो अंडरवियर दिखें।

जूलियाना अपने बाल रँगती है, अपने नाख़ूनों पर नेल पॉलिश लगाती है, और अपने बॉयफ्रेंड्स को झूलों पर फ्रेंच-चुम्बन देती है, मतलब सेक्शन 14 के सभी लड़के, और सेक्शन 15 के भी। वे उसके स्तन पकड़ते हैं और मुझे लगता है कि वे उन्हें चूसते भी हैं। लेकिन यह बात कोई नहीं जानता। बस जूलियाना और उसके बॉयफ्रेंड्स, क्योंकि जूलियाना इसके बारे में किसी भी लड़की से बात नहीं करती है, मेरे अलावा, क्योंकि मैं अभी छोटी हूँ, क्योंकि मेरे स्तन नहीं हैं। जूलियाना बाइबल के बारे में भी बहुत कुछ जानती है और मुझे बताती है कि दुनिया ख़त्म होने वाली है और उसकी माँ ने कहा है कि हमें मज़े करने चाहिए।

इसलिए जब हम शनिवार को डिस्को जाते हैं, तो वह उस लड़के के साथ नाचती है जो सबसे पहले पूछता है, जो लगभग हमेशा ज़ेड कैवरिकी पैंट और गैप शर्ट पहननेवाला एक मोटा गोरा लड़का है। वह उसे कसकर दबाता है और उसका कान चाटता है और उसे कोने में ले जाता है और फिर केवल जूलियाना के हवा में लहराते ऊँची एड़ी के सफ़ेद जूते और गोरे लड़के का ऊपर-नीचे हिलता पिछवाड़ा ही दिखता है।

जूलियाना मेरी दोस्त नहीं है। वह मुझसे केवल तब बात करती है जब दूसरी लड़कियों में से कोई भी आसपास नहीं होती है या जब वह किसी को बताना चाहती है कि इन्द्रधनुषी वाटर स्लाइड के नीचे उसने क्या किया। चूँकि मैं कैम्प में देर तक रहती हूँ और वह भी, हम झूलों पर बैठते हैं और पिज़्ज़ा खाते हैं या मेरे कान छेदते हैं और फिर, कान को सुन्न करने के लिए वह मेरे इयरलोब पर बर्फ़ रखती है, वह मुझे बताती है कि दुनिया के अन्त में जो शैतान हैं वह भी इनसान हैं। सावधान रहना होगा क्योंकि वे खड़े-खड़े किसी को भी भद्दी मूर्ति (gargoyle) में बदल सकते हैं। मेरे कान में से हरे धागे के साथ सुई निकालते हुए, वह मुझे कहती है कि यह हमारे ख़ून में है, कि हम अपने दादा-दादी और परदादा-दादी के पापों को अपने ख़ून में लिये होते हैं, यहाँ तक कि ताइनो के पाप भी क्योंकि, भले वे अच्छे लोग थे, लेकिन वे ईश्वरविहीन थे। वह मुझे यह भी बताती है कि यहाँ के कोक के कारख़ाने में एक मज़दूर था जिसे एड्स था और दुनिया से बदला लेने के लिए उसने

अपनी उँगली काट दी और उसे कोक के एक बड़े कंटेनर में फेंक दिया। वह हरे धागे में गाँठ लगाती है ताकि छेद बन्द न हो। जूलियाना मुझे यह भी बताती है कि जब उसे पीरियड्स आते हैं, तो वह बहते ख़ून को मिलीमीटर में मापती है। कितनी बड़ी झूठी है।

चूँकि कभी-कभी मुझे लेने कोई नहीं आता और जूलियाना को भी नहीं, हम झूलों के पास झाड़ियों में छिप जाते हैं और रात का खाना खाने के लिए क्लब के पियानो बार में आने वाले लोगों को देखते हैं। कुछ—हमेशा जवान लोग—झूलों के पास आते हैं और एक-दूसरे के पैंट या अंडरवियर में हाथ डालते हैं और कहते हैं, ओह हाँ, ओह हाँ। जूलियाना को यह बहुत पसन्द आता है इसलिए वह अपना जेम बैग खोलती है और कलम निकालती है और लोग जो कहते हैं अपने हाथ पर लिख लेती है।

एक दिन मम्मी मुझे क्लब ले गईं लेकिन मैं डिस्को में नहीं गई। मैं बस पार्किंग में रुक गई, और देखती रही कि बत्तियाँ जलाने के बाद ख़ाली टेनिस कोर्ट कितने सुन्दर दिखते हैं। मैं कोर्ट के नेट पर गिरती और उठती रही। सब कुछ इतना शान्त था, छोटे लाल फूलों वाली झाड़ियाँ काली गाँठों में बदल गई थीं; यह कल्पना करना असम्भव था कि टॉर्च चमकाएँगे तो हम फूल देखेंगे।

मैं दुनिया के अन्त, और जूलियाना और अपने स्तनों के बारे में सोच रही थी जब मुझे गिटार की आवाज़ सुनाई दी, एक झनकार जिसने टेनिस कोर्ट और अँधेरे को भर दिया, लाइव और डॉल्बी साउंड में, सीधे बाइबल से पार्किंग तक और मुझ तक, स्वर्ग से कोई कुछ घोषणा करते हुए, कि कुछ ख़त्म हो गया था, कि कुछ घट रहा था। मैंने जूलियाना के बारे में सोचा और ज़ोर से कहा, जेरीको, हालाँकि कोई नहीं सुन रहा था, मैं घुटनों के बल बैठ गई। मुझे एहसास हुआ कि मैं जो सुन रही थी वह 'होटल कैलिफ़ोर्निया' गाने की शुरुआत थी, जो मुझसे कुछ ही मीटर दूर खड़ी एक कार में बज रहा था। मैं उठी और अपने घुटनों से बजरी और रेत झाड़ी और कार के पास पहुँची और वहाँ, अन्दर, तैराकी की टीचर, एक दोस्त के साथ थी, तेज़ रेडियो चलाकर, दोनों एक-दूसरे के चेहरे के ब्लैकहेड्स दबा रहे थे।

उसकी दोस्त भी एक प्रशिक्षक थी, लेकिन स्पेनिश नृत्य की। उसका नाम कार्मेला था और मैं उसे अच्छी तरह से जानती थी क्योंकि वह कैंटीन में खाने वालों पर नज़र रखती थी। मंगलवार को मेरी बारी होती थी। हम सभी को कम-से-कम एक बार ऐसा करना होता था। आप सर्विंग टेबल के पीछे खड़े होते हैं और आपको एक बड़ी कलछी दी जाती है। और आप चावल नहीं, तो हैमबर्गर और हॉट डॉग परोस रहे होते हैं। मुझे लगभग हमेशा सॉसेज परोसने पड़ते थे; मैं उन्हें एक काँटे से उठाती और हर प्लेट में रख देती। मैं ऐसा एक घंटे तक करती जब तक कि सभी को नहीं मिल जाता। सबसे अच्छा काम पेय परोसना है क्योंकि जब आप गिलास में बर्फ़ भर रहे हों या कोक या रेड रॉक की बोतलों को आगे बढ़ा रहे हों, तो वहीं पर खड़े आप एक-दो गिलास ख़ुद भी पी सकते हैं। सबसे ख़राब काम होता है पीकापोयो परोसना क्योंकि लगता है कि इसे एक दिन पहले ऑर्डर किया जाता है और चिकन एकदम ठंडा हो जाता है एक लाश के जैसे, और तले हुए कच्चे केले चिकने पत्थर सरीखे हो जाते हैं। बिलकुल बदबूदार।

कभी-कभी हमें मिठाई भी मिलती है : फ्लान (कारमेल कस्टर्ड जैसा) टट्टी जैसा दिखने वाला या माखरेते (कॉर्न पुडिंग)। कभी-कभी त्रेस लेचेस (खीर जैसा) होता है, लेकिन उल्टी जैसा दिखता है। एक दिन मुझे पेय परोसना था और मैंने अपने लिए एक मिरिंडा बोतल खोली और जब गिलास में डाली, तो उसमें बैंगनी रंग की एक मृत छिपकली निकली। मैं बस बर्फ़ पर पड़े उस उदास दृश्य को देखती रही, किसी बुरी गाली जैसा। मैंने तैराकी टीचर की दोस्त को दिखाया, और उसने हमसे सभी बोतलों की जाँच करवाई। पाँच में हमें जीव मिले। ज़्यादातर सभी मिरिंडा की बोतलों में थे। तिलचट्टे, छिपकली, केंचुए : जीव विज्ञान प्रयोगशाला के योग्य संग्रह। ख़ैर, कम-से-कम एड्स वाले लोगों की उँगलियाँ तो नहीं थीं। अगले दिन उन्होंने पिकापोयो परोसा और पूरे कैम्प कैफ़ेटेरिया में बदबू फैल गई, जो वास्तव में क्लब का पार्टी रूम था जिसमें सत्रह टेबल थे, प्रत्येक सेक्शन के लिए एक, और हर एक की अपनी कुर्सियाँ और मेज़पोश। मैं एक कच्चा केला निगल रही थी जिसे मैंने नरम करने के लिए कोक में डुबोया था जब रेबेका को एक और

मिर्गी का दौरा पड़ा और ग़लती से बोतल मेज़ पर गिर गई। उसके बग़ल में बैठी जूलियाना ने अपना सिर पकड़ लिया और कहा, यह बुरा है, यह बहुत दुर्भाग्यपूर्ण है, और अपने बाएँ कन्धे के पीछे नमक फेंका, जबकि रेबेका ने अपनी जीभ निगल ली।

दूसरे सेक्शन के प्रशिक्षक नमक लेने के लिए दौड़े आए, अपने कन्धों के पीछे फेंकने के लिए और वहाँ इतना नमक हो गया कि लाउडस्पीकर पर ऐलान करना पड़ा, सभी कैम्प वालों से सहयोग माँगने के लिए, लेकिन जितना ज़्यादा नमक उन्होंने अपने कन्धों के पीछे फेंका, उतना ही ज़्यादा नमक था, उनके जूते, उनके घुटने उनके कन्धों को ढकता हुआ। क़िस्मत से, मेरी फ्रीस्टाइल स्विमिंग सुधर गई थी और मैं मंडप की सफ़ेद छत के ऊपर तक तैरने में सक्षम थी। मैं ऊपर चढ़ गई और किसी के कुछ करने का इन्तज़ार करने लगी।

सब तरफ़ सफ़ेद समुद्र। बेहिसाब प्यास और मिरिंडा की एक बूँद भी नहीं, हालाँकि किसी को रत्ती-भर फ़र्क़ नहीं पड़ता। दूर, दूसरे मंडप की सफ़ेद छतें दिखाई दे रही थीं और तैरने में कामयाब कुछ बच्चे कैम्पफ़ायर तैयार कर रहे थे रेबेका को पकाने के लिए। जब शाम हुई तो नमक पहले से कहीं ज़्यादा सफ़ेद था और आकाश इतना नारंगी था कि ऐसा लग रहा था कि सन्तरों की बारिश होने वाली है। हर दोपहर की तरह, मम्मी अपने काले चश्मे और सेविंग्स एंड लोन की अपनी सलेटी रंग की वर्दी में, अपनी निसान सन्नी कार (अभी भी उसका भुगतान कर रही हैं) नमक के ऊपर ऐसे चलाते हुए आईं मानो कोई सड़क हो। वह कार से उतरती हैं, उनका सलेटी रंग नारंगी रंग पर आगे बढ़ता है, मानो कोई पूल या कैम्प या कुछ भी हो। धूप का चश्मा उतारने की ज़हमत उठाए बिना वह मुझे बताती हैं कि पापू को अभी-अभी मार दिया गया है।

मुझे एक कार दिखाई देती है, एक शानदार कार, एक कार, बम्पर और ड्राइवर के साथ। यह पापू से टकराती है, उन्हें कुचल देती, इसने अभी तक उन्हें कुचला नहीं है। पीले सन्तरे जैसा पीले सन्तरे का जूस। एक कार ने उन्हें टक्कर मार दी और ऐसे कुचल दिया जैसे वह पीली नारंगी हों।

पीले सन्तरे अभ्यास के लिए होते हैं। करतब दिखाने का अभ्यास, अस्पताल में।

हक़ीक़त में वे सन्तरे हैं लेकिन वे उन्हें पीले सन्तरे कहते हैं और वे रसदार और पीले होते हैं। वे आपके अन्दर से बीज निचोड़ देते हैं। कार आती है और उनके दो टुकड़े कर देती है। वह है, वे हैं, दो बेहतर टुकड़े। पहली कार, पागल। आपसे आ टकराई, आपसे आ टकराई। एक चालक रहित कार, एक बिना सिर वाला ड्राइवर। आ रही है।

बग़ल से, पीछे से, सीधे आगे से, नीचे से मानो सड़क काँच की बनी हो। कार, एक शानदार कार। एक कार कार..., सबसे शानदार कार..., हमला करती, हमला करो, लानत है, काट डालो, चबा डालो, काट डालो। कार...। वह एक कार के कारण मारे गए, एक कार के कारण, एक शानदार, महँगी..., इतनी महँगी। सबसे सस्ती महँगी कारें, महँगी कारें बहुत दुर्लभ होती हैं, एक-दो-तीन कारें गुज़रती हैं और टकराती नहीं हैं, लेकिन चौथी उन्हें बग़ल से टक्कर मारती है, उन्हें बग़ल से मारती है, उन्हें कुचल देती है, और फिर एक और कार है, एक और कार, एक और कार उन्हें कुचल रही है, लेकिन यह एक कार की रिकॉर्डिंग है, और यह हमेशा एक ही कार है, बिलकुल वैसी ही। एक कार तो एक ही कार है। एक कार एक कार है..., आपके ऊपर लुढ़कती हुई, आपके चेहरे को पीसती हुई, सोचो, आपकी आँखें कैसे फूटकर बाहर निकलेंगी। ग्रीस के निशान के आकार में। आपके ऊपर से निकलती हुई। आपको कुचलती हुई। आपकी हड्डियाँ तोड़ती हुई। आपकी हड्डियाँ टूट रही हैं। आप पिस गए हैं। आप पिचक गए हैं। आप, छिलके जैसे, लहसुन की कली जैसे, कार, कार, स्मार्ट कारें, धूर्त कारें, कारें जिनमें लोग रहते हैं। कारवैन।

आकार के दाग़। दाईं ओर, बाईं ओर, कूल्हे के ऊपर। वह गिरते हैं। वह टूटते नहीं हैं। उनका पेट फट जाता है। एक कार आपको मार सकती है। एक कार चलती है। एक कार...। वो वाली, उधर, उधर वाली अब। वही कार। आ रही है। तेज़। तेज़। और तेज़। बस एक कार है, और कुछ नहीं। यह कार नहीं है। इसने उन्हें फिर से मारा, और अब कार का विशाल

मफ़लर लाश पर काला धुआँ उड़ाता दिख रहा है। कार, कार, मौत की कार, मृत...। भूत कार। भूत जहाज़। कुछ कारें जहाज़ हैं, जैसे सत्तर के दशक में शेवरोले, इम्पालास। एक टाइटैनिक कार आपकी तोंद में डूब जाती है, एक कार आपके पेट में डूब जाती है, वे इसे आपके पिछवाड़े में धकेल देते हैं। अच्छी तरह से चिकनाई लगाकर। पीछे और ऊपर से, हर जगह। बिना ब्रांड की कार, सबसे महँगी कार। कितनी महँगी कार है। वह कार बहुत महँगी है। मुझे मेरी कार चाहिए। मेरी कार। मेरी कार।

यह रही, कोने पर मुड़ रही है। रुको, आ रही है। ये रही कार। यह आपको टक्कर मारती है, टक्कर मारती है, आपकी नाक तोड़ देती है, वे ऑपरेशन करते हैं, आपकी नाक की जगह वे काजू लगा देते हैं। वे आपके लिए एक कार सिलते हैं, वे आपके लिवर को स्टिलसन रिंच के साथ मशीनीकृत करते हैं। एक तेज़ कार, हर तरफ़ दौड़ती कार, स्टील के टायरों वाली, बेन हर के दुश्मन की तरह। आपके पास लाइसेंस नहीं है। आपके पास पुलिस के लिए केवल पचास पेसो हैं। यातायात के लिए। एक शरीर, एक गति अवरोधक। वे आपको पैसे देते हैं। एक लाश उसकी कार, शिकार उसकी कार। मैं आपको अपना कार वॉश देता हूँ, मैं आपको देता हूँ। यह रही, फिर से आ रही है, अभी, बिलकुल अभी, देखो कैसे कूदती है, देखो कैसे कार, देखो कैसे, देखो कैसे गिरती है। आप देख नहीं सकते कैसे गिरती है। अभी भी वहीं है। वे उन्हें एक आवासीय सड़क पर रोकते हैं, एक स्पंज, एक फटे हुए चिथड़े, एक तौलिए से ख़ून साफ़ करते हैं। एसीटोन वाले रुई के गोले से। वे एथिल अल्कोहल से बम्पर साफ़ करते हैं। पेट्रोल से। आपकी शैंपेन रंग की कार आपकी नहीं है। यह मृतक की है, शिकार की, आपकी कार आपकी नहीं है, उनमें से कोई उनकी नहीं थी। कारें मृतक की हैं; कारें स्वर्ग जा रही हैं, महँगी वाली कभी स्वर्ग नहीं जातीं। वे बहुत भारी हैं, वे यहीं रहती हैं। किसको चाहिए, किसको एक कार चाहिए, कार। और एक। कच्चा पापड़, पक्का पापड़। और तीन। कच्चा पापड़, पक्का पापड़। और तीन। कच्चा पापड़, पक्का पापड़। तेज़-तेज़। ऊपर, ऊपर से, जहाँ मैंने पहले आपको बताया था, टूटी हुई हड्डियाँ बहुत शोर करती हैं,

बहुत शोर, बहुत ज़्यादा शोर। मुझे आपको क्या देना है, ड्राइवर, मुझे आपको क्या देना है, मुझे उतरना होगा क्योंकि वे मेरे बग़ल से निकलेंगे, वे मेरे ऊपर से निकालने वाले हैं, वे मुझे बता रहे हैं कि मुझे बाहर निकलना है क्योंकि अब मेरी बारी है कुचले जाने की, बग़ल के टायर, सामने के, एक लाख मील प्रति घंटा, मफ़लर, अन्दर, एक सुरंग की तरह। अब कार का नीचे का हिस्सा दिखाई देता है मानो सड़क काँच की बनी हो। बिलकुल। यह रही, इतनी शानदार, मफ़लर से हर गति अवरोधक पर चिनगारी निकलती है क्योंकि डिक्की में लाश है और डिक्की का वज़न बहुत ज़्यादा है और कार बहुत नीची है, सही कहा ना? है ना, कार? तुम बहुत-बहुत नीची हो न? है ना कार, कार,..., छोटी कार, कैरी कार। ख़ूनी कार, पैगम्बर कार, सोते हुए ड्राइवर टायर रगड़ रहे हैं, धुआँ उगल रहे हैं। ड्राइवर दिखाई नहीं देता है। बिना सिर वाला ड्राइवर। कार आ रही है। और अब और अब, और अब कार, कार, कार, वापस आती है, कोने से, उसी कोने से, बत्ती बन्द करके, असल में दिन का समय है, और निस्सन्देह, उनसे टकराती है, टकरा जाती है। उनको कुचल देती है। उनके चीथड़े उड़ा देती है। वह हवा में गुड़िया जैसे उड़ते नज़र आते हैं। यह कुचली हुई टेस्ट डमी है। यह पापू हैं, यह कुचली हुई टेस्ट डमी है। यह पापू हैं। यह कुचली हुई टेस्ट डमी है, और यह उनसे टकराती है, टकरा जाती है और उन्हें हवा में उछाल देती है, यह एक कुचली हुई टेस्ट डमी है, इस तरफ़ आ रही है, कोने पर मुड़ती है और सीधे उनसे टकराती है, ताकि वह उठ न पाएँ, और टकराती है और उनमें ग़ायब हो जाती है, यह एक सुरंग है, यह पापू हैं, यह कुचली हुई टेस्ट डमी है, बेशक। बत्तियाँ जलती हैं, अँधेरा है, हाँ, पीछे से, मूर्ख है, सुरंग है, कार का मफलर है, कार। कुछ अजीब-सा रिवर्स में आता है। रिवर्स में ड्राइव करने पर आपको शैतान की आवाज़ सुनाई देती है। यदि आप रिवर्स में जाते हैं तो आप मुझे देखते हैं। कार, कार, और कार उसी कोने से वापस आती है, मुड़ती है, कोना, खम्भी और रोशनी, कार गुज़रती है, कोना, कार फिर से मुड़ती है, पहिया मुड़ता है, चालक नहीं दिखता। यह कुचली हुई टेस्ट डमी है, यह पापू हैं, यह बिना सिर का ड्राइवर है।

बम्पर, हुड, बम्पर, हुड। लाश कार के ऊपर है और एंटीना पर गिरती है। एंटीना आँख में भाले की तरह घुसता है। आँख फट जाती है। लाश नहीं गिरती है। लाश उड़ती है। कार उड़ती है। यह कुचली हुई टेस्ट डमी है। कार क़ब्रिस्तान के ऊपर से उड़ती है और सभी कुचली हुई टेस्ट डमियों और पापू को जगा देती है, और फिर सभी कुचली हुई टेस्ट डमियाँ।

ग्यारह

मेरे मुँह में गोली ठूँसी जा रही है। मम्मी ठूँस रही हैं। उनके हाथ में एक छोटी पीली बोतल है और वह मेरे बिस्तर के बग़ल में घुटनों के बल बैठी हैं और उस बोतल से नीली गोलियाँ निकाल रही है और उन्हें मेरे मुँह में डाल रही हैं। जब मैं आँख खोलती हूँ, तो वह कहती हैं, निगल, और मुझे एक गिलास चॉकलेट दूध देती हैं। मैं निगलती हूँ और उठ जाती हूँ क्योंकि जीभ पर धातु का स्वाद मुझे वापस सोने नहीं देता। मैं बाथरूम जाती हूँ और दाँत ब्रश करती हूँ, रसोई में जाती हूँ जहाँ मुझे मम्मी की बालकनी से छनकर आती धूप बहुत पसन्द है। मैं एक कटोरे में कुछ काउंट चोकुला डालती हूँ। मुझे काउंट चोकुला बहुत पसन्द है। मुझे मार्शमैलो बैट बहुत पसन्द हैं। लेकिन जो मुझे सबसे ज़्यादा पसन्द है वह है सीरियल डालने पर दूध का रंग भूरा हो जाना। अगर यह फ्रेंकेन-बेरी है तो दूध गुलाबी हो जाता है। मुझे वो भी पसन्द है।

जब दोबारा आँख खुलती है, तो मेरा मुँह काउंट चोकुला और दूध से भरा है और मुँह से लार टपक रही है। मैं नंगी हूँ और डाइनिंग रूम की मेज़ पर बैठी हूँ, जबकि बालकनी से धूप छनकर आ रही है। मम्मी एक स्पंज से

मेरी बाँह साफ़ करती हैं और मुझे याद दिलाती हैं : आज सुबह फ़ोन आया था; उन्होंने तुम्हारे पिता को मार डाला।

मुझे अपनी माँ का चेहरा नहीं दिखता, सिर्फ़ एक धुँधला गुलाबी रंग है, जैसे काउंट चोकुला, फ्रेंकन बेरी और बू-बेरी के छोटे मार्शमैलो भूतों वाला रंगीन दूध। मैं रोती हूँ और मुझे यह भी नहीं पता कि क्यों। ओह, क्योंकि तुम्हारे पिता की मृत्यु हो गई, इसीलिए, हर बार जब मैंने आँखें खोलीं तो धब्बे ने मुझे याद दिलाया। यह एक मार्शमैलो का धब्बा था, और कह रहा था, उन्हें सिर में गोली मारी। और फिर मार्शमैलो भी रोने लगता है।

मार्शमैलो मुझे मेरी माँ के बिस्तर तक ले गए क्योंकि मैं चल भी नहीं पा रही थी। तुम्हें शोक के कपड़ों की ज़रूरत होगी, उन्होंने कहा, और फिर मेरे लिए ओशन पैसिफ़िक की काली टी-शर्ट लाए, लेकिन इसमें पीठ पर नारंगी और लाल रंग का परिदृश्य था, हवाई का समुद्र-तट। उन्होंने मुझे यह पहनाने की कोशिश की लेकिन मेरी बाँहों पर पानी जैसी फिसलन थी, वे कपड़े की गुड़िया जैसी ढीली थीं और मुझे चिन्ता हो रही थी कि टी-शर्ट पर मार्शमैलो लग जाएगा। कोई और मुझे पैंट और जूते पहना रहा था। मैं ख़ुद को रोते हुए सुन सकती थी और मैंने ख़ुद से पूछा कि क्यों, और ड्रेसर पर बैठी मम्मी अपना पैंटीहोज पहन रही थीं, उठेंगी और एक पैर में पैंटीहोज पहने मेरी ओर दौड़ेंगी, हाथ में पीली बोतल लिये, और मेरे मुँह में तीन और नीली गोलियाँ डाल देंगी।

उनका स्वाद बिलकुल बकवास है।

आख़िरकार जब मैं उठी तो हम ब्यूटी सैलून गए। तुम्हारे पापा को बिजूका नहीं पसन्द हैं, मम्मी कहती हैं; वह पर्स में पीली बोतल टटोल रही थीं और उससे एक गोली लेकर एक बोतल से पानी पी उसे निगल गईं लेकिन उनकी आँख में आँसू थे। ब्यूटी सैलून में घुसने से पहले मम्मी ने कहा, तमाशा मत करना। इसलिए मैं दाढ़ में चिपकी गोली के आख़िरी टुकड़े निगलती हूँ और एसी में घुसती हूँ और हेयर स्प्रे और शैम्पू और जले हुए बालों की गन्ध मुझे ताकत देती है। सैलून की मालकिन डोमिंगा के दाँत सोने के हैं, हाथ भारी-भरकम हैं, और उस मोटी महिला के नितम्ब बहुत बड़े हैं जो उस नीली वर्दी के नीचे मार्शमैलो जैसे मालूम पड़ते हैं। उसने पहले मेरी बारी लगाई।

उसने ऐलान किया कि वह पापू की सभी बेटियों की देखभाल बिना अपॉइंटमेंट के मुफ़्त करेगी। उसके ऐसा कहने के बाद हाथ में हेयर स्ट्रेटनर लिये कुछ लड़कियाँ उठकर चली गईं। गीले चोग़ों में महिलाएँ अपनी हाइलाइट्स, डाई और वैक्सिंग के लिए दाएँ-बाएँ आ-जा रही थीं। मैं हेयर ड्रायर के नीचे थी और जब मैंने दोबारा आँखें खोलीं तो मम्मी एक और स्टाइलिस्ट के साथ, अपने पैर के नाख़ूनों पर नेल पॉलिश लगवा रही थीं, और निश्चित रूप से ज़िन्दगी और ड्रग के व्यापार के बारे में बात कर रही थीं।

उन्होंने अपने पैर के नाख़ूनों के लिए एक रंग चुनने के लिए, हर छोटी बोतल को ट्रे से उठाया और अपनी त्वचा के रंग और पॉलिश की तुलना करने के लिए उसे अपने हाथ के बराबर रखा। जब मैंने फिर से आँखें खोलीं, तो हम हाईवे पर थे और मम्मी एक विशाल ट्रक के पीछे बहुत धीरे-धीरे कार चला रही थीं। ट्रक लाल था और इसकी नम्बर प्लेट थी 1952-789। ट्रक कसावा से भरा हुआ था और पीछे हैती लोग बैठे थे, ट्रक के एकदम किनारे पर, एक आदमी ने लाल टोपी पहनी हुई थी और दूसरा, बिना क़मीज़ के, एक हाथ से ट्रक पकड़े था और दूसरे से ठंड से बचने की नाकामयाब कोशिश कर रहा था।

मम्मी ने ग्लव कम्पार्टमेंट खोला और दो-तीन चीज़ें मेरे पैरों के पास फ़र्श पर गिर गईं। एक-एक करके। पहला एक मिनी-वैक्यूम था जो मम्मी कार की सीटों को साफ़ करने के लिए कभी इस्तेमाल नहीं करती हैं। बाक़ी दो में एक सड़ा हुआ केला था और कारोला दे गोया के नोटबुक संग्रह का न्यूज़लेटर नम्बर पच्चीस, वह संस्करण जिसमें उन्होंने ख़ुद अनुवाद किया था उस्ताद दामलो वेट्रानबाशे प्रपुति का जिन्होंने चौदहवें आयाम से बताया था कि आकाशीय सेनाओं का उपयोग कैसे किया जाना चाहिए जब किसी की असन्तुष्ट आत्मा को सातवें आसमान या उससे आगे भेजने का समय हो।

मम्मी ने उन पंक्तियों को चिह्नित करने के लिए, जो वह चाहती थीं कि मैं ज़ोर से पढ़ूँ, एक पीला हाइलाइटर इस्तेमाल किया था, जिसका उन्होंने विशेष रूप से अनुरोध किया था। मैंने उनके कैरोला के निर्देश पढ़े जो ख़ुद वेट्रानबाशे से प्रेरित थे, जिन्होंने निम्नलिखित सुझाव दिये :

जब ताबूत अहाते में लाया जाता है, तो दीक्षितों को उसके क़रीब खड़ा होना चाहिए, लेकिन बहुत क़रीब नहीं, पूर्व की ओर देखकर दोहराएँ :

कट एंड अनडू, कट एंड अनडू, कट एंड अनडू, कट एंड अनडू।

इसको दोहराते हुए कल्पना करें कि नीली रोशनी में नीले स्वर्गदूत उतर रहे हैं और ताबूत के चारों ओर खड़े होकर हाथों में नीली तलवारें लिये मौजूद लोगों से ताबूत को बाँधने वाले बन्धनों (वो भी नीले) को काट रहे हैं। ऐसा करने के लिए, सबसे पहले हमें उपस्थित लोगों और गर्भनाल डोरियों जैसी नीले रिबन की कल्पना करनी होगी जो कि ताबूत को उपस्थित लोगों से बाँधते हैं। उपस्थित लोग वह लोग हैं जो उस समय हाज़िर हैं, दुनिया का हर शख़्स नहीं; कई तो अदृश्य और ईथर हैं, जिनकी कल्पना मर चुके नौसिखियों को करनी चाहिए।

जब मैं फिर से आँखें खोलती हूँ तो हम अपने को पापू के शहर में पाते हैं। मैं इसे पहचान सकी क्योंकि प्रवेशद्वार पर द्वितीय विश्वयुद्ध का विमान है जिस पर शार्क का मुँह बना हुआ है। हम रास्ते में पटाखे ख़रीदने के लिए एक दुकान पर रुके।

मम्मी बाहर निकलीं और जब वापस आईं तो पहली बार उन्होंने अपने काले चश्मे उतारे। उस बीमारी का क्या नाम है जिससे लोगों को आँखों के नीचे कोयले जैसे काले गड्ढे हो जाते हैं? ख़ैर, मम्मी को वही थी।

मैं रेडियो चालू करती हूँ और लेसी बुआ सुनाई देती हैं, और उनके पीछे कोरस की आवाज़ आ रही है :

ओह, उसे मार डाला, ओह, उसे मार डाला।
ओह, मेरा भाई, ओह उसे मार डाला।
ओह मुझे मार डालो।
इतने बुरे हैं, वे इतने बुरे हैं।
उसे गोली मार दी।

मम्मी उसी हाथ से स्टेशन बदलती हैं जिससे उन्होंने छोटी शीशी पकड़ी हुई है लेकिन अगले स्टेशन पर चीना बुआ चिल्ला रही हैं :

वाह (अच्छा है), बहुत बढ़िया, बहुत बढ़िया, बहुत बढ़िया, बहुत बढ़िया..., मुझे भी अपने साथ ले जाओ, मुझे अपने साथ ले जाओ।

मम्मी स्टेशन बदलते समय इतनी हैरान होती हैं कि गोलियों की छोटी शीशी गिर जाती है और वह नाली के बग़ल में कार रोकती हैं और फ़र्श पर गिरी गोलियाँ निगलने लगती हैं, मुझसे कहती है कि बर्बाद न हो जाएँ। दूसरे रेडियो स्टेशन पर सिली कहती हैं :

मेरा बच्चा, हे भगवान, मेरा बेटा, ईसा मसीह में ठोंकी गई तीन कीलों सरीखी तीन गोलियाँ।

जब वह ख़त्म करती हैं तो डीजे कहता है कि मैं जल्द वापस आऊँगा, लाइव, और उसके पीछे अभी भी वाह बहुत बढ़िया,...सुनाई दे रहा है। मम्मी अब और बर्दाश्त नहीं कर पा रहीं। वह ख़ाली शीशी को खिड़की से बाहर फेंक देती हैं और कार को नाली में भिड़ा देती हैं, नाली सूखी है क्योंकि काफ़ी समय से बारिश नहीं हुई है। लोग पुराने हाईवे के किनारे अपने घरों के बाहर बैठे हैं, पता नहीं कि वे बारिश का इन्तज़ार कर रहे हैं या फिर जनाज़े का। जब हम उस घर में पहुँचते हैं जहाँ पापू का जन्म हुआ था, उसे संग्रहालय बना दिया गया है। मम्मी पापू की छोटी-छोटी तस़वीर वाले ग़ुब्बारे पकड़े पर्यटकों की लाइन के बीच से रास्ता बनाती हैं। आख़िरकार जब हम टिकट कार्यालय के सामने पहुँचते है, मम्मी काँच पर ज़ोर से दस्तक देती हैं, मुँह से लार टपक रही है, उनकी पलकें उतनी भारी हैं जितनी मेरी, पत्थर सरीखी। मम्मी मुझे पकड़ती हैं, क्योंकि मेरे पैर काम नहीं कर रहे हैं, और हम घर की तरफ़ निकल लेते हैं, जो पापू द्वारा बचपन में इस्तेमाल किए गए सोने के कमोड के साथ तसवीरें खींच रही सुनहरे बालों वाली जापानी लड़कियों से भरा हुआ है। मैं जानती हूँ कि यह वह घर नहीं है जहाँ पापू का जन्म हुआ था, क्योंकि पापू का जन्म एक कच्चे फ़र्श वाले घर में हुआ था।

मम्मी संगमरमर के फ़र्श पर गिर जाती हैं, और एक पर्यटक के जूते पर सिर रखती हैं मानो तकिया हो, वह पूछती हैं, मिली कहाँ है, लेसी कहाँ है, सब लोग कहाँ हैं?

जब मैं फिर से आँखें खोलती हूँ, तो देखती हूँ कि एक बूढ़ा आदमी मुझे उठा रहा है, एक बहुत लम्बा आदमी, एकदम सफ़ेद बाल और गहरे रंग की चमड़ी वाला आदमी जिसने संग्रहालय के गार्ड की वर्दी पहनी हुई है, छाती पर—एक नाम का टैग है जिस पर लिखा है पेरेज़। वह मम्मी को अपने कन्धे पर डालता है और मुझे हाथ से खींचता है और हम एक जीप की तरफ़ दौड़ते हैं। वह समझाता है :

मैं तुम्हारा फोंसो मामा हूँ, मैं फोंसो हूँ। तुम्हारी दादी सिली का भाई। अन्तिम संस्कार यहाँ नहीं है; यह संग्रहालय अन्तिम संस्कार के लिए पैसा इकट्ठा करने के लिए बनाया गया है। हम थोड़ी दूर गाड़ी में चलते हैं, लाल मिट्टी की कच्ची सड़क पर, जहाँ गुलमोहर के लाल फूल से भरी शाखाएँ जीप की छत के ऊपर माचिस की तीली की तरह झुकी हैं। फोंसो बताते हैं : हम उस छोटे से घर जा रहे हैं जहाँ तुम्हारे पिता का जन्म हुआ था, मिट्टी के फ़र्श वाला घर।

दूर से हमें लोगों की भीड़, एक ग्रिल और धुआँ दिखता है। लेकिन वहाँ कोई छोटा घर नहीं है। पत्तों से भरी शाखाएँ इमारतों सरीखी उठी हुई हैं और सूरज की किरणें उनसे होती हुई धुएँ तक पहुँचती हैं, सिगरेट के विज्ञापन की भाँति। लोगों के समूह पेड़ों के नीचे बैठे हैं, खड़े होकर कॉफ़ी पी रहे हैं, और रम के विज्ञापन की भाँति गाँववाले अपने गधे और खच्चर और कच्चे केले के गुच्छे लिये हैं। स्थानीय पेरिको रिपियाओ के संगीतकार अपने उपकरणों के साथ मौन खड़े हैं जबकि पालेरो का एक समूह अपनी श्रद्धांजलि देता है और बदले में उन्हें एक पड़ोसी दो कुर्सियाँ देता है। कई महिलाएँ ट्रे में कॉफ़ी परोसती हैं, हर कप एक अलग सेट से होता है। घास पर लकड़ी की कुर्सियाँ, प्लास्टिक की कुर्सियाँ, धातु की कुर्सियाँ बिखरी हुई हैं। दोलन कुर्सियाँ। एक आदमी काजू भूनता है और बच्चों को देता है। लोग मुझे देखते हैं लेकिन जो कर रहे थे वही करते रहते हैं।

आम के एक पेड़ के नीचे पत्थरों का ढेर है, और वही एक चीज़ बची है उस छोटे से घर की जहाँ सिली के बच्चे पैदा हुए थे। सिली, जो रो नहीं रही हैं, बाल्सा लकड़ी से बनी कुर्सी पर बैठी हैं, काले और बकाइन रंग के कपड़े पहने हुए, घुटनों पर हाथ रखे। चीना और लेसी बुआ सिली के अगल-बग़ल खड़ी हैं, और अपनी छाती को इतनी ज़ोर से पीट रही हैं कि हर वार के साथ उनकी आँखों से ख़ून की छोटी बूँदें नीबू के रस की तरह गिरती हैं, उस पर जो भी पास आता है।

वे लाश की प्रतीक्षा कर रहे हैं, फोंसो मुझे बताते हैं। पापू के बच्चों की माँएँ पत्थर के छोटे-से ढेर के चारों ओर एक घेरा बनाती हैं और सिली को छूने के लिए हाथ बढ़ाती हैं, उन्हें सान्त्वना देने के लिए, लेकिन सिली उनकी ओर देखती तक नहीं हैं, वह कुछ नहीं करतीं इसलिए माँएँ बहुत ऊँची आवाज़ में कहती हैं, कितनी मज़बूत औरत है।

उनके बच्चों ने शोक के कपड़े पहने हुए हैं। जब सिली अपनी आँखें खोलती हैं तो वह मुझे देखती हैं और अपनी बाँहें फैलाती हैं और मैं भीड़ से उनकी ओर दौड़ती हूँ, भीड़, जो अब मुझे पहचानती है और मुझे छूना चाहती है और रोते हुए मुझे गले लगाना चाहती है, और बोलते हुए, बेचारी अनाथ बच्ची, बेचारी अनाथ...। फोंसो मम्मी के शरीर को ढाल बनाकर मुझे भीड़ से बचाते हैं। वह अभी भी सो रही हैं और जब हम अन्ततः सिली के घर पहुँचते हैं, तो फोंसो मम्मी को फ़र्श पर लिटाते हैं और मैं उनका काला चश्मा वापस पहना देती हूँ। सिली मुझे गले लगाती हैं और कहती हैं, मेरे आँसू सूख गए हैं।

और फिर ओनाट्रेट से एक, दो, तीन, चार या पाँच बसें और लोगों के साथ आ पहुँचती हैं और फोंसो ऑर्डर देते हैं : और कॉफ़ी। लोग एक बजे के आसपास गर्मी से व्याकुल होने लगे, जब सूरज चिलचिला रहा था और हर सफ़ेद चीज़ पर, हर धातु की सतह पर, और यहाँ तक कि काली लीरों पर भी अन्धा करने वाली रोशनी चमक रही थी। कुछ-न-कुछ ओढ़ना ज़रूरी था। पेड़ों के नीचे जाओ। किरणें पत्तियों से छनकर आतीं और नरक की आग की भाँति महसूस होतीं, चिकोटी काटतीं।

रोना जारी रहा लेकिन यह गर्मी और समय और हर किसी के होंठों पर सूखेपन के बारे में फुसफुसाती टिप्पणी ज़्यादा था। किसी ने सबको कोई लोशन दिया क्योंकि उस दिन धूप बहुत तेज़ थी। दूर एक ज़िन्दा सूअर खड़ा दिखाई दे रहा था और कुछ लोग पागल हो रहे थे क्योंकि वे उसे भूनना चाहते थे।

सिली ने पानी माँगा और पापू के बच्चों की कुछ माँएँ लगभग सौ मीटर दूर एक कुएँ से पानी लेने के लिए दौड़ीं, लेकिन वापसी में गिलास में लाया हुआ पानी वाष्पित हो जाता था, इसलिए वे दौड़कर वापिस जातीं। कुआँ अन्ततः सूख गया और उन्होंने फोंसो को शहर से पानी का टैंकर लाने के लिए कहा।

बहुत शर्म की बात थी। यह सूखा रोना बहुत शर्मनाक था और शोर भी बहुत मच रहा था, इतना कि मम्मी आख़िरकार जाग गईं, और पत्थर पर से सिर उठाया, बिल्ली की तरह गुमसुम, उँगलियों से बाल सँवारे, सब तरफ़ सन्तुष्टि से देखा मानो किसी पाँच सितारा होटल में सोकर जागी हों। उन्होंने अपनी बाँहों की जली हुई त्वचा देखी और कहा, ओह अच्छा, कुछ धूप सेंक ली। फिर वह उठीं और याद आया कि वह कहाँ थीं और अपनी आँखों में छोटी नीली गोलियाँ ठूँसनी शुरू कर दीं। अगर वह आँसुओं से रोने लगतीं, तो हम उनके आँसू पी जाते। रम की एक बूँद नहीं बची थी, या कॉफ़ी की, या किसी भी चीज़ की, और फोंसो की परछाईं भी नज़र नहीं आ रही थी। बॉय स्काउट्स की एक टुकड़ी एक नन के साथ एक नदी ढूँढ़ने गई और वे सफ़ेद पत्थरों के दो बैग लेकर वापस आए ताकि हम नेल पॉलिश से उन पर चेहरे पेंट कर सकें। संगीतकारों ने अपनी शर्ट निचोड़ी ताकि वे अपना पसीना पी सकें। महिलाओं ने ख़ुद को तब तक हवा झली जब तक कि चक्कर आने से वे फ़र्श पर गिर नहीं गईं, एक पैर हिलाते हुए।

क़रीब चार बजे, हमें नीले आकाश में अलौकिक जीव, हीरे, अंडाकार, चमकदार बिन्दु दिखने लगे, जिन्हें लोग देखते और अपनी उँगलियों से इंगित करते, लगभग दस प्रति सेकंड। वे चाँदी के बने थे। नहीं—पारा, सोना। वे उड़नतश्तरियाँ थीं। आ गए, आ गए, चीना बुआ ने ज़मीन पर कॉफ़ी पाउडर से स्वागत लिखते हुए कहा। वे हमारे लिए आए हैं, वे हमारे लिए आए हैं, बाँहें फैलाए बन्द होंठों से मुस्कराते हुए, लेसी बुआ ने कहा, अपनी पलकों

पर आलेलुया लिखते हुए। सिली ने आँखों को बचाने के लिए उन पर हाथ रखा, और अपने निचले होंठ को भींचा। तभी फोंसो आ पहुँचे और मिनीवैन खड़ी की। वह बाहर निकले और सिर खुजलाया क्योंकि इतने सारे लोग घुटनों के बल बैठे थे, बाँहें उठाए, ऊपर इशारा करते हुए और आँखों को धूप से बचाते हुए। उन्होंने ऊपर देखा और मुझसे कहा : ये अमेरिकी विमान हैं, बादल छिड़क रहे हैं ताकि बारिश हो।

जहाज़ ग़ायब हो गए और आसमान के बीच में छोटे बादल इकट्ठा होने लगे, बादल जो ऊँट सरीखे दिख रहे थे, फ्रेड फ्लिंटस्टोन जैसे, पतवार वाली नाव की तरह। बड़े बादल मिस पिगी और बार्ट सिम्पसन की तरह दिखते थे, और एक छोटा बादल पहले कॉफ़ी मेकर की तरह दिखता था और फिर जेट स्की की तरह और फिर चिमनी वाले घर की तरह और फिर मुझे नहीं पता क्या, क्योंकि आकाश थर्मोकोल की तरह सफ़ेद हो गया और धूल और सूखी पत्तियों वाली हवा चलने लगी, बादल गरजने की आवाज़ ने हमारे कानों के पर्दे फाड़ दिये, फिर दूसरी बार, और फिर हर कोई वास्तव में अपने घुटनों पर था, उठ रहा था और फिर से अपने घुटनों पर गिर रहा था, मृत व्यक्ति के बारे में भूलकर, अन्तिम संस्कार के बारे में भूलकर, सिली के बारे में भूलकर, सब कुछ भूलकर। उन्होंने पहली बूँदें पीने के लिए अपना मुँह खोला। और कुछ ने पी भी लीं।

अब हम सब आसमान में फैली सफ़ेद चादर को देख रहे थे, बारिश का इन्तज़ार कर रहे थे मानो यह हमारे जीवन की फ़िल्म हो। और फिर : बिजली चमकने से पहले स्टील के फाटकों के खुलने और बन्द होने की आवाज़ और फिर उस महान बादल ने अन्ततः अपना भार छोड़ दिया। पैराशूट के साथ हवा से एक नीला कंटेनर आया और जब अन्ततः उतरा तो धूल का एक बादल उठा। आकाश में एक भी बादल नहीं बचा था, एक भी नहीं।

लोग उठकर उसकी तरफ़ जाने लगे। लेसी ने हल्की मुस्कान के साथ अपनी आँखें खोलीं, जबकि मम्मी ने गोलियों को जितना हो सके उतनी अच्छी तरह से सुखाया ताकि वह कंटेनर पर अच्छी नज़र डाल सकें, जो अब एक बिजली जनरेटर की तरह आवाज़ कर रहा था और काँप रहा था।

कंटेनर एक तरफ़ से खुला था और उससे जीभ जैसा रैंप बाहर निकला हुआ था। एक प्रकार का पहियेदार मंच रैंप से नीचे आया और पापू के जन्मस्थान पर जाकर रुका; प्लेटफ़ॉर्म पर सलेटी रंग का ताबूत था। एक डिब्बे से यांत्रिक हाथ बाहर निकले, एक तिरपाल खोला, और एक बड़ा-सा सफ़ेद तम्बू ताबूत के ऊपर खुल गया। वहाँ पाँच कुर्सियाँ थीं, जिनमें से हर एक पर नाम लिखा था : सिली, लेसी, चीना, मम्मी और मेरा और हर एक पर आरक्षित का संकेत लगा था। तभी लगभग चालीस साल की मालूम पड़ती एक अश्वेत महिला कंटेनर से बाहर आई; उसकी टी-शर्ट पर एतेलवीना लिखा था और वह कॉफ़ी से भरे थर्मस और छोटे पेपर-कप वाली एक ट्रॉली को धकेल रही थी। उसके पीछे काले कपड़े पहने दो साँवली महिलाएँ आईं, जिनके बाल उलझे हुए थे, और वे उपस्थित लोगों से मरने वाले का नाम पूछ रही थीं ताकि विलाप शुरू कर सकें। उनके पीछे फूलमालाएँ आईं; पापू के बच्चों की माँओं में से एक ने बैनर पर श्रद्धांजलि लिखने की ज़िम्मेदारी ली। फिर मोमबत्तियाँ, मोमबतियों के लिए स्टैंड और पापू के कई बिज़नेस एसोसिएट आए, जो सिर्फ़ ज़मीन को घूरते रहे और सिली को कन्धे पर थपथपाते हुए कहा : मुझे पता है, मैडम, मुझे पता है। चीना बुआ ने ताबूत तक जाने की हिम्मत की, हैंडल से टैग फाड़ा और पढ़ा :

> इस पैकेज में एक लाश भी शामिल है। एक ताबूत। कई एकल और पाँच मोमबत्ती वाले मोमबत्ती स्टैंड। मोमबत्तियों का एक डिब्बा। पाँच फूलमालाएँ, सभी प्लास्टिक की हैं ताकि मुरझाएँ नहीं। फूलों के लिए सिलिकॉन ओस की बूँदें वैकल्पिक हैं। दो रुदाली। दो कॉफ़ी सर्वर। एक पानी का फ़व्वारा। अगले अड़तालीस घंटों में शव के सड़ने की सम्भावना है। एक बार पैकेजिंग से निकलने के बाद शव अपघटन की सभी अवस्थाओं से गुज़रेगा। दो फावड़े। गाब्रियल गार्सीया मार्केस द्वारा लिखित एक स्तवन। निर्देशों की कोई ज़रूरत नहीं है, ऑपरेटर की कोई ज़रूरत नहीं है—बस ढक्कन उठाएँ और आत्मा को शान्ति मिले।

चीना बुआ टैग को ऐसे देखती हैं मानो वह रॉकफेलर नाम के किसी नये दोस्त का कॉलिंग कार्ड है और बिना समझे कि क्या कर रही हैं ताबूत खोलती हैं।

यह वह नहीं हैं। यह उनका शरीर है। यह उनका शरीर है। मियामी में शव-संरक्षण किया गया है। वह मेरे पिता नहीं हैं। तुम्हें देखना होगा, देखो। मैं उन्हें देखना नहीं चाहती। यह वह नहीं हैं। देखो, देखो। यह उनका शरीर है। उन्हें छुओ, हाँ, उन्हें छुओ। यह सिर्फ़ उनका शरीर है। ओह, उन्हें मार डाला, ओह, उन्हें गोली मार दी। यह एक रोबोट है। छत्तीस साल का। वह रिमोट कंट्रोल से सड़ रहे हैं। यह उनका शरीर है, यह वह हैं। यदि आपकी कार क्षतिग्रस्त हो जाए तो क्या मैं सोचूँगी कि आपको चोट लगी है? ओह, मुझे अपने साथ ले चलो। वाह! बहुत बढ़िया! यह रोबोट है।

उनकी आँखें बन्द कर दो। उनके ऊपर अलताग्रासिया की वर्जिन का लॉकेट रखो। यह रोबोट है। बेटी को ऊपर लाओ। नहीं, मैं नहीं जाना चाहती। मुझे अकेला छोड़ दो, उसे अकेला छोड़ दो। यह रोबोट है। देखो उनकी तरफ़। बेटी को ऊपर लाओ। ओह, उन्हें मार डाला। उसके बालों पर ध्यान दो क्योंकि वह उन्हें खींच रही है। बेटी को बाँधो, उसे कपड़े मत उतारने दो। उसे देखना होगा। उसकी आँखें खोलो। यह रोबोट है, यह एक रोबोट है। यह उनका शरीर है। हाँ, लेकिन सिर्फ़ शरीर। यह रोबोट है। अभी से बदबू आ रही है। विज्ञान बहुत उन्नत है। बेरम लाओ। यह एक रोबोट है। वह ज़िन्दा हैं। उनकी पलकें हिलीं। वह महक रहे हैं। ताबूत बन्द करो। पानी में घोलो। उनकी आँखें बन्द करो। विज्ञान को बताओ। यह एक रोबोट है, यह एक रोबोट है। यह मेरे पिता हैं, यह एक सूअर है, यह एक स्मारिका है। कुछ और कॉफ़ी बनाओ। मेरे मुँह का स्वाद ख़राब हो गया है। मेरे घर पर रहो। वह तुम्हारे पिता हैं, देखो, उन्हें चुम्बन दो। जो साँस ले रहे हैं। कोई बात नहीं। यह एक गुड़िया है। इसे निगल लो। उन्हें दफ़नाओ मत, वह मरे नहीं हैं। यह एक रोबोट है। यह क्रिसमस का तोहफ़ा है। क्योंकि वह...था, क्योंकि वह सुन्दर थे। उन्हें छुओ, हाँ, उससे कहो, उन्हें छुए। यह एक रोबोट है, यह सो रहा है। ओह, उन्हें मार डाला।

ओह बेचारी लड़की, अब तुम्हारा बाप नहीं है।

क्रियाकर्म जारी है। महिलाएँ अपने बालों को नोचती हैं। जब उनके सिर पर बाल नहीं बचते, तो वे अपने गुप्तांगों को नोचना शुरू कर देती हैं। बच्चे ज़मीन पर लकड़ी के कोयले से चित्रकारी करते हैं और गीले अख़बार के टुकड़े के साथ खेलते हैं। पुरुष कॉफ़ी परोसते हैं क्योंकि महिलाएँ अपने बाल नोचने में व्यस्त हैं। रात में हम वहीं सोते हैं, सितारों के नीचे, और ताबूत को बन्द कर दिया जाता है ताकि शव ओस से गीला न हो। हर कोई आराम करता है अपनी कार में, बसों में, या पचास क़दम एक तरफ़ जाकर फिर वापस आते हैं, बाँहें बाँधकर।

मैं सोती नहीं, मैं जागती रहती हूँ, मैं एक पेड़ के तने पर बैठकर मक्खियों को तब तक मारती रहती हूँ जब तक कोई मेरे पास आकर पापू के बारे में बात नहीं करता। मैं अँधेरे में एक लाइटर से रास्ता खोजती हूँ ताकि चींटी के बिल पर न बैठ जाऊँ। वहाँ जो रोशनी है वह सिर्फ़ ताबूत के ऊपर तम्बू पर लगे दो सौ वाट के बल्ब की है। जब कोई नहीं देख रहा होता है, और जब तम्बू की रखवाली करने वाला चौकीदार किसी लड़की के साथ अमरूद के पेड़ के नीचे व्यस्त होता है, तो मैं ताबूत के पास जाती हूँ और उसे खोलती हूँ। यह एकदम सही प्रतिकृति है, लगभग। ठोड़ी के चारों ओर लाल त्वचा बिलकुल पापू की तरह, नाख़ून के क्यूटिकल्स बेदाग़ हैं। लेकिन मुझे बेवक़ूफ़ नहीं बनाया जा सकता, यह पापू नहीं हैं। मैंने हर किसी को बताया है कि यह एक रोबोट है, लेकिन कोई भी मुझ पर विश्वास करने के लिए तैयार नहीं है।

बनाने वालों ने ध्यान देकर उनके माथे पर टाँके लगाए हैं जहाँ कथित रूप से गोलियाँ लगी थीं। यह एक उत्कृष्ट कृति है जिससे मैं भी बेवक़ूफ़ बन जाती। यह पापू नहीं हैं, यह उनका शरीर भी नहीं है। यह एक शव भी नहीं है। यह एक रोबोट है। मैं इसे छूती हूँ। कठोर और सूखा। यह एक रोबोट है। मुझे कोई बेवक़ूफ़ नहीं बना सकता। सोवियत अमेरिकियों द्वारा डिज़ाइन किया गया रोबोट भी नहीं...मुझे पूरा विश्वास है। यह एक रोबोट है। जब नाश्ते से छिपाकर रखे प्लास्टिक के काँटे को मैं इसके माथे के टाँकों में लगाती हूँ, कोई ख़ून नहीं निकलता, केवल जंग और सड़ी हुई लकड़ी की महक होती है। यह एक रोबोट है। फिर मैं एक आँख खोलती हूँ और उसमें

काँटा घुसा देती हूँ। मैं मुँह खोलती हूँ, और जंग की गन्ध, जंग लगे कचरे के डिब्बे की गन्ध है। मैं मुँह खोलती हूँ, और अन्दर देखती हूँ। निर्माताओं ने उनके दाँतों, सड़न, दाँतों की सड़न को ठीक करने के लिए की जाने वाली फिलिंग, सब, एक-एक करके कॉपी करने का ध्यान रखा है। मुझे पता है कि पापू का एक दाँत नक़ली हैं और इस रोबोट को भी पता है; मैं दाँत लेती हूँ और देखती हूँ। मैं रख लेती हूँ। मैं अपनी जेब में डाल लेती हूँ। ट्रम्पेट बजना शुरू होते हैं, हार्प, जेरीको।

सायरन, अलार्म उस रोबोट की रक्षा कर रहे हैं। काले हैलमेट पहने गार्ड पत्थरों के नीचे से, सिली के मुँह से निकलते हैं, और सिली ख़ुद अपने मुँह में एक कुल्हाड़ी लेकर मेरी ओर आती हैं। लेसी और चीना बुआ, वे सभी मुझे मारने के लिए लाठी लेकर मेरी तरफ़ आते हैं। उन्होंने पापू के गोल्फ़ क्लब और बेसबॉल बैट आपस में बाँटे और अब वे मुझे पीटने आ रहे हैं। मैं दौड़ती हूँ, मैं दौड़ती हूँ और अपनी जेब से नक़ली दाँत निकालकर निगल लेती हूँ, मैं निगलती हूँ, कूदती हूँ, नदी में गिर जाती हूँ, तैरती हूँ, छपछपाती हूँ, बाहर निकलती हूँ, दौड़ती हूँ, दौड़ती हूँ, दौड़ती हूँ...।

दिनों, हफ़्तों और वर्षों तक ऐसे ही चलता है। हालाँकि बहुत साल नहीं। असल में, यह कुछ ही मिनटों की बात थी। शायद दो या तीन। जब मैं अँधेरे में सुरक्षित हो जाती हूँ, तब रुक जाती हूँ और अपने पैरों को मोड़कर छोटी सी जगह पर छिप जाती हूँ। दूर से आ रही काले हैलमेट और आँसू गैस की आवाज़ें लुप्त हो रही हैं। च्यूइंग गम की महक आ रही है। हवा में मिंट च्यूइंग गम और कॉन्स्टैंज़ा सिगरेट की गन्ध है। मैं ऊपर देखती हूँ वहाँ न तो कोई तारा है, न रोशनी। मिंट च्यूइंग गम और कॉन्स्टैंज़ा सिगरेट की गन्ध झींगुर के शोर के साथ मिलकर मेरे फेफड़ों में भर जाती है। मैं उकड़ू बैठती हूँ और साँस लेती हूँ, और मेरे सिर को कद्दू की तरह वार करके पिचका देने वाले का इन्तज़ार करती हूँ। मैं घंटों तक ऐसे ही रहती हूँ या, जितनी भी देर हो। फिर वहाँ ऊपर रोशनी हुई, बहुत सफ़ेद, और मुझे चौंधिया दिया क्योंकि मैं सालों से अँधेरे में थी। वे हेडलाइट्स थीं। सत्तर या अस्सी के दशक की एक पुरानी मर्सिडीज़ की।

पापू

सिगरेट के धुएँ के पर्दे और केले के पत्ते और मिंट च्यूइंग गम की महक मैंने अपनी ही रोशनी में चमकते मर्सिडीज़ के लोगो को पहचान लिया। और मैं जान गई कि मैं बच जाऊँगी। शायद हमेशा के लिए। मैं रोशनी की तरफ़ भागी, अपने पैरों को मोड़ते हुए, मृतकों के सिर कुचलते हुए, और कई सालों तक दौड़ती रही। मैं मर्सिडीज़ के लोगो के क़रीब पहुँची ही थी कि मुँह के बल ड्राइवर के दरवाज़े के सामने गिर गई, दरवाज़ा खुला और फिर वहाँ एक, दो, धातु की नोक वाले पेटेंट-चमड़े के जूते थे, और डबल बबल मिंट च्यूइंग गम की महक के साथ मैंने द्रक्कर (परफ़्यूम) की महक सूँघी और ऊपर देखा और बालों की छाया देखी, उस अँधेरे आकाश में एक घटते अर्धचन्द्र सरीखी चौड़ी और सफ़ेद मुस्कान। पुची था, और फिर दूसरा दरवाज़ा खुला और मिली थी। वह बिलकुल वैसी ही थी, उसके जूते, उसकी घटती अर्धचन्द्र सरीखी मुस्कान। साला, क्या बदक़िस्मती थी।

उन्होंने कहा, "हम तुम्हें ढूँढ़ने आए हैं। तुम उनसे बेहतर जानती हो। पापू मरे नहीं हैं, पापू जिन्दा हैं। हम न्यूयॉर्क में थे और हमने उन्हें देखा। हमने उनसे बात की। वह वहाँ हैं। वह हमारा इन्तज़ार कर रहे हैं। वह आ रहे हैं। जिस दिन वह वापस आएँगे, सबकी वाट लग जाएगी, हमारे सिवाय। हम बेहतर जानते हैं।"

हम लोग मर्सिडीज़ में बहुत धीरे-धीरे गलियों से जा रहे थे, टायरों के नीचे सूखी मिट्टी चीत्कार कर रही थी। पुची मुझे सब कुछ समझा रहा था और वह बीच-बीच में रुक जाता था ताकि मेरा सिर काटने आ रहे किसी शराबी गाँववाले को कुल्हाड़ी से मार सके। उनकी खोपड़ियाँ सूखी धरती की तरह चीत्कार कर रही थीं। पुची रियरव्यू मिरर में पीछे मुड़कर देखता और फिर आगे बोलता : पापू सब कुछ जानते हैं। इसलिए उन्हें छिपना पड़ा। उनके बिज़नेस एसोसिएट उन्हें रास्ते से हटाना चाहते हैं। वे पापू की दौलत हड़पना चाहते हैं।

वे धरती पर शासन करना चाहते हैं। उन्होंने पापू की मौत की कहानी बनाई है। किसी पर विश्वास मत करो, किसी पर भी नहीं। बिज़नेस एसोसिएट्स ने सबको ख़रीद लिया है; कुछ सीधे एटलस और टेम्पलर के वंशज हैं। नैनो टेक्नोलॉजी और बाक़ी बकवास; यह एक साज़िश है।

मुझे लगता है कि मैं चतुर हूँ और अब मिली और पुची एक साथ बात कर रहे हैं और बहुत तेज़, शैतान से भी ज़्यादा तेज़। मर्सिडीज़ से तेज़। बीच-बीच में वे सड़क पार कर रही काली मुर्गी को मारने के लिए रुकते हैं या मिली के कॉन्स्टैंज़ा सिगरेट पीने से पहले और बाद में खिड़कियाँ खोलने और बन्द करने के लिए रुकते हैं। कभी-कभी हम सड़क के किनारे एक स्टैंड पर रुकते हैं और मिली कहती है, दो पासतेलेस एन ओखा, (पैटी नुमा व्यंजन) और एक महिला पासतेलेस लेकर आती है और एक एप्रन पर हाथ पोंछते हुए पैसे लेती है और कार की इलेक्ट्रॉनिक खिड़कियाँ बन्द होने के लिए ऊपर जाती हुई चीत्कारती हैं और मेरी हड्डियों को ठंडा करता एसी चीत्कारता है।

अब जुड़वाँ भाई-बहन पासतेलेस और सालसा पिकांते (चिली सॉस) मुँह में भरकर मुझसे बात कर रहे हैं, और सालसा और पासतेलेस भी मुझसे बात कर रहे हैं। अब सब कुछ बदल जाएगा, देखना, पुची या मिली या पासतेलेस कहते हैं। और जैसे ही मैंने यह सुना, मुझे चीज़ें समझ में आने लग गईं, मानो मेरे दिमाग़ में रूबिक क्यूब फिट हो गया था, और रंगों, पीले या लाल या नीले के बजाय, टुकड़े घूम रहे थे और घूम रहे थे और घूम रहे थे और हर वर्ग पर लोगों के चेहरे, इशारे, शब्द, सूर्यास्त थे जो चीज़ों को आकार देते हैं जबकि बाक़ी आगे बढ़ते जाते हैं अनन्तकाल तक। इस तरह, जूलियाना जुड़वाँ भाई-बहन की दूत थी, और सोती महादूत थी और जो छोटी पेस्ट्री मैंने ईस्टर रविवार को खाई थीं, उनके लिए भी। मैंने किरणों को चमकते और सब कुछ एक साथ बाँधते देखा। सब बहुत स्पष्ट था। पापू मुझमें थे और मैं पापू में। पापू के साफ़ क्यूटिकल्स से मैंने सालसा पिकांते को भी चाटा। मैं बिलकुल पापू जैसी ही थी। मैं पापू थी। मैं पापू हूँ।

बाद में मैं सो गई और सब कुछ पता चल गया। जगह, मिशन, रहस्य। मैं अपने सपने से उठ गई और जुड़वाँ भाई-बहन को बताया कि कहाँ मुड़ना है। वे मर्सिडीज़ चला रहे थे और पेट्रोल और चीज़ स्टिक लेने के लिए बीच-बीच में रुक जाते थे। हमने द्वीप के हर परिदृश्य को देखा : जंगल, रेगिस्तान और तट, क्योंकि खुलासे से हम सब थोड़े सदमे में थे।

मैं पीछे की सीट पर थी, अपने मिशन के बारे में सपना देख रही थी, और केवल छोटी कविता पढ़ने के लिए जाग रही थी ताकि मिली नैपकिन पर लिख सके। जब कभी हमें समझ नहीं आता कि किस रास्ते जाना है, मिली मुझे एक गीत सुनाती ताकि मैं दोबारा सो जाऊँ जो आमतौर पर टियर्स फॉर फ़ियर्स का 'एवरीबॉडी वांट्स तो रूल द वर्ल्ड' होता है। मैं फिर से सो जाती हूँ और एक लम्बे सफ़ेद बालों और दाढ़ी वाला एक बहुत बूढ़ा आदमी, या नीली आँखों वाला एक छोटा गोरा लड़का, मुझे प्लाज़्मा स्क्रीन पर नक़्शे दिखाते हैं, और कभी-कभी वे आपस में मिल जाते, और दिशाओं के बजाय, वे मुझे लॉटरी नम्बर देते हैं और मैं जुड़वाँ भाई-बहन को बताए बिना उन्हें लिख लेती हूँ। सालों तक ऐसे ही चलता रहा। सच में। आगे और पीछे। शैतान से ज़्यादा खुलासे। असल में, इतने सारे, कि मिली ने उन सभी नैपकिन, काग़ज़ के टुकड़ों, रसीदों को रखने के लिए, जिनके पीछे उसने वो सब कुछ लिखा था जो मैंने कहा था, एक कार्डबोर्ड का अकॉर्डियन फ़ाइल फ़ोल्डर ख़रीदा।

मिशन के लिए आवश्यक चीज़ों की सूची के अलावा (टेप रिकॉर्डर, फ़ोटोकॉपीयर, टॉयलेट पेपर), मैंने अपनी टीम के लिए एक इच्छा सूची शुरू की थी (मिली के लिए एक वॉकमैन, पुची के जीवन-भर लगाने के लिए कोलोन, और मेरे लिए साओना द्वीप)। पुची को सनक चढ़ गई कि हमें एक जगह, एक तरह का पवित्र स्थान या ऐसा कुछ खोजना होगा। तो मिली ने मेरे लिए रिक एस्टली का गीत 'टुगेदर फ़ॉरएवर' गाया और, जब मैं सोने को हो रही थी मैंने सोचा कि मिली ने आख़िरकार टियर्स फॉर फ़ियर्स को छोड़ दिया था। मैंने सपना देखा कि नेट किंग कोल गा रहा था : तोमा चोकोलाते, पागा लो के डेबेस। जब मैं उठी, तो मैंने जुड़वाँ भाई-बहन से कहा कि हमें लॉटरी टिकट ख़रीदने के लिए रुकना होगा और मैंने नम्बर बताने शुरू कर दिये। हमने अपना सारा पैसा ख़र्च कर दिया और यह पहला चमत्कार था : एक भी टिकट नहीं जीता।

अगले रविवार मैंने पुची को मर्सिडीज़ बेचने के लिए मना लिया ताकि हम और लॉटरी टिकट ख़रीद सकें। उसके बाद रविवार को हम घर-घर जाकर भीख माँग रहे थे और उसके तीन रविवार बाद हम सड़कों और कूड़ेदान में

सोने से इतने गन्दे और बदबूदार हो गए थे कि हम असली नबी जैसे दिख रहे थे। जब हम सान ख़ुआन दे मागुआना पहुँचे, तो हमारी संख्या चालीस थी, जहाँ सान ख़ुआन पालेरोस (जो वास्तव में सान ख़ुआन के ज़मींदार, सरकारी कर्मचारी और आम लोग थे) वैन और जीपों में हमारा स्वागत करने के लिए बाहर आए क्योंकि वे हमारा इन्तज़ार कर रहे थे और उन्होंने हैलोजन लैम्प से हमें रास्ता दिखाया जब तक कि हम बस्ती वाली जगह पर नहीं पहुँच गए, सदाबहार वृक्षों, काँटेदार पौधों और झाड़ियों के बीच बने रास्ते से होकर। बारिश के पेड़ों और ब्रश के बीच एक समाशोधन। जैसे ही हम वहाँ पहुँचे, मिली ने अपनी बन्दूक़ निकाली और एक भटकती हुई काली बकरी को गोली मार दी, जिसे हमने चेनचेन (मक्के का पुलाव) के साथ खाया। सबने ज़मीन पर बैठकर, उँगलियाँ चाटते हुए खाया, और फिर सब घर या ड्रम बनाने के लिए जंगल में लकड़ी काटने और इकट्ठा करने गए। सूर्योदय तक, उन्होंने मिट्टी, लकड़ी और घास का इस्तेमाल करके तीन घर बनाए, एक मन्दिर के रूप में इस्तेमाल किया जाना था और अन्य दो लोगों के रहने के लिए। दोपहर में दो वेंडर आए। मैंने एक की बेटी को ठीक किया और उसके बछड़े को भी। दूसरे आदमी के पैर से मैंने उनचास कीड़े निकाले। लगभग छह बजे, मेयर और उनकी पत्नी आ पहुँचे, एक छोटा टी.वी. और एक प्लेस्टेशन कंसोल लेकर ताकि मैं अपना मनोरंजन कर सकूँ और शाम तक, चार घंटे तक चले काम के बाद, हमारे पास तीन लैम्प पोस्ट, एक ट्रांसफार्मर और बल्ब और दुकानों के लिए पर्याप्त तार था।

मैंने लाइट बन्द करने के लिए कहा क्योंकि इतनी चाँदनी थी कि आँखों की सफ़ेदी तक दिख रही थी। राजधानी से आई एक लड़की मेरे लिए लाउडस्पीकर लेकर आई थी, साथ ही उन लोगों की सूची भी जो मानते थे कि पापू जीवित हैं। उसने समझाया कि एक वेबसाइट थी जहाँ लोग पापू की तसवीर देख सकते थे, साइन-अप कर सकते थे और रिक्वेस्ट कर सकते थे। उसी समय मैंने उसे पापू के अगले सांसारिक प्रशासन के लिए मीडिया और प्रचार का प्रमुख बना दिया। वह ज़मीन पर गिर गई, असेला मेरा या ज़ोइला लूना की आत्मा से अभिभूत। निश्चित रूप से नहीं कह सकती किसकी।

उसके बाद बस, मिनीवैन, खच्चरों से और लोग आने लगे, झंडे, पोस्टर और पापू और मेरे बारे में लिखे गीतों के साथ :

हमें चाबी मिल गई
इस दौड़ में शामिल होने की
एक हज़ार सफ़ेद मर्सिडीज़
जो भी साथ रहे, उसके लिए एक

मेरे पापू में बड़ी ताक़त है
देखो वह कितने मज़बूत और तेज़ हैं
लाल उनके बल्ले का रंग है
और सॉफ़्टबॉल के वह महारथी हैं।

सुबह आठ बजे मैं मन्दिर के सामने बनाए गए मंच पर खड़ी थी और नई प्रार्थना पढ़ रही थी। लोग रो रहे थे और चाबी के गुच्छों को हवा में उठाकर झुनझुने की तरह बजा रहे थे। फिर और लोग आए, बूढ़े और बच्चे और पालतू जानवर, मेरे लिए कैम्पिंग का सामान और उपहार लेकर : पीनट बटर, अमरूद का रस, वीएचएस टेप पर जर्मन पोर्न, काफ़ी कुछ ताकि जब पापू वापस आएँ, तो वह उनके दाँत के दर्द के लिए या ऐसी और चीज़ों के लिए कुछ करें, एक थप्पड़ लगाने के बाद मैंने उन्हें पापू को बुलाने के लिए कहा। लेकिन लोगों को सबसे ज़्यादा पसन्द है कि उनका नाम पुकारा जाए, इसलिए मख़मल के पहियों वाली अपनी हवादार कुर्सी से मैंने दनादन खिताब बाँटे : पापू के टेलीपैथिक खतना का प्रतिनिधि, पापू की घेराबन्दी के सूबेदार, पापू के सभी झमेलों के प्रमुख कमांडर। मैंने यह सब प्री हिप-हॉप, टेक्नो शूटआउट और मिनिमल मेरेंगे (संगीत) की लय में किया, जिसे पालेरोस ने इस अवसर के लिए लाए गए कुछ नॉर्वेजियन डीजे के साथ तैयार किया था।

हमारी बस्ती और निकटतम शहर के बीच एक किलोमीटर का रास्ता अब पुची द्वारा प्रबन्धित खाने और उपहार की दुकानों से पंक्तिबद्ध था, जहाँ काफ़ी सस्ते में, पापू के लिंग और उनकी मर्सिडीज़ के लोगो की प्रतिकृतियों वाले

चाबी के गुच्छे ख़रीद सकते थे, और साथ ही मेरी रिकॉर्ड की गई आवाज़ की सीडी, ताकि लोग मुझे एक हज़ार से अधिक उपाधियों को सूचीबद्ध करते हुए सुन सकें, जो वे ले सकते थे, जो पापू के अगले सांसारिक प्रशासन में तुरन्त लागू होंगी।

एक दिन, मेरे ख़याल से जुलाई में किसी समय, छायाएँ दिखनी शुरू हुईं। हर तरफ़ लोग पापू को देखने लगे—पार्किंग में, जंगल में, पानी के नल के पास, शहर के बाहरी इलाक़े में, सस्ते होटल में। मुझे लगा कि लोग पागल हो रहे हैं। हर सुबह जब लोग मुझे सुनने के लिए मंच के सामने इकट्ठा होते थे, तो मैं उन्हें शान्त कर देती उन नई शर्तों की व्याख्या करके जिन पर पापू का अगला सांसारिक प्रशासन विश्व परिदृश्य पर अपना विजयी आगमन करेगा : काले हेलीकॉप्टर, अलौकिक जीव, भूकम्प, फटा हुआ दूध, बदबूदार चीज़, बासी डोरिटोस। उसी दौरान, पत्रकार आ पहुँचे और मेरी तसवीर के साथ-साथ वेदी की तसवीरें भी लीं, जो वास्तव में सिर्फ़ पापू की एक तसवीर थी, सात उलटे ख़ंजरों वाला चिवस रीगल का एक कप और एक सोने का सेल फ़ोन। वे मेरा इंटरव्यू लेना चाहते थे और मुझसे बस्ती की उन नौ साल की लड़कियों के गर्भवती होने के बारे में पूछना चाहते थे और मैंने कहा, पापू की शक्ति है ही इतनी ज़बर्दस्त है, यह हर जगह है।

नवम्बर तक लोग हताश हो रहे थे। कुछ कह रहे थे कि पापू ने उनसे बात की थी और मुझे लगा कि ग्रुप थेरेपी करने के लिए शायद हमें मनोचिकित्सक की ज़रूरत है या कुछ और। कभी-कभी मैं मंच पर बोल रही होती और देखती कि कोई घबराकर बालकनी से कूद रहा है, और गिरने से पहले चिल्ला रहा है, मैंने उन्हें देखा, मैंने उन्हें देखा। मैंने उन्हें बताया कि वे महान शक्ति यानी पापू की ब्रह्मांडीय स्मृति के नियामक भूत से भूतिया अणुओं की केवल अलौकिक रिहाई देख रहे थे, जो उम्मीद के क्षणों में प्रकट हुई थी। एक दिन मैंने उनसे कहा कि वे जो देख रहे थे, वह पापू में विश्वास करने वालों को भ्रमित करने के लिए उनके बिज़नेस एसोसिएट्स की योजना के परिणाम से ज़्यादा कुछ नहीं था, कि यह सब ढोंग है, और जब पापू वास्तव में लौटेंगे, तो वह एक राजा की तरह आएँगे और सब देख पाएँगे।

फिर एक दिन मैंने उन्हें बताया कि यह कारवाका के क्रॉस का पाँचवाँ ईश्वरीय दूत था, और फिर एक और दिन मैंने कहा कि यह टेम्पलर था, फिर नाटो, फिर स्टार ट्रेक से डॉ. स्पॉक।

जब मैंने कहा कि यह एक पिशाच है तो उन्होंने लहसुन टाँग दिया, जब मैंने कहा कि यह निमोनिया का परिणाम है, तो अरंडी का तेल पी लिया, और फिर एक दिन, शाम को, जब मैं टहल रही थी और उस नये प्लेस्टेशन के बारे में सोच रही थी जो कुछ तीर्थयात्रियों के साथ आने वाला था, मुझे प्यास लगी और मैं मन्दिर के पीछे कोक मशीन तक चली गई। उसका सफ़ेद और लाल प्रभामंडल जंगल को रोशन कर रहा था और मैंने पाँच सिक्के डाले और बटन दबाया, इस बीच मैं पेड़ों की सूखी टहनियों और हरी कलियों को सराह रही थी। जब कैन नहीं निकला तो मैंने मशीन को कुछ लातें मारीं। मुझे अचानक कँपकँपी महसूस हुई और मेरा गला पूरी तरह से सूख गया। सब सो रहे थे और मैं भागना चाहती थी क्योंकि मुझे वेंडिंग मशीनों वाली जगहों से डर लगता है। मैंने मशीन को फिर से लात मारी और वह आवाज़ करने लगी। मैं देखने के लिए रुकी रही कि क्या उसने मेरे खुले पैसे वापिस किये थे या नहीं लेकिन वहाँ कुछ भी नहीं था। तभी वह मेरे सामने आया, नंगे पैर, मशीन के ठीक बग़ल में, वही सूट पहने हुए जिसमें उसे दफ़नाया गया था, वर्जिन ऑफ़ अल्तााग्रासिया का छोटा लॉकेट उसकी जैकेट पर लगा था, और बटनहोल टेढ़ा था। वह एक ज़ोंबी जैसा दिख और महक रहा था। उसने अपना मुँह खोला और अपने नक़ली दाँत की ओर इशारा किया, या फिर, उस स्थान की ओर इशारा किया जहाँ दाँत होना चाहिए था, वह दाँत जिसे मैंने निकाला था और अन्तिम संस्कार से भागने से पहले निगल लिया था। मैंने उस दाँत को बहुत समय पहले टट्टी में बाहर निकाल दिया था, पापू—मैंने ख़ुद को उन्हें बताते हुए सुना, और उसने अपना मुँह बन्द कर लिया, जिससे पाद जैसी गन्ध आ रही थी। आख़िरकार कोक का कैन निकल आया और मैंने लपक लिया। मृत रोबोट ठीक से बात नहीं कर पा रहा था। वह पानी माँग सकता था, लेकिन चूँकि वह अपघटन की प्रक्रिया में था, इसलिए नहीं देना बेहतर था क्योंकि उससे बदबू सिर्फ़ बढ़ेगी। निर्माताओं द्वारा सड़ने की

गारंटी दी गई थी और मुझे उसके लिए बुरा लगा, वह लक्ष्यहीन भटक रहा था प्रेत की तरह जो जानता नहीं था कि जल्द ही खाद में बदल जाएगा।

मैंने एक मीटिंग बुलाई। पुची ने हवा में गार्डेनिया छिड़का और मुझसे पूछा क्या मैं निश्चित रूप से ऐसा करना चाहती थी। पहले मैंने सोचा कि मैं लोगों को सच बताऊँगी : आपने जो देखा है वह पापू नहीं हैं, वह ज़ोंबी नहीं है, कुछ भी नहीं है। वह एक शरीर है, ओपस देई और कोलम्बियाई माफिया द्वारा बनवाया एक एंड्रॉयड शव है जिसको पापू के तथाकथित आधिकारिक अन्तिम संस्कार के दौरान इस्तेमाल किया गया था, लेकिन रोबोट में एक विनिर्माण दोष है और इसलिए लेटे रहने और सड़ने के बजाय वह क़ब्र से उठ गया है। लेकिन वह डरें नहीं, इसलिए मैंने कहा, यह सन्त लाज़र है, जो पापू की महान शक्ति से मुझमें मरणोपरान्त फिर से जीवित हुआ है। इस वजह से इतनी बदबू है। हमने उस पर एक नक़ली दाढ़ी लगाई ताकि लोगों को शक न हो, और हरे कैपरी पैंट पहनाए, लेकिन हमने उसे बिना क़मीज़ के छोड़ दिया ताकि लोग घाव और बहुरंगी कीड़े देख सकें। लोगों ने कहा, चमत्कार, चमत्कार, और कांस्य प्रतिकृतियाँ बनाने के लिए कीड़े उठा लिये और फिर पापू की वेदी पर कांस्य कीड़े अर्पित किये। हालाँकि उसने सड़ते हुए न कोई भविष्यवाणी की, न ही चमत्कार किये, बल्कि अपनी रोबोट वाली आँखों से लम्बे समय तक क्षितिज को घूरता रहा, उसकी मृत व्यक्ति के जैसी पथरीली आँखें, लोग आश्वस्त हो गए कि वह दिव्य है।

एक दिन वह अन्दर से खुलने लगा और उसकी आँतों का थोड़ा सा हिस्सा उसके पेट से बाहर निकल आया। मैं विज्ञान की प्रगति से बहुत प्रभावित थी जिसने इस तरह के विवरणों का ध्यान रखा था। वह बस्ती में रम गया और जल्द ही सभी अनुष्ठानों में शामिल कर लिया गया, ख़ासकर जब पुची ने उसे टट्टी के टुकड़े से दीवार पर चित्र बनाते हुए पाया और उसके बाद हमने उसके लिए मार्कर पेन और स्प्रे और पेंट ख़रीदे ताकि वह अपनी प्रतिभा को निखार सके। लोगों को उसके चित्र बहुत पसन्द आए और उन्होंने कहना शुरू कर दिया कि उसे पापू का आशीर्वाद था,

कि यह पापू का अपना हाथ था जो चित्रकारी कर रहा था। बदबूदार सन्त के भित्तिचित्रों की व्याख्या करने के लिए समूह गठित हो गए; वे गुरुवार को मिलते थे, उनका अपना चैट रूम था।

हम प्रसिद्ध हो गए और बार-बार मीडिया में दिखाई देने लगे, हम पर आरोप लगता पापू के पन्थ को पुनरुज्जीवित करने का, अन्धविश्वास बढ़ाने का, वेश्यावृत्ति बढ़ाने का, बलात्कार और कुँवारी लड़कियों का यौन शोषण करने का, बच्चों को स्कूल से निकालने का, च्युइंग गम चबाने का, राष्ट्रीय अर्थव्यवस्था को नष्ट करने का, शान्ति दलों से भोजन स्वीकार नहीं करने का, अपने अनुयायियों को मतदान करने से रोकने का, उन्हें वोट देने के लिए कहने का, टूजिलो समर्थकों को शरण देने का, कम्युनिस्टों को, रेगिस्तानों को, आग्नेयास्त्रों को वितरित करने का, हैती होने का, हैती के काले जादू से सम्बन्धित पवित्र वस्तुओं की तस्करी का, गन्दगी खाने का, सरकार के ख़िलाफ़ साज़िश रचने का, कार्डिनल के ख़िलाफ़ साज़िश रचने का, बच्चों की बलि देने का, कुंग फू, ऐकिडो और कैपोइरा में अपने अनुयायियों को प्रशिक्षित करने का, गाली-गलौज करने का, गन्दा होने का, एक अज्ञानी या नासमझ आबादी से वसूली करने का, अज्ञानी होने का, ननों की हत्या करने का, ननों के साथ सम्भोग का, नन की तरह कपड़े पहनने का, ननों के सामने छत पर नग्न नृत्य करने का, मनोगत में होने का, मर्लिन मैनसन को सुनने का, ट्यूलिल को सुनने का, ड्रैग क्वीन होने का, समलैंगिकों का, अभिजात वर्गों, कलाकारों, कार्यकर्ताओं, जादूगरों, ढोंगियों, फासीवादियों, तारदे एलेग्रे के स्तम्भकारों, बोहेमियन ठगों, पीडोफाइल के शरीर के अंगों को बेचने का, नीत्शे को पढ़ने का, अनपढ़ होने का, चीनी या अरब माता-पिता के बच्चे होने का। आतंकवादी होने का।

हमारी तसवीरें पहले पन्ने पर छपती थीं। मैं अपने प्ले स्टेशन कंसोल के साथ, पुची अपने लाइसोल स्प्रे के साथ, और मिली अपने वॉकमैन के साथ। कैप्शन में लिखा होता कि कैसे आतंकवादी अपने आपराधिक कृत्यों में दुनिया के ख़िलाफ़ सामान्य तकनीक का उपयोग करते हैं। तसवीरों में, मेरे प्लेस्टेशन कंसोल, गार्डेनिया स्प्रे और मिली के वॉकमैन पर लाल गोले बने होते,

और इन्हें सबूत बताया जाता परमाणु हथियारों के रिमोट कंट्रोल द्वारा इस्तेमाल किये जाने का, जैविक हथियारों के अन्तिम चरण में होने का, और हमारे बेस से संचालित परिष्कृत दूरसंचार नेटवर्क का। फिर सबसे बड़ी तसवीर, सीमेंट के ब्लॉक पर बैठा नायलॉन की दाढ़ी वाला मृत रोबोट, बिना क़मीज़ के, लोगों से घिरा हुआ और लोगों की नज़रें भित्तिचित्र बनाती उसके हाथ की छोटी टहनी को एकटक देखती हुईं। कैप्शन में 'ऑपरेशन का दिमाग़', 'असली ख़ून चूसने वाला' कहा गया, फू मांचू के वंशजों द्वारा अल्बानिया में प्रशिक्षित गुरिल्ला। फ़ोटो के बग़ल में उसके चित्र के साथ दो या तीन ग्राफ़िक्स थे, जो डिजिटल सर्किट लग रहे थे, और उन पर द्वीप के नक़्शे लगाए गए थे, जो साबित करते थे कि यह हमले की योजना के अलावा और कुछ नहीं थे, या कहा जाए तो, 'भूमिगत सुरंग प्रणाली तक पहुँचने के लिए मानचित्र जहाँ सरीसृप बन्धु और नव-नाज़ी म्यूटेंट रहते थे, जिनका इस सम्प्रदाय के साथ सहयोग जगज़ाहिर था।'

फिर पापू का जन्मदिन है और एक पूरे हफ़्ते तक ट्रक आ रहे हैं, कुर्सियाँ, टेंट, स्टैंड, लाइट, स्टेज, साउंड सिस्टम और आयोजन के शानदार अन्त के लिए कई टन पटाखे लेकर। बहुत लोग आते हैं, और फिर ट्रकों, बसों, छोटे विमानों में भी आते हैं जो उन्हें बिना पैराशूट के प्लेटफॉर्म पर छोड़ देते हैं माहौल बनाने के लिए। अभी भी कुछ तकनीकी विवरण बाक़ी हैं और इस बीच हमने चार घंटे के मनोरंजन के लिए माना की सीडी चला दी है। वे तालियाँ बजाते हैं, नारे लगाते हैं, ख़ाली स्नैपल बोतलों से संगीत बजाते हैं। जब उम्मीद नहीं होती तब इलेक्ट्रॉनिक बूम होता है और लोग मंच की तरफ़ दौड़ते हैं और मैं बाहर आती हूँ। लोगों की हालत ख़राब है, वे चिल्ला रहे हैं, चिल्ला रहे हैं, वे काँप रहे हैं। कुछ युवा लड़कियाँ बेहोश हो जाती हैं और लोग उन्हें हाथों पर उठाकर मंच तक पहुँचाते हैं। सुरक्षाकर्मी सब कुछ सँभाल रहे हैं। मैं कहती हूँ, एक, एक, दो, क्या तुम मुझे सुन सकते हो? लोगों की हालत ख़राब है, वे चिल्ला रहे हैं, चीख़ रहे हैं, काँप रहे हैं। कुछ युवा लड़कियाँ बेहोश हो जाती हैं और लोग उन्हें हाथों पर उठाकर मंच तक पहुँचाते हैं। सुरक्षाकर्मी सब कुछ सँभाल रहे हैं।

आख़िरकार मैं शुरू करती हूँ : पापू जेसन की तरह हैं—तालियाँ, आलेलुया, आमीन। वह तब आ जाते हैं जब कम-से-कम उम्मीद हो—तालियाँ, आलेलुया, आमीन। लेकिन जो चीज़ पापू को जेसन जैसा बनाती है—तालियाँ, आलेलुया, आमीन—वह यह है कि वह हमेशा वापस आते हैं, तब भी जब उन्हें मार दिया जाता है। लोगों की हालत ख़राब है, वे चिल्ला रहे हैं, वे चीख़ रहे हैं, वे काँप रहे हैं। कुछ युवा लड़कियाँ बेहोश हो जाती हैं और लोग उन्हें हाथों पर उठाकर मंच तक पहुँचाते हैं। सुरक्षाकर्मी सब कुछ सँभाल रहे हैं। मेरे पापू के पास तुम्हारी तुलना में सब कुछ ज़्यादा है। लोग उठते हैं, नाचते हैं, कहते हैं, जो पवित्र है उसकी स्तुति हो। पापू के पास शैतान से भी ज़्यादा कारें हैं। आलेलुया, आलेलुया। तालियाँ।

कार्यक्रम ठीक वैसे ही होता है जैसा इवेंट पोस्टर पर घोषित किया गया था : संगीत, भविष्यवाणियाँ और दुनिया का अन्त, उसी सटीक क्रम में। तीन घंटे बाद (जब अन्त तय था), सात सौ हज़ार आत्माएँ बाँहें उठाए इन्तज़ार कर रही थीं कि पापू उन्हें उठा लेंगे, और पापू अभी भी मेरे मुँह के ज़रिये बात कर रहे थे : मैं आ रहा हूँ। हमने स्वर्ग से आती एक आवाज़ सुनी जो कह रही थी, "आत्मसमर्पण कर दो, अभी भी समय है। लोग घुटनों पर बैठ गए, कुछ लोग गेटोरेड की अपनी बोतलों से अपने सिर बचा रहे थे। मैंने जंगल से सफ़ेद हैलमेट निकलते देखे और अचानक गोलीबारी हुई और श्रद्धालु ढेर हो गए। लोग भ्रमित थे, कुछ का मानना था कि यह पापू थे, इसलिए वे बाँहें फैलाकर हैलमेट की ओर भागे, ख़ास तौर पर इसलिए क्योंकि वे सफ़ेद थे। जो कुछ हिल रहा था, सफ़ेद हैलमेटों ने उसे ख़त्म कर दिया और फिर उन्होंने मंच और घरों को नष्ट कर दिया, इमारतों को ध्वस्त कर दिया और पूल को गन्दगी और सीमेंट से भर दिया। सब कुछ लगभग दो घंटे में हुआ। वे जंगल में चले गए और उन लोगों का पीछा किया जो अभी भी जीवित थे और भागने में सफल रहे थे। उनकी गर्दन पर बन्दूक़ें रखीं और उनसे सामूहिक क़ब्र ख़ुदवाई और कॉन्सर्ट से बचे थर्मोकोल के कप और प्लास्टिक की बोतलों को उठाने के लिए कहा, और फिर मृतकों को उठाकर उन्हें दफ़न करने को कहा।

आख़िरकार जब प्रेस पहुँची, तो वे केवल उस ख़ूनी जूते की तसवीरें ले सकते थे जो हंगामे में पीछे छूट गए थे, दहाड़ मारकर रोता एक खोया हुआ लड़का, और लाज़ारो का शरीर, जिसके लिए गार्ड को आदेश दिया गया था कि उसे बिना दफन किये छोड़ दें ताकि लोगों को सबक़ मिले। वह उसी मेज़ पर पड़ा रहा, दाढ़ी और नंगे पैर, अख़बार की ख़बर के अनुसार, उस लड़ाकू विद्रोही की तरह जिसे उन्होंने सिएरा माएस्त्रा में प्रशिक्षण देकर लड़ना सिखाया था। तसवीर एक विद्रोही की थी जो हार से पहले तीन सौ साठ लड़ाइयों में जीवित बचा था और अभी भी उसकी आँखें जीवन्त थीं; वह तसवीर दुनिया-भर में पहुँची और बहुत जल्द किताबों की दुकानें कथित प्रेमियों और सहपाठियों द्वारा लिखी गई आत्मकथाओं और संस्मरणों से भर गईं। उस फ़ोटो के साथ टी-शर्ट, पोस्टर और लॉलीपॉप भी थे।

जो लोग बच गए, कुल एक सौ चौवालीस, सभी को औपनिवेशिक जेल में बन्द कर दिया गया था, और दिन-रात लाउडस्पीकर ईश्वर के शासन, हमारे प्रभु के आसन्न आगमन के बारे में प्रचार करते थे, हमें अपनी पिछड़ी अफ्रीकी प्रथाओं को छोड़ने और पादरी के हाथों ख़ुशख़बरी स्वीकार करने के लिए प्रोत्साहित करते थे; पादरी रोज़ मिस्सा पढ़ने और बाइबल पढ़ने आते थे और इस फ़िराक़ में कि कोई कुछ क़बूल करेगा। अगर कोई पाप स्वीकार नहीं करता, तो उन्हें एक-एक करके, दूसरी मंज़िल पर ले जाया जाता, जहाँ दो मोटे, बालदार सार्जेंट उन्हें गुदगुदी करते, उनके नाख़ून नोच लेते, उनकी नितम्बों पर भूखे चूहे छोड़ देते, आदि, आदि। सबने पाप स्वीकार कर लिया।

उन्होंने कहा कि मैं पापू की बेटी हूँ, कि जुड़वाँ भाई-बहन मेरे रिश्ते के भाई-बहन हैं, और दाढ़ी वाला लड़का एक एंड्रॉयड से ज़्यादा कुछ नहीं है। जब सभी ने लाई-डिटेक्टर टेस्ट पास कर लिया, तो उन्हें पागलखाने भेज दिया गया, जहाँ उन्हें कोई पादरी नहीं मिला, कोई यातना देने वाला नहीं मिला, बल्कि बहुत सारे मानवविज्ञानी मिले।

बारह

उन्होंने मुझे अपनी गेंद दिखाई। यह एक काँच के मर्तबान में थी जिस पर अभी भी मैगी मेयोनेज़ का लेबल लगा था; यह फूलों के गुलदस्ते के बग़ल में उनके पलंग के पास मेज़ पर था, और जैसा उन्होंने कहा था वह एक सॉफ़्टबॉल के बराबर था। उन्हें सब कुछ बाहर निकालना पड़ा, उन्होंने मुझे खोखला कर दिया, मम्मी ने चादर उठाते हुए मुझे बताया ताकि मैं कनखजूरे जैसे टाँके देख सकूँ, जिसमें से एक मांस के रंग की ट्यूब उनके बिस्तर के बग़ल में मूत्र और ख़ून से भरी थैली में लगी हुई थी।

मैं उनके तकिये ठीक करती थी और उनकी पीठ सहलाती थी क्योंकि इतने लम्बे समय तक लेटना दर्दनाक होता है। मैंने उनके पैरों की मालिश की और सिर की भी और उन्हें चुटकुले सुनाए ताकि वह हँसें और कहें कि हँसाऊँ नहीं क्योंकि हँसने से दर्द होता है। मैं उनके तकिये फिर से ठीक करती और हैंडल को घुमाकर बिस्तर को ऊपर या नीचे करती। कमरे में अँधेरा था और जब भी हम बत्ती जलाना भूल जाते तो मैं बिस्तर और दूसरे फर्नीचर से पैर में ठोकर खाती और वह मुझे जूते पहनने को कहतीं, नहीं तो मैं उस फ़र्श पर चलने से बीमार पड़ जाऊँगी। मैं बिस्तर के बग़ल में सोफ़े

पर लेट जाती, मैंने इतना लम्बा सोफ़ा कभी नहीं देखा था, फ़ालसाई रंग के विनाइल का, और मैं चादर ओढ़ती, और उनकी साँस को अन्दर-बाहर आते-जाते सुनती, अन्दर-बाहर, और कभी-कभी मैं उनकी साँसें गिनती मानो मैं वो छोटी मशीन थी जिसे बीमार लोगों के बग़ल में रखा जाता है; जो करती है टिक-टिक-टिक-टिक।

कभी-कभी वह रिमोट कंट्रोल माँगतीं और क्रिस्टीना शो लगातीं। आज का अतिथि लुइस मिगेल था, जो मम्मी को बहुत पसन्द है, लेकिन सबसे ज़्यादा वह पैट्रिक स्वेज़ को पसन्द करती हैं, ख़ासकर जब से घोस्ट फ़िल्म देखी; वह कहती हैं कि व्हूपी गोल्डबर्ग वास्तव में मज़ाक़िया हैं। जब भी मम्मी कहती हैं कि कोई वास्तव में मज़ाक़िया है तो मुझे लगता है कि बुराई कर रही होंगी, हालाँकि वह व्हूपी गोल्डबर्ग के मज़ाक़ों पर बहुत हँसती है, लेकिन जब वह कहती हैं कि कोई वास्तव में मज़ाक़िया है तो अन्दर से कुछ और कह रही होती हैं।

कभी-कभी लोग उन्हें देखने आते हैं और उनके लिए पैशन फ्रूट आइसक्रीम लाते हैं, लेकिन यह हमेशा ख़राब हो जाती है क्योंकि कमरे में मिनी-फ्रिज कभी ठंडा नहीं होता है। कभी-कभी वे चॉकलेट लाते और वह कहतीं, तुम खा लो, इससे मुझे ख़ुशी मिलेगी, और उन्हें ख़ुश करने के लिए मैं खा लेती। कभी-कभी उन्हें कोक की तलब होती क्योंकि उनको गैस हो रही होती थी और मैं क्लीनिक के बेसमेंट में जाती, जिससे मुझे बहुत डर लगता था, लेकिन वेंडिंग मशीनें वहीं हैं, और मैं ज़ोर से बोलती रहती : कृपया मेरे सामने मत आना, कृपया मेरे सामने मत आना।

जब मैं वेंडिंग मशीनों के पास पहुँचती और सिक्के डाल देती, तो मैं अपनी आँखें उस जगह गड़ाए रखती जहाँ कोक का कैन गिरना था और कहीं भी नहीं देखती क्योंकि मुझे विश्वास था कि अगर मैंने पीछे मुड़कर देखा तो एक लाश दिखाई देगी। जब मैं मम्मी के कमरे में लौटती तो वह मुझसे पूछतीं कि क्या स्कूल में सब कुछ ठीक चल रहा है और मैं कहती, हाँ।

मैं कई दिनों तक उनके साथ रुकती और उनसे पूछती अगर उन्हें किसी चीज़ की ज़रूरत है और फिर पोर्क सैंडविच ख़रीदने के लिए सड़क के पार कैफ़ेटेरिया में दौड़कर जाती, जिसे मैं अपनी टी-शर्ट के अन्दर नर्सिंग स्टेशन की नर्सों से छुपाकर लाती क्योंकि अस्पताल का खाना बहुत बुरा है। बस हमेशा सूप। मैं स्कूल जाती थी और फिर उनके कमरे पर। मेरे ज़्यादातर दोस्त दूसरे रोगियों के बच्चे थे और वे सभी बहुत जल्दी चले गए, हालाँकि कुछ मिलने के लिए वापस आते और हम क्लीनिक हॉलवे में सिगरेट पीते और कोंडोरितो और गेम बॉय खेलों के छोटे पैकेटों की अदला-बदली करते, कभी भी कमरे से बहुत दूर नहीं जाते कि कहीं हमारी माँओं को हमारी ज़रूरत न पड़ जाए।

मम्मी की गेंद ख़ामोशी में बढ़ती गई थी। उन्होंने ध्यान भी नहीं दिया। लम्बे समय तक उन्होंने सोचा कि यह साइटिका था क्योंकि उनका पैर सो जाता था और दर्द करता था। लेकिन यह सब हो रहा था क्योंकि गेंद एक तंत्रिका को दबा रही थी, जो गर्भाशय और उनके अंडाशय से जुड़ी हुई थी और इसे काटने से पहले ही डॉक्टर ने उन्हें बताया था कि यह एक सॉफ़्टबॉल के बराबर थी।

मैंने टाँकों वाली गेंद की कल्पना की, मेरी माँ के अन्दर एक गन्दी, सफ़ेद गेंद, और यह भी कि कैसे, जब इसे बाहर निकाल लिया जाएगा, हम इसके साथ खेलेंगे और मैं इसे सैमी सोसा की तरह बल्ले से पार्क के बाहर मारूँगी।

जब मम्मी अस्पताल ने निकलने वाली थीं उन्हें एक और गेंद मिली, यह गोल्फ़ की गेंद के बराबर थी; यह उनके स्तन में थी, एक सौम्य ट्यूमर। मम्मी ने मुझे दादी के घर भेज दिया क्योंकि अस्पताल में रहना मेरे लिए अच्छा नहीं था। मैं कई सालों तक दादी के घर पर रही, मुझे अपनी माँ से उनकी गेंदों (टेनिस, बैडमिंटन) की तसवीरों के साथ चिट्ठियाँ मिलती रहतीं और मैं उन्हें बाथरूम के आईने पर लगा देती, आईने और उसके फ्रेम के बीच फँसा देती। मैं ख़ुद से पूछती कि सिस्ट्स गोल क्यों होते हैं, त्रिकोणीय या चौकोर क्यों नहीं और जब हम स्कूल वापस गए और टीचर ने हमें अपनी छुट्टियों पर आलेख लिखने के लिए कहा, मैंने 'मेरी माँ की गेंदें' नामक लेख लिखा, और मुझे ए माइनस मिला।

एक दोपहर जब मैं उन्हें मिलने गई तो वह रो रही थीं और मुझे समझ नहीं आ रहा था कि क्या करना है। उन्होंने कहा कि पापू के दो बिज़नेस एसोसिएट आए थे और उन्हें बताया कि पापू ने उनसे उधार लिया था, और उन्हें पता था कि पापू ने मेरा जीवन बीमा लिया था और उनके हिसाब से स्वाभाविक था कि हम पापू के उधारों की ज़िम्मेदारी लें, और उधार चुकाने के कई तरीक़े थे और सबसे बेहतरीन था जीवन बीमा से भुगतान करना। पूरे समय वे अपने बच्चों की तसवीरें मम्मी को दिखाते रहे जो उन्होंने अपने बटुए में रखी थीं।

उन बिज़नेस एसोसिएट्स को मैं तब से जानती थी जब पापू ज़िन्दा थे और मैं डीलरशिप जाती थी। वे हर समय किसी-न-किसी को ठोंकने की बात किया करते थे। मैं वापस अस्पताल आ गई और अब, चूँकि हम सो नहीं सकते थे, मम्मी और मैं मेमोरी गेम खेलकर अपना मनोरंजन करते। मसलन, हम किसी का नाम याद करने की कोशिश करते। मम्मी उसके शारीरिक रूप का वर्णन करतीं और मैं कहती, हाँ, हाँ, वही लड़का, और फिर हम उन नामों को सूचीबद्ध करना शुरू कर देते जो अंग्रेज़ी के ए अक्षर (आर्तुरो, आलेख़ांद्रो, इत्यादि) से शुरू होते थे और हम वर्णमाला बोलते जाते जब तक कि हमें नाम नहीं सूझता। कभी-कभी हम नामों के बजाय उपनाम, या जब हम किसी पुरुष का नाम याद कर रहे होते तो महिलाओं के नाम सूचीबद्ध करते थे, जो बहुत मज़ेदार होता। अन्त में, वही बताती थीं और जब हम एच पर पहुँचे और मैंने कहा कि होमरो, या हंस, वह कहतीं : हिल्डा सलदान्या, हिल्डा सलदान्या, और मुझे पता भी नहीं होता कि वह है कौन इसलिए मुझे कभी याद नहीं आता।

क्रिसमस के समय मम्मी ने मुझे सिली के घर अधिक समय बिताने के लिए कहा ताकि मैं गोल्डन क्रीम पंच पी सकूँ और ब्रेड के किनारों से धूप का चश्मा बना सकूँ। मैं सिली के घर जाती और नैपकिन में अंगूर और चीनी में लिपटी मिठाई लेकर आती। वह कहतीं कि सांता क्लॉज़ आएगा और मुझसे पूछती थीं कि मुझे क्या चाहिए, भले ही सांता क्लॉज़ में विश्वास करना मैंने बहुत पहले छोड़ दिया था और वह यह भली-भाँति जानती थीं।

टी.वी. पर हम राष्ट्रपति को उनके घर के दरवाज़े पर देखते, तोहफ़े बाँटते हुए, पिछले साल के दृश्य जिनमें महिलाएँ और बच्चे सुबह से लाइन में लग जाते थे ताकि एक गुड़िया, एक कूदने वाली रस्सी या साइकिल प्राप्त कर सकें। मुझे लगता है कि हर हज़ार गुड़िया पर एक साइकिल देते हैं।

एक दिन सिली मुझसे कहती हैं, चलो गिरजाघर चलते हैं, और मैं कहती हूँ कि मैं मम्मी को देखने जाना चाहती हूँ और वह कहती हैं कि नहीं, नासिओनाल कोरो का संगीत कार्यक्रम है। इसलिए हम गिरजाघर जाते हैं और वहाँ भीड़ होती है, और संगीत कार्यक्रम शुरू होने से पहले हंगामा होता है और फिर चुप्पी छा जाती है और यह इसलिए कि राष्ट्रपति बालागेर आ गए हैं। वह अन्धे है और लोग चुप हैं और वह धीरे-धीरे पैर घसीटते हुए आगे बढ़ते हैं, उनकी एक बहन बग़ल में है। वे सामने बेंच पर बैठते हैं, और एक पल के लिए मुझे लगता है कि अगर मैं बालागेर के क़रीब पहुँच पाऊँ, और उन पर अपना हाथ रख सकूँ, तो मैं उन्हें ठीक कर सकती हूँ और वह देख पाएँगे। मुझे नहीं पता कि यह विचार कहाँ से आया और मैं किसी को नहीं बताती क्योंकि सब सोचेंगे कि मैं पागल हूँ।

जब मैं वापस अस्पताल जाती हूँ और मम्मी के कमरे का दरवाज़ा खोलती हूँ तो बिस्तर ख़ाली पाती हूँ; चादर पर एक भी सिलवट नहीं। मेरे सीने में दर्द होता है, लेकिन मैं आधे खुले दरवाज़े पर खड़ी रहती हूँ, बिना जाने कि किस तरफ़ जाना है क्योंकि हर कोई जानता है कि अस्पताल में साफ़ बिस्तर का मतलब है कि किसी की मृत्यु हो गई है। लेकिन फिर उनकी आवाज़ सुनती हूँ, दालान से आते हुए और मदद करती नर्स के साथ गप मारते हुए, उन्होंने अपना बैंगनी फूलों वाला गाउन पहना हुआ है और लम्बे समय तक तकिये पर रहने से उनके बाल सिर से चिपक गए हैं। मम्मी मेरा अभिवादन करने के लिए हाथ उठाती हैं और इसी हाथ में उनके मूत्र और ख़ून का बैग है, और वह मुझे देखकर मुस्कराती हैं और मैं उन्हें देखकर मुस्कराती हूँ, और फिर वह कहती हैं : मैं अब खड़ी हो सकती हूँ और थोड़ा चल भी सकती हूँ लेकिन अभी भी बाथरूम जाने के लिए मुझे तुम्हारी मदद की ज़रूरत है।